萊拉

瑪莉蓮・羅賓遜——著　姬健梅——譯
Marilynne Robinson

Lila

獻給愛荷華州

各界讚譽

角谷美智子，《紐約時報》

羅賓遜女士的文筆優美簡練，帶有古老藍草音樂的強烈孤寂，創造出一個民謠般的故事……這部小說力量萬鈞，深深打動人心……她以愛德華．霍普或安德魯．惠斯畫作中那種蕭索的詩意述說出萊拉的故事。

山姆．薩克斯，《華爾街日報》

《萊拉》這本書的偉大之處在於其謙遜，使得基列小鎮成為美國小說中最令人難忘的背景。基列是一個典型的美國小鎮，是一種虛構出的尋常之地，以程度不一的堅定與懷疑體現出美國與信仰的複雜關係。

約翰．威爾森，《芝加哥論壇報》

即使你覺得「基列」系列的前兩部作品不合你的口味，也要讀一下《萊拉》……我們從此書中得到的……是最高超的小說魔法：一個人物如此眞實鮮活，讓人幾乎忘了她只存在於書頁之中。

艾倫・黑爾策，《西雅圖時報》

瑪莉蓮・羅賓遜的傑出新作《萊拉》是一本獨立自足的小說，值得一讀再讀。此書既是層次豐富的愛情故事，也敏銳觀察到人生早年的匱乏所造成的長期傷害……羅賓遜是一流的小說家。

《娛樂週刊》

在情感和智性上都考驗著讀者。此書是對信仰的探索，不管是信仰上帝、愛、還是生存所需要的其他任何東西。

大衛・烏林，《洛杉磯時報》

動人的文字，美麗絕倫的書……熟悉羅賓遜女士作品的讀者不會對此感到意外，這位小說家能把最平凡的時刻寫成史詩，因爲她能夠剝開日常生活的表層……一本入木三分、寓意深遠的小說。

萊斯里・傑米森，《大西洋雜誌》

瑪莉蓮・羅賓遜追蹤恩典的動向，彷彿恩典是一種野生動物，短暫出現，隨即消失在視線之外，然後在我們料想不到之處再次出現。她的小說關注的是什麼使恩典成爲必要：恥辱及其餘波，失去之物及其殘餘，親密關係的極限與背叛。在她扣人心弦的傑出小說《萊拉》中，就連她對聖路易市一家妓院裡陽光的描述都帶有一種心碎。

黛安・強森，《紐約時報》書評

光芒耀眼……一如在《遺愛基列》和《家園》裡，羅賓遜擺脫了寫實小說的傳統手法，來處理形而上的抽象概念，她語言風格的嚴謹顯示出她採用了另一種傳統，書中人物住在一個猶如畫家諾曼・洛克威爾所描繪的世界裡……在精神層面上生活和思考……融合了道德和心理學，坦率道出眞正令人震驚的主題：貧窮、無人照顧、遭到遺棄對人格造成的損害。

凱薩琳・辛恩，《紐約書評》雜誌

瑪莉蓮・羅賓遜用加爾文教義的語言和思想寫出了一個極爲浪漫的愛情故事。她和其他作家眞的不一樣……作品數量不多，但是內涵豐富而且無所畏懼，宗教在這些作品中坦然存在，懷疑也一樣坦然存在。

蜜雪兒・奧蘭奇，《圖書論壇》雜誌

羅賓遜之傑出，在於使人難以分辨信仰和小說的最高目的……她的文字之美顯示出一位作家持續用白金紡線穿過世上最細的針。

荷莉・席爾瓦，《聖路易郵電報》

令人驚嘆的小說，書中的主角是文學作品中最爲迷惘的人物……閱讀《萊拉》吧，不要猶豫……這是一本獨立自足的小說，而且肯定是數一數二的佳作。

凱倫・布雷迪，《水牛城新聞報》

生存以及在生存中發生的所有巨大風暴，乃是瑪莉蓮・羅賓遜傑出的小說《萊拉》的核心。《萊拉》對其同名主角的描繪深刻有力、光芒四射，她兒時由流浪者撫養長大，在約翰・艾姆斯牧師這個「高大的銀髮老人」身上找到了一顆契合的心靈……生命、死亡、喜悅、恐懼、懷疑、愛、暴力、仁慈……《萊拉》包括了這一切。我敢斷言此書將會流傳千古，書中的主角已經銘刻在我們的心靈裡。

布萊恩・伍利，《達拉斯晨報》

一部黑暗、有力、鼓舞人心、令人難忘的小說。羅賓遜的「基列」三部曲（《遺愛基列》、《家園》、《萊拉》）是美國小說界的偉大成就。

《出版人週刊》

這是一本傑作，傳達出羅賓遜作品所特有的道德嚴肅性……萊拉是個出色的小說人物。

唐娜・西曼，《書單》雜誌

羅賓遜創造出了一部傑作，一段令人難忘的曲折歷程，熱情而博學地探索道德與心靈，是對世界的禮讚，也是一段詼諧而超越凡俗的愛情故事——全都含納在一部擲地有聲的小說裡，如此精準而富有韻律，震懾了我們，也轉化了我們。

伊芙琳·貝克，《圖書館雜誌》

一個優美動人的故事，企圖解答一個普遍的疑問：上帝何以讓祂的子民受苦。

《Elle》雜誌

羅賓遜懷著勇氣和崇敬書寫愛情和自然界，她的這種能力照亮了書中較為陰暗的章節，使羅賓遜的長年書迷和首次接觸她作品的讀者都為之著迷。

導讀

小鎮永生指南

——童偉格（作家）

※本文原收錄於《字母LETTER：童偉格專輯》（衛城出版，二〇一八年）

她對人生所抱持的想法，就像一條一路通到底的道路，一條很簡單就穿過遼闊鄉村的道路，而一個人的終點打一開始就在那裡，就在預料中前面不遠的地方，就像一棟樸素的房子那般坐落在天光下，到了那裡，一個人走進去，就會有品格高尚的人過來歡迎，曾經失去或是暫時擱一旁的所有一切都齊聚一堂，等候著一個人的到來。——瑪莉蓮．羅賓遜

也許，沒有任何現代小說家，會比羅賓遜更專注在辯證信仰與生活的磨合，幾乎可以說，這就是她藉由虛構書寫，去探觸的唯一主題。正是這不變的書寫意向，使相隔二十多年，她的

四部小說——即最初的《管家》與《遺愛基列》、《家園》、《萊拉》等「基列三部曲」——兩相靜置，彷彿，也屏除了現實時間進程，對一名小說家必不可免的影響。於是也可以說，如果不自我重複，是現代小說家的基本倫理，那麼，羅賓遜正是以一種嚴格自律的重複書寫，實踐了對這基本倫理的反叛。

虔信之人的日常生活，是小說家一再重構的書寫命題。這個人物系譜的最早住民，是《管家》首章裡的「我外婆」，如前揭引文，原則上，她看待自己餘生，爲某種前生命，或者，是對真正生命的後設再現：她的在場，乃是爲了靜定待見彷彿從來就在「前面不遠」處的，大寫的「HOME」——那是一處和自己目前暫居處，絕無差別的房舍；「絕無差別」到，原本就在、僅是一時不見了的「所有一切」，都將原樣重現，或終於永恆地對她具實。

個人之死由此，被她感知爲是某種憑證，是當她終被贈與後，即能換過眼色去重新讀取周遭，且也能首次，被接納進這樣一個想必亙古常在的新世界裡。因爲這般認定，她看待現實生活，形同看待一場曠日廢時的資格考。她知覺那孤絕閉鎖的小鎮生活，正是以其枯燥而重複的徒勞，體現了出題者的善意：起碼，每一種缺乏變化的日常勞務要求，都自相對證、且一再格限了考驗範圍。如是，小鎮生活得以爲她，完整預習這樣一種預告新世界的拓樸學——小鎮生活畛域的狹小（總是不過幾條街道，幾座屋舍，以及她一輩子與之相處的少少幾位熟人），如深深井底般，牽繫了在那之上，迢遠「天光」的投注。

小鎮生活因此，是對虔信之人而言，最慷慨的一種前生活。慷慨，自因困乏於有限性的細節所一再預支的，那再無阻隔之永恆性的若有注目。每一次野花綻放，每一陣雨的漫行，每場細雪，每種氣象，甚且是每一瞬短暫的夢或回憶，都可能空闊地發出一種悅耳迴響，只有將現實世界當作器皿，而自己亦如等待重生的嬰孩般，專誠傾首抱膝，信守其間之人，方能祕密聽聞。

正是對這種感覺結構的專注捕捉，使羅賓遜的小說，逆行於一般意義的小鎮生活寫實主義小說：在寫實主義的主題意識裡，當一切類此生活細節的微觀白描，可能，皆是爲了結成事關更宏觀之政經結構的喻依時，羅賓遜是將事關理想生活的宏觀假定，細密織進僅能微觀白描的現實裡。小鎮生活自身已是最終喻體。理論上，這種小說話語的語相，必然也就是對那「一路通到底的道路」之複數履勘；它以對事件重大因果的刻意屏蔽，攔阻情節構作的線性通過；從而也就擺散時空，重置一切細節，成爲人世終局前刻的再度具實。

它的唯一重點，是對自身話語的緩步重審。這正是《管家》第三章裡，藉由深冬時分，「希薇到來」所啟動的重層敘事。多年以後，「我外婆」的女兒返家，接管「我外婆」終於全身隱遁進新世界後，所遺下的昔時家屋——某種意義，這是女兒代亡母去重新經歷，亡母已以前生活認定去逐日驗算過的，那樣一種對亡母而言，唯一合情合理的現實生活。在小說家的複寫中，在當多年前，希薇決意離家的原因被刻意模糊，她的重返與重看，不是爲了戲劇性地揭露個人史，而是爲了體現個人對這樣一種「史前生活」的極端疏離，與極端親解。

希薇在家，形同無家者般漫遊。一方面，她的臨場，種種舉措，隱語著一種也許獨見於親緣間的情感報廢：對她而言，昔時家屋之所以無法喚起某種永恆慰藉，如故鄉，對任一懷鄉之人的精神效應，可能，僅是因爲家屋自身，已是亡母準備投身永恆前的一種慰藉——倘若這曾帶給她威脅，迫使她流浪，那麼，她也許注定從此僅能在故土就地流浪。另一方面，她那預備著隨時離去的狀態，卻爲她所看顧的敘事者「我」，具現了前生命感知模式，使「我」理解，僅僅是「我」一人，留駐她在現世，從而，也就在她的「不去看，不去聽，不去等待，不去希望」的敬遠無爲中，迫視出彼此間，一種無須言表的持恆關愛，或共同的「家管」倫理：終於，「我」一如希薇般見證自己，永遠僅是眼前家屋的借住者。而原樣奉還，正是暫借者的美德。

個體共感的時空意識，在小說重新歸整的終局前刻再度漫漶。在空間上，陌異家屋已然拓樸爲舉世；在時間裡，這既是對自我所來自之昔往的自主拒絕，卻矛盾地，亦是對唯一昔往來向，在個人體解後的親身承繼。可以理解：這種詮釋進路，必然得由小鎮生活的「外邊之人」，如《管家》裡的希薇來帶起，並重新開放。

也於是，當我們倒讀「基列三部曲」，在羅賓遜最晚發表的《萊拉》裡，我們直接尋得的，即是一位更純粹的「外邊之人」。相對於希薇，萊拉的昔往更與她走入的小鎮生活無涉、更無法確切。童年經驗對她而言，形同一場常年襲捲的沙塵之夢——她是經濟大蕭條時代，所造就的無數路流人之一。萊拉走入靜僻自足的小鎮，成爲年邁牧師的妻子。萊拉懷孕，爲她所懷藏與所必須看顧的，重新思索眼前世界的條理。

整部小說，即是這樣的一種傾首低語。一方面，萊拉看待小鎮生活，如同個人更漫長之路流生涯的其中一個停靠站——一如牧師終將被埋入家族墓園，在那裡，與艾姆斯太太，和所有的艾姆斯們一起等待復活，她總想像，自己將「把一個嬰兒塞進大衣底下，帶著離開」；一如她的昔往，所告知她的另一種確切宿命。另一方面，年邁牧師卻以其信靠，將一種恆定生活的可能，平靜聚焦於她周遭：某種意義，牧師確切挨近死亡此事本身，爲她封緘了她對永恆假說，容或有的質疑與不適。如我們已知：在小鎮喻體內，永恆性總由有限性覆核。

整部小說由此，更大規模探究希薇式的借住者美德。在感覺自己因牧師緣故，而被小鎮給接納一刻，萊拉矛盾地深願自己仍不失異質，且仍能被依然「在外面迷失徘徊」的路流同伴朵兒，一眼重認爲同伴；盼望在死後世界，「不管生命之後是什麼，如果她（朵兒）在那裡不能有任何喜悅」，那麼，在重逢伊時，「至少她能有一秒鐘想起喜悅是什麼感覺」。爲此，萊拉情願下到河邊，祕密地「把洗禮從身上洗掉」。終究，萊拉信守自己爲從來就是的「外邊之人」，只因她並不忘卻，事實上，在閉鎖小鎮外，「還有那些無人會想念的人，他們沒做什麼特別的壞事，只是竭盡所能地活著而後死去」；而倘若她未曾偶然被小鎮給擄獲，「她就會是這種人」。

當我們理解這點，我們即能進入《家園》的末世氛圍，讀出羅賓遜的反語。準確說來，是整整二十年後，牧師鮑頓之子傑克返家，與妹妹葛洛莉重逢，在兒時家屋，共同守候與見證父親將臨之死。在《管家》裡僅作爲隱題的，前行世代不容質疑的生活信念，對晚生世代所造成的傷害，與驅逐效應，在此，因爲父親伸延至整部小說的臨終情狀，也因父與子的終不互解，而全景曝現爲小說的顯要論題。

小說裡最複雜，且最令人悲傷的一個場景，是返家者傑克，在自家車棚內的自殺未遂。一方面，它象徵了所謂「家園」，那一永恆歸宿，對傑克的永遠關閉；另一方面，它亦反寫了傑克，對父親臨終「家園」的最後尊重——重領生命的他再次放逐自己，也一併，將父親唯需關愛的「罪人」，放逐在父親那靜謐有序的小小世界外。

於是，一如希薇那被加密的流浪之因，整部《家園》內置的最大之謎是：使傑克放逐自己的「罪」，究竟是什麼？非常可能，傑克最大的罪過，僅是對小鎮「外邊之人」的深切同理。這個命題，在小說尾聲，由家屋最後看守者葛洛莉確認。在傑克走後隔日，她目睹一輛車駛入小鎮，來到家屋前，「駕駛那輛車的是個黑人女性，而這很不尋常」；因爲，「基列鎮沒有黑人」。此人正是傑克的女友，黛拉。葛洛莉揣想著傑克曾同理過的事，即黛拉「要如何原諒這件事，亦即來到基列鎮讓她覺得宛如來到一個陌生的敵對國家」？瞬時，我們明瞭小鎮對待親者的決絕深愛，正是小鎮對待「外邊之人」的絕不容許僭越。

如此，我們亦能明瞭：作為首部曲，《遺愛基列》正是以牧師艾姆斯的自述，以必定局限的第一人稱敘事，為我們預演「基列三部曲」將重新結成的提問。不妨簡要地這麼問：如果萊拉是黑人，一如黛拉，那麼有多大可能，她會被小鎮給接納；即便比起萊拉，黛拉更是虔信之人？當我們帶著這個問題意識，回去重審艾姆斯自述時，我們或許能探觸他的精神癥狀，某種關於小鎮的永生指南：長久以來，一切現實歷史裡的矛盾，衝突與挫敗，均在這名老父親的自述中，被識讀為已然完結——他認知小鎮為最後的豁免於現實之地，深願它從此歲月靜好，不受驚擾，且也因此，無力再去探查「外邊之人」的苦痛。

當傑克自我放逐，再次成為小鎮的「外邊之人」，羅賓遜完成對《聖經．創世紀》的反引。在原典中，「基列」一地，是當雅各思歸故土，因此自岳父拉班的居所叛逃途中，所暫居的避難處；亦是拉班領人追上，與其立約，從此各行其是的盟誓之地。「基列」，意謂著父輩對背離君父城堡之新生代的終爾寬宥、祝福同時訣別。也因此，傑克永離基列鎮時的不受寬宥與祝福，反喻小鎮裡，那些虔誠父老的偽信。

然而，別異於愛特伍在《使女的故事》裡，將「基列」伸延爲父權國度，並施以結構性批判，羅賓遜反引原典的目的，不在給定評價，而在迫視個體價值重估的可能性。一方面，是在跟讀艾姆斯自述時，我們理解他對自己作爲小鎮的傳信與施洗者，卻從未眞正接納傑克的自我罪責——這竟是整部自述話語，繞行的隱密核心。於是，他的遺書，是將自我據在的舊世界，在重啟記憶時一併解構，如絲縷抽繹一幅織錦的線頭，還原終局樣態，爲未來重新的素材。從而，他對幼子的「遺愛」，亦是將自我卑怯感反向託付。此所以，他預期此子終將離開，因「遲延的希望依然是希望」——放眼自己無力實履的新世界，父親惟願兒子，「成爲一個勇敢國度中的勇敢之人」。艾姆斯牧師祈望基列鎮，爲將來更如實的「基列」。

另一方面，傑克亦以自我放逐，將那表面靜好的父老世界，衝突出一個實質脆弱的景深：對比他們擬態的亙古經典，新教徒不過是轉進新大陸凡三百年的移民社群；對比歷三百年的自我重置，基列鎮父老，不過是路流途中，最稚幼的一群孩童——他們依循經典，想像世界的「從來如此」，自然，只能是一種孩子氣的悲願。於是，永別基列鎮，且在永別伊時，包容那些疲累卻不知世故、猶然在避難所裡，困等永生憑證之父親們的傑克，正是「基列三部曲」裡，最成熟且寬諒之人。

在希薇式的故土就地流浪期間，傑克終究締結一些眞摯情誼：與艾姆斯牧師的幼子、萊拉與葛洛莉等等，這些或不囿於永恆假說，或自身亦是小鎮異質之人。就此而言，羅賓遜複寫自己一再辯證的悖論：無信仰之人，對他者的衷誠；或者，這其實是一種無須任何信仰體系來護持的，最素樸而本然的宗教精神。

當儼然不可動搖的信仰體系，一再被生活裡，本眞的宗教精神給洞視，羅賓遜辯證的信仰與生活，也就總是體現後者更其寬闊的畛域。這正是至今，她的四部小說重複反證的神祕信靠：由「外邊之人」重啟的，終究由「外邊之人」來繞路納藏——小鎮喻體，成為異質之人容受的異質；一部靜置無盡往昔的永生指南，也就重由路流者攜行於路，使他們永遠難免，在短暫人生裡，因他者境況而自疑，像走入新世界之初，未有殿堂之前的使徒。

萊拉

Lila

那孩子就只是在黑暗中待在門口臺階上，抱住自己來對抗寒意，哭得筋疲力盡，幾乎睡著了。她沒法再哭叫，而他們反正也聽不見，或者他們說不定會聽見，而那反而更糟。先前有人吼道：叫那東西閉嘴，不然就由我來！然後一個婦人抓住她的手臂，把她從桌子底下拽出來，推出去到門口臺階上，關上了門，而那些貓溜到了屋子底下，不再讓她接近，因爲有時候她會把牠們從尾巴拎起來。她的手臂上全是抓傷，傷口熱辣辣的。她曾經爬到屋子底下去找那些貓，可是就算她手裡眞的抓住了一隻，她抓得愈緊，牠就掙扎得愈厲害，還會咬她，於是她就放了牠。你爲什麼一直拍紗門？你這個樣子誰也不想要你在身邊。接著門再次關上，一會兒之後黑夜就來臨了。屋裡的人吵架吵到沒了聲音，而黑夜持續了很久。她待在屋子底下也怕，待在門口臺階上也怕，可是只要她待在門口，門也許會打開。月亮直勾勾地盯著她，樹林裡傳出聲響，但她幾乎睡著了。當朶兒沿著小路走來，發現她可憐兮兮地在那兒，把她抱起來，裹進披肩裡，說：「唉，我們沒地方可去。我們去哪兒好呢？」

在這世上，這個孩子最討厭的人莫過於朶兒。朶兒會用一塊濕布用力擦她的臉，要不就是拿把破梳子想梳開她打結的頭髮。大多數的夜晚朶兒都睡在這間屋子裡，也許是靠著打掃屋子來抵房錢。會動手打掃的人就只有她，而她會邊掃邊罵：掃了也是白掃；有人就會說：媽的，那就別掃。有些人就睡在地板上，睡在一堆舊被子和黃麻布袋上。過了今天，你不曉得明天會怎樣。

當那孩子待在桌子底下，大多時候他們就把她忘了。那張桌子被推到屋子一角，只要她保持安靜，他們不會費事伸手到桌下把她拉出來。夜裡當朵兒進屋來，就會蹲跪下來，把那條披肩蓋在她身上，可是一大早朵兒就又會離開，而這孩子就會感覺到披肩從身上滑落，由於失去的溫暖而覺得更冷，因此而蠕動身子，罵個幾聲。可是等她醒來，那兒會有一塊乾麵包、一顆蘋果之類的東西和一杯水留給她。有一次，那兒有件像是玩具的東西。就只是馬栗樹的一顆果實裹上一小塊布，用一條繩子綁住，兩側各打了個結，下面也打了兩個結，像是一雙手和一雙腳。這孩子對它說悄悄話，睡覺時把它藏在襯衣下。

萊拉永遠不會對任何人說起那段時光。她知道那聽起來很悲哀，其實卻並不悲哀。朵兒抱起了她，再用披肩裹住。「你可別出聲，別把那些人吵醒了。」她把這孩子抱穩在腰際，走進漆黑的屋裡，盡可能小心翼翼，悄悄地踩出一步又一步，找到她放在角落的包袱，然後她們就又走進屋外寒冷的黑暗中，走下臺階。屋裡有股睡覺的汙濁氣味，夜裡風很大，樹木沙沙作響。月亮已經沉落，細雨飄飄，落在皮膚上只感覺到一絲刺痛。那孩子大約四、五歲，長著一雙長腿，朵兒沒法把她整個裹住，但是用粗糙的大手揉搓她的小腿肚，拂掉她臉頰和頭髮上的雨絲。朵兒喃喃地說：「不曉得我以爲自己在幹麼。從來沒想過。唔，也許我想過。我不知道。我大概想過吧。這種夜晚肯定不是幹這事兒的時候。」她掀起身上的圍裙蓋住孩子的腿，抱著她穿過林間空地。屋子的門也許打開過，也許有個女人在她們身後喊：你帶那孩子上哪兒去？而在一分鐘之後又把門關上，彷彿她已經盡到了本分。「好吧，我們看著辦吧。」朵兒輕聲說。

那條路實在不比一條小徑大多少，可是朵兒經常摸黑走這條路，她跨過樹根，繞過凹洞，從不會停下腳步或是絆倒，能夠在一片漆黑中快步行走。而且她力氣夠大，就連一個長腿小孩這樣礙手礙腳的重擔也能在她臂彎裡安歇，幾乎睡著了。萊拉知道事情不可能如同她的記憶，彷彿她被抱著隨風而行，有雙手臂摟著她，讓她知道自己是安全的，耳邊有人低語，讓她知道她不必感到孤單。那聲低語說：「我得找個地方把你放下來。先找個乾燥的地方。」然後她們坐在地上，坐在松針上，朵兒倚著一棵樹，那孩子蜷縮在她懷裡，貼著她的胸脯，聽著她的心跳，感覺到她的心跳。雨下大了，大大的雨滴有時濺在她們身上。朵兒說：「我早該知道會下雨。現在你發燒了。」但那孩子只是躺著靠在她身上，希望能一直待在這裡，希望雨不會停。朵兒也許是世上最孤單的女子，而她是世上最孤單的孩子，現在她們倆在一起，在雨中依偎取暖。

等雨停了，朵兒站起來，由於抱著孩子而動作不太靈活，盡量用披肩把孩子裹住。她說：「我曉得一個地方。」孩子的頭會向後倒，朵兒會把她的頭扶正，設法讓她始終裹在披肩裡。「我們就快到了。」

那是另一間門口有臺階的小木屋，門前有片踩得光禿禿的庭院。一隻老黑狗立起了前腿，接著立起後腿，吠叫起來，一個老婦人開了門。她說：「這裡沒工作給你做，朶兒。沒東西可以給你。」

朶兒在門口臺階上坐下。「我只是想歇歇腳。」

「你帶著什麼？這孩子哪兒來的？」

「沒事。」

「唔，你最好把她弄回去。」

「也許吧。但我不認爲我會這麼做。」

「至少得餵她吃點東西。」

朶兒沒說話。

老婦人走進屋裡，拿了一小塊玉米麵包出來，說道：「我正打算去擠牛奶。你不妨進屋裡去，帶她進去避避寒。」

朶兒抱著她站在火爐邊，那裡僅剩下一堆餘燼殘留的餘溫。她輕聲說：「別出聲。我這兒有點東西給你。你得吃了它。」可是那孩子沒法自己醒過來，腦袋止不住地往後倒。於是朶兒抱著她跪坐在地板上，再騰出雙手，把玉米麵包掰成小小一粒，一粒接一粒地放進那孩子嘴裡。「你得吞下去。」

老婦人提了一桶牛奶回來。「還是熱的，剛從母牛身上擠出來。給孩子喝最好不過。」那濃濃的生乳帶著草味，裝在一只錫杯裡。朵兒餵她一小口一小口地喝，把她的頭托在臂彎裡。

「嗯，她胃裡有點東西了，如果她嚥了下去。現在我來添點柴火，我們可以替她清洗一下。」

等房間裡暖和了一點，壺裡的水也熱了，老婦人扶著她站在火爐邊地板上一個白盆子裡，朵兒用一塊布和一小塊肥皂由上而下替她洗澡，擦洗貓咪抓傷的地方、跳蚤和蚊子咬過之後被她自己抓破的地方、她膝蓋上的裂縫，還有她習慣去咬的手。盆裡的水變得太髒，於是她們把水潑在門外，重新來過。她全身發抖，由於冷，也由於那股刺痛。「頭蝨卵，我們得剪掉她的頭髮。」老婦人拿來一把剃刀，動手割掉糾結在一起的頭髮，在她敢把剃刀湊近那孩子頭皮的範圍內——「這刀子很利。她最好別亂動。」然後她們在她頭上抹肥皂，用力擦洗，水和肥皂泡流進她眼睛裡，她掙扎著，用盡了力氣大喊大叫，叫她們兩個都下地獄去。老婦人說：「這件事你得跟她說一說。」

朵兒用圍裙邊緣擦掉孩子臉上的肥皂和眼淚。「從來不忍心責備她。我大概就只聽她說過這幾個字。」她們用麵粉袋替她做了幾件衣裳，剪了幾個洞讓她的腦袋和手臂能伸出來。那些衣裳起初很僵硬，聞得出來曾在箱子或櫥子裡擱了很久，上面布滿了小花，就跟朵兒的圍裙一樣。

感覺上那像是一個漫長的夜晚，但那想必是一個星期或兩個星期，朵兒把她抱在懷裡搖著，當那個老婦人在她們身旁忙進忙出。

「你還嫌麻煩不夠多，是吧。帶走一個反正會死在你面前的孩子。」

「我不會讓她死。」

「哦？什麼時候由得你來作主了？」

「我要是把她留在那兒，那她八成已經死了。」

「這個嘛，也許她的家人不這麼想。他們知道你把她帶走了嗎？要是他們來找她，你要怎麼說？說她埋在樹林裡哪個地方？在馬鈴薯田旁邊？我自己的麻煩還不夠多嗎？」

朵兒說：「沒有人會來找。」

「也許你說的對。沒見過這麼瘦的孩子。」

不過，老婦人邊說邊攪拌著一鍋玉米粉加赤糖糊。朵兒會餵那孩子吃一、兩匙，抱著她搖一搖，再餵她吃一匙。一整夜她都搖著她、餵她，臉頰貼著孩子熱燙燙的額頭打起瞌睡。

老婦人不時站起來，往爐子裡添點柴火。「她嚥下去了嗎？」

「大部分。」

「她喝了水嗎？」

「喝了一點。」

等老婦人又走開了，朵兒會向她低語：「嘿，你可別死在我面前，讓我白忙這一場。你可別死呀。」然後又用那孩子幾乎聽不見的聲音說：「如果非死不可你就會死。這我知道。可是我沒讓你待在雨中，對吧？我們在這裡很溫暖，對吧？」

過了一會兒，老婦人又說話了。「如果你想的話，就把她放在我床上吧。我想我今天晚上也不會睡了。」

「我得確定她能好好呼吸。」

「那就讓我來顧著她吧。」

「她抱緊了我不放。」

「好吧。」老婦人從她床上拿來被子，蓋在她們兩個身上。

那孩子能聽見朵兒的心跳，也感覺得到她一起一伏的呼吸。太熱了，她感覺到自己在被子底下掙扎，在朵兒的臂彎裡掙扎，同時用雙臂摟住朵兒的脖子，緊緊抱著她。

她們在那老婦人家裡待了幾個星期，也許待了一個月。如今的早晨又濕又熱，朵兒帶她到戶外去，牽著她的手，因爲她的腿還不夠結實。她牽著她在門口庭院裡走，地面在她的赤腳下涼涼的，有如黏土般平滑。那條狗躺在陽光下，口鼻擱在腳掌上，沒理會她們。她摸摸牠背上曬熱的粗糙皮毛，手上留下一股酸味。雞群在院子裡昂首闊步，用爪子挖地啄食。朵兒幫忙掘出了菜圃，她是怎麼辦到的？如果那孩子以爲自己總是有人牽著？可是胡蘿蔔長出來了。朵兒拔出一根，還不比一根稻草粗。「就像羽毛一樣柔軟。」她說，用分叉的綠葉碰碰那孩子的臉頰，再撥掉根上的泥土。「喏，你可以拿去吃。」

那孩子的喉嚨裡哽著痛，因爲她想說：我想我把布娃娃留在那間屋子裡了。我想我是把它留在那兒了。她很清楚留在哪兒，就在最遠那個角落的桌子底下，倚著桌角，像是坐在那裡。她可以跑進門去，一把抓起再跑走，不必讓別人看見。可是等她回來，說不定朵兒就不在這裡了，再說她也不知道那間屋子在哪兒。她想起那片樹林。那只是個舊舊的布娃娃，被她摸得髒兮兮的，因爲大多數時候她都帶著它。可是她還來不及去拿，就被他們放在門口臺階上，而那些貓連讓她摸一下也不肯，然後朵兒就來了，而她不知道她們將要離開，她什麼也不明白。所以她就把布娃娃留在原來的地方了。她從來沒打算這麼做。

朵兒把那孩子的手從嘴邊拿開。「別這樣咬自己的手。我跟你說過一百次了。」有一次她們在她手上塗了芥末，塗了醋，而她舔掉了，由於那股刺痛。她們綁了一塊布在她手上，當她去吸吮，血流出來，現出粉紅色。「你可以幫我除草。讓你的手有點事做。」於是她們就在陽光和泥土的氣味中靜靜地並排跪著，拔出胡蘿蔔以外的所有嫩芽，那些嫩芽長著圓圓胖胖的葉子和白色的根。

老婦人從屋裡走出來看著她們。「她臉上沒有一點血色。別讓她曬傷了。到時候她又會在身上亂抓。」她伸出手來讓那孩子抓住。「我在想『萊拉』這個名字。我有個妹妹叫萊拉。給她取個好聽的名字，說不定她就會長得漂亮。」

「說不定。」朵兒說。「沒啥要緊。」

可是老婦人的兒子帶了個太太回來，家裡實在沒有那麼多活兒可做，能讓朵兒留下來。那孩子還不夠壯，走不了多遠，老婦人把朵兒在抱著孩子之外還帶得動的東西全打進包袱裡，然後她兒子告訴她們該怎麼走上大路，雖然那只勉強稱得上大路。幾天之後，她們遇上了董恩和瑪雪兒。說不定朵兒就是在找他們。大家都說董恩名聲很好，爲人公平，你若是雇用他，就可以信賴他會好好替你幹一天的活。當然不是只有董恩一個人，還有亞瑟和他的兩個兒子、艾咪和她女兒梅麗、再加上瑪雪兒，她是董恩的太太。他們是一對夫妻。

有很長一段時間萊拉不知道一個字由字母構成，也不知道除了種植季和割草季之外還有別的季節。趕在天氣變壞之前往南走，在收穫季節來到時及時往北走。他們生活在美利堅合衆國。這是她在學校裡學到的。朵兒說：「喔，我想人們總得給它取個名字。」

有一次，萊拉問牧師「董恩」怎麼拼。他以爲她指的是什麼呢？是Done？還是Down？說不定是don't，因爲她講話不見得總是會把t這個音發出來。他從來沒把握她知道什麼，不知道什麼，如果他猜錯了，他會爲了她而感到心疼。

他沉吟了一會兒，然後笑了。「你可以用這個字造個句子嗎？」

「有個男的叫這個名字。我在很久以前認識他。」

「喔，我懂了。」他說。「我認識一個叫斯隆恩的人。S—L—O—A—N—E。」雖然牧師年紀一大把了，偶爾還是會臉紅。「所以拼法也許是一樣的。改成用D開頭。」

「那是在我小時候。前幾天我想起從前的事。」若非她看見他在聽她說起曾經認識一個男人時紅了臉，她就連這兩句話也不會對他說。

他點點頭。「我懂了。」牧師從來不要求她談起從前，似乎不允許自己感到好奇，不去問在她一身雨水走進教堂之前的那許多年裡她都待過哪些地方，過著什麼樣的生活。董恩老是說教會只想要你的錢，所以他們全都離教堂遠遠的，從旁邊繞過去，彷彿他們要比其他人聰明，彷彿他們身上有教會想要的錢。可是那場雨下得太大，而且那一天是星期天，所以沒有其他地方能讓她進去躲雨。教堂裡的燭光令她驚訝。也許一切之所以顯得那麼美，是因爲她有好幾餐沒吃了。不曉得爲什麼，那會使東西顯得更爲明亮。更明亮，也更遙遠，彷彿你若是伸出手就會碰到玻璃。她注視著他，忘了她跟他同處一室，而他會看見她在注視。那天早上他替兩個嬰兒施洗。他是個高大的銀髮老人，竭盡溫柔地把兩個小嬰兒先後抱在手上。其中一個穿著白色衣裳，蓋住了他的手臂，當他把水灑在嬰兒的額頭上，嬰兒哭了幾聲，他說：「嗯，我相信你第一次出生的時候也哭了。這表示你活著。」而她有了個念頭，想到她曾經第二次出生，在朶兒把她從門口臺階上抱起來、用披肩裹住她、抱著她從雨中離開的那一夜。她不是你媽，我看得出來。

那個女孩似乎無所不知。梅麗。她能把身體向後彎，直到頭觸地，還能橫著翻筋斗。她說：「我知道那女人不是你媽。她對你說的話你媽老早就會對你說了。不要吮你的手？好像你還是個嬰兒？你八成是個孤兒。我以前認識一個孤兒。她的腿軟軟的沒有力氣，就跟你的腿一樣。她也不會說話。大概就是因爲這樣她才是個孤兒。她生下來就不對勁。」

梅麗對她們感到好奇，如果說其他人並不好奇。她會晃到後面來跟她們一起走，把她的臉湊近那孩子的臉，盯著她看。「她腳上有個瘡。這是個麻煩。搽點蒲公英汁吧，我這裡有。我打賭我抱得動她。我抱得動的。」她會吃蒲公英的花，黃色的部分，或是嚼紅苜蓿。她曬得很黑，長著雀斑，頭髮曬得接近白色，連眉毛和睫毛也一樣。「我討厭這些舊的連身工作服。那些男生快穿壞了才輪到我穿，上面幾乎全是補釘。董恩說穿這些衣服幹活比較方便。我有一件洋裝。我媽要把裙邊放長一點。」說完她就用手倒立著走開了。

朵兒說：「她喜歡煩人。別理她。」

當時萊拉還不會說話。朵兒說：「她能說。只是不想說。」部分原因在於她所需要的任何東西朵兒都已經給了她。偶爾朵兒仍會在夜裡叫醒她，給她一小口玉米糊。而在那個老婦人告訴她之前，萊拉從來不知道有咒罵這回事。大多數時候那只意謂著「別管我」。有一次，她對那老婦人說希望她摔斷了背滾下地獄。老婦人用力把她揪起來，重重拍了她一下，說：你得改掉這個咒罵的毛病。爲了那孩子腳上始終不痊癒的瘡，她會去某個地方帶一小瓶藥回來，藥搽上去的確會引起刺痛，但那孩子討厭搽藥這件事傷了她的感情。萊拉不知道該躲到哪兒去，就只是盡可能在角落裡縮起身子，緊閉雙眼。老婦人說：「哎呀，天哪！朵兒，快進來！她又回角落去了。哪有像這樣的孩子！」

朵兒走進來，在她身旁跪下，身上有汗水和陽光的氣味，把她攬進懷裡，輕聲低語：「你又在幹麼啦，又去咬你那隻手，像個小娃娃！」老婦人把那條披肩拿來，朵兒裹住了她。老婦人說：「她是你的孩子，朵兒。我拿她一點辦法也沒有。」

這些事她們從來不提，在那麼多年裡一句也沒提過。沒提過朵兒從那兒把她偷走的那棟屋子，也沒提過收留她們的那個老婦人。不過她們的確留著那條披肩，直到它磨損得有如蛛網般輕軟。但她感覺到那個祕密帶來的震顫，每當她握住朵兒的手，而朵兒在她手上輕輕捏一下，每當她疲憊地依偎著朵兒身體的弧線躺下，枕著朵兒的手臂，身上蓋著那條披肩。在她長成一個正常小孩之後許多年，如果她們得和別人打交道，朵兒就會在她耳畔低語：「別咒罵！」而她們就會笑成一團，享受著她們的祕密。她們甚至不曾提起她們在董恩所生營火的火光之外睡下的夜晚，或是她們走在董恩那伙人後面的日子，隔著一段距離，彷彿她們只是剛好走在同一條路上。

她們可以不跟別人打交道，因爲她們有一袋玉米粉和一個可供煮食的小鍋。每個夜晚朵兒都會生火。她會邊走邊找能吃的東西。她用圍裙逮著了一隻兔子，用一塊石頭宰了牠，那天晚上配著一把藜一起煮了。她找到一窩鳥蛋。她找到菊苣，把根烘乾，說那是種藥，可以治療腹痛。然後，一天上午，她終於抱起那孩子，隨著董恩那伙人走進一片尚未成熟的玉米田，動手在他們的鋤頭搆不到的玉米列上拔雜草，而他們什麼也沒說。那孩子待在她身邊，抓著她的裙子。瑪雪兒替其他人提來一桶井水，也拿了一杯來給她們。朵兒向她道謝，把杯子湊到那孩子唇邊，在衣裙上擦一擦手，把手指伸進杯裡蘸濕，洗掉那孩子臉上的塵土。涼涼的水滴從孩子下巴流下，流過喉嚨，流到她沾濕了的衣裳，而她笑了。朵兒驚訝地說：「哇，聽聽你現在的聲音！」

瑪雪兒站在那兒，注視著她們，等著把杯子拿回去。「我猜她有段時間身體不好？」

朵兒點點頭。「她身體不好。」

「她可以坐在騾車上。你要帶的東西很多。」

「我要留她在身邊。」

「那就把你的鋪蓋捲放上騾車。」

朵兒從不曾自己出面去交涉，可是第二天早晨，當她把所有的家當捆好，董恩走過來，拿起那捆東西，放上騾車。他說：「這位太太，我們有幾顆埋在灰裡烤熟的馬鈴薯，如果你願意，就來和我們一起吃。」

從那以後，她和朵兒就也跟董恩成了一伙，大多數的時候，在年頭還算好的那段時間。那大約總共是八年，從「大崩盤」[1]倒回去算，扣掉朵兒送她去上學的那一年。他們自己的壞日子從那頭騾子死掉之後開始，那是在其他所有人開始變得更窮、風變得多沙之前大約兩年。整個世界似乎都在那個時候改變了，最先失去的是那頭騾子，牠一死，騾車也就沒用了。他們連騾車也賣不掉，不得不扔下大多數的家當。那牲口死在一段荒涼的路上，假如曾有任何跡象顯示出牠大限將至，他們就根本不會去到那裡。當亞瑟試圖替牠套上轡繩，牠就只是跪了下來，往旁邊一倒。

萊拉在事情發生多年之後聽說了所謂的「大崩盤」，而即使知道了那件事的名稱，她仍然不知道那是什麼。但這名稱似乎的確是取對了。那就像是一場狂風，也許你還能在睡覺中度過，可是等你在早晨醒來，所有的東西全都毀了，不然就是被吹走了。過去認識董恩和瑪雪兒的農人大多賣掉了農場，離開了，或者就只是離開了，而那些還留下來的農人不想要任何幫手，或是請不起幫手。但是曾經有幾年的時間，他們似乎知道自己是什麼人，知道他們該往何處去，該做些什麼。有那麼幾年，當那孩子漸漸茁壯長大，當朵兒還是原來的她，當梅麗煩人依舊，捉弄別人，像個半大不小的淘氣鬼努力要守規矩。晚上董恩也許會離開紮營地一會兒，去某個地方交換東西，讓雙方都得到一點好處，或是爲了他們要幹的活兒去跟某個人談妥條件。等他又再回來，他會尋找瑪雪兒，從來不說一句話，可是當他看見她，他會走過去站在她身旁，這時候看得出來他相當心安，不管他心裡還有什麼事。

他們全都認爲他們的生活方式很不錯，就那樣在戶外生活，當天氣還可以忍受。在年頭好的時候，事情似乎的確是這樣。如果他們又累又髒，那是由於幹活，而那種髒甚至不覺得是髒。工作意謂著有豐盛的食物，途經小鎮時還有幾分錢去買糖果或緞帶，或是有一毛錢去看場歌舞表演。他們若是在溪邊紮營就一定會洗澡，也會洗衣服，如果天氣好，而且他們停留的時間足以把衣服晾乾。那是在年頭變壞之前，後來他們開始被困在沙塵中[2]，塵沙使他們咳個不停，風會把沙子吹得穿過衣服落在他們背上。可是在早先那些日子裡他們是自豪自重的人。只要能夠，他們就打補釘、縫布邊，縫補所有需要縫補的衣物。他們愛惜自己擁有的東西。誰都看得出來。

萊拉的確喜歡在牧師的庭院裡工作。他幾乎從不踏進一步。教會裡有個人從前會不時過來除除雜草。起初她去那兒照顧玫瑰並整理環境，在院子一角闢了個小菜圃，種了一點馬鈴薯，就只是替她自己種的。還有幾株豆子。她看不出有什麼理由要浪費掉這麼一塊陽光充足的土地，況且土壤也很肥沃。那是一段時間以前的事了。她喜愛泥土的氣味，還有泥土摸起來的感覺，讓她捨不得把泥土從手上洗掉。

如今她成了牧師的妻子，她把那塊菜圃闢得更大了。凡是她想要的種子都能拿到。她仍舊喜歡吃一根直接從地上拔出來的胡蘿蔔，但她知道一般人不會這麼做，所以她很小心。有時她想不妨讓那個小男孩嘗一嘗，看看他覺得味道如何。(有兩、三次她甚至想過要偷走他，帶著他離開，到樹林裡去，或是一路往下走，讓她能獨自擁有他，也讓他認識另一種生活。可是她想像那個老牧師會在他們身後呼喚：「你要帶那孩子去哪裡？」他聲音裡的悲傷會很嚇人。他會驚訝於聽見它。你甚至不會知道你的身體能夠發出這種聲音。而那會是她熟悉的。她並非想像那種悲傷，而是從某個地方記得那種悲傷，彷彿她若是能夠再度聽見，她就能了解某件事。

這幾乎是她渴望的。）

不，那只是她作過幾次的一個夢，兩、三次吧，一種白日夢。而且那是留在她心中的夢，不是眞正的念頭，想把這孩子從他父親身邊帶走。如果他知道她在想什麼，他也許會說：要不了多久，孩子就是你一個人的了。有時候她但願他能知道她的念頭，因爲她相信他可能會原諒。因爲善良的主會原諒，幾乎一定會原諒，她想。如果這老人對善良的主有一絲認識，如果的確有個善良的主。朵兒從未提起過祂。

萊拉的念頭有時很奇怪。一向如此。她曾經希望受洗也許會有幫助，但是並沒有。哪一天她也許會問問他這件事。嗯，朵兒總是說：叫你怎麼做你就怎麼做，安靜別吭聲，別人也就只想要你做到這樣。萊拉學到了事情其實不只是這樣。但她很安靜。不過，他對她要求不多，其實是毫無要求。在頭幾個星期裡，她看得出來他只是很高興在回家時看見她在屋裡，或是從書房下樓來時看見她在廚房裡，甚至是有點鬆了一口氣。也許他比她所以爲的更了解她。但若是這樣，他也許不會那麼高興看見她在那兒。有時她但願他會告訴她該怎麼做，可是他待她總是那般小心翼翼。所以她觀察別人的妻子，在她能了解的範圍內依樣學樣。

會出差錯的事有那麼多。在他邀請她之後，她去那座教堂參加第一次聚會，當她走進去，裡面除了他以外全是女士，而他站了起來。她以爲他一定是很不高興看見她，以爲他會叫她離開，以爲她應該明白他的邀請只是個玩笑。所以她轉身走了出去。可是有兩位女士跟著她走到馬路上，說她們多麼高興她來了，多麼希望她能留下。要不是她腦子裡有受洗的念頭，這種好意本來足以使她氣得繼續走。等她們回到教堂，他又站了起來，因爲他是個紳士，每次有女士走進房間他就會站起來。那些紳士簡直是非這麼做不可。可是她怎麼會知道？男士得要負責開門，但他們得站在那兒等你先走出去。直到今天，如果牧師湊巧在路上碰見她，他會脫帽向她致意，即使下雨也一樣。他總是在她坐下時幫她挪椅子，這包括把椅子從桌邊拉出來一點，接著在她坐下之後再往前推。這世上哪有人需要別人幫忙挪椅子？

不過，各人有各人的處世方式，她想。而就一個老人來說他很英俊。她的確喜歡看著他。他看起來像是也嘗過孤單的滋味，而這很好。這是他身上她了解的一點。她喜歡他的聲音，也喜歡他站在她身旁的方式，彷彿對他而言那當中有份愉悅。

有一次，他牽起她的手，扶她走上鮑頓家的臺階，鮑頓眨眨眼睛說：「『我所測不透的奇妙有三樣，連我所不知道的共有四樣。』」[3]他們兩個都輕輕笑了。而她在心裡對自己說：別咒罵。不過牧師看得出來他們這樣開著她聽不懂的玩笑，對她是種困擾，因此等他們又回到家裡，他從書架上取下《聖經》，把那一節經文指給她看：「就是鷹在空中飛的道；蛇在磐石上爬的道；船在海中行的道；男與女交合的道。」[4]那就是笑點所在。男與女。[5]他們笑是因爲他是個老牧師，而她是個做粗活的人，或者說她會是個做粗活的人，假如她有辦法回到舊日時光。再說她也老了。說一個女人老了就只意謂著她不再年輕，而她身上的所有青春在眞正綻放之前就已被耗盡。所以萊拉已經老了很長一段時間，但那並沒有什麼幫助。算了，她知道那是個玩笑。別人仍舊對他的決定感到驚訝，驚訝他娶了她。

她看得出這件事有時也令他自己感到驚訝。他跟她說過，有一次當暴風來襲，一隻鳥飛進了屋裡。他從沒見過這種鳥，想必是風把牠從某個遙遠的地方吹來。他打開了所有的門窗，可是因爲那鳥兒拚命想要逃脫，反而有好一會兒找不到出去的路。「牠在這屋裡留下了一份祝福，牠的那分野氣。把風帶進了屋裡。」那正是她疑心自己懷了孩子的時候，所以那令她有點害怕，領悟到他知道她可能會離開，甚至可能預料到她會離開。事後她才想起她第一次悄悄溜上他的床是在沒有月亮的夜晚。[6] 告訴她這件事的是個自稱爲蘇珊娜的黑髮女孩。她有三、四個孩子，全都在她姊姊或母親那兒，這是她說的，所以也許她並不像她自以爲的知道那麼多。儘管如此，萊拉那時需要擔心的事卻更多。老人那番話也許是說她應該離開，說她不適合待在他的屋子。也許那是一個紳士說話的方式。假如他想直說，他可以說：這件事是你的主意，是你說我該娶你的。也許一個紳士沒辦法這麼說話。不過，有時候他也許會生氣，從而忘了他的禮貌，而那將會使她很難接受。朶兒總是說：別吭聲就好。不管是什麼事，只要等待事情過去。任何事情最後都會結束。萊拉心想：如果你知道反正會結束，你也許會想要乾脆結束算了。可是如果你懷了孩子，那你最好有個遮風擋雨的地方。這一點就連傻瓜也知道。

一天晚上他們到老鮑頓家去，那兩個男人談起她不認識的人和她不懂的事。畢竟除此之外還有什麼可談？但她不介意聆聽。而他們很快就忘了她在聆聽。他們讀到關於從中國回來的傳教士，關於他們使成百上千的人皈依基督教，而那只是九牛一毛，比起所有那些從未聽過福音、可能永遠也不會聽見一句福音的人。鮑頓說事情若是這樣，他覺得迷失的靈魂數量太嚇人了。他不該質疑神的公平，雖然有時候他的確不得不納悶。任何人都會感到納悶，這其實並不等於質疑。而牧師說：想想所有生活在亞當到亞伯拉罕那段時間裡的人。鮑頓想到此事的奧祕，搖頭說道：「我們就是九牛一毛！我們很容易就忘了這一點！」

隔天是週日，她早早醒來，溜出了屋子，徒步走出小鎮，沿著河走到一處地方，河水在那裡從岩石上流過，墜入一個沙底的河塘。太陽一升起，她就能看見鯰魚的影子。她坐在河岸上，又濕又冷，聞著河水的氣味，對流水聲幾乎聽而不聞，藏身於黑暗中，不是因為她認為那裡會有別人，而是因為她一向喜歡沒有人能看見她的那種感覺，就算她明知自己是獨自一人。老人會在空蕩蕩的屋中醒來，會如每日一樣穿好衣服、刮鬍子，煮咖啡、烤麵包，收拾文稿，獨自去教堂講道，和每個星期天一樣，唱聖歌，做禱告，禮拜結束後跟那些女士講講話，她們不會問起她好不好，也不會問她在哪裡，因為她們知道他的婚姻於他是件憂傷，又一件憂傷。

她本來打算要對他更好。他一直對她很好，但是在教堂裡她感到不自在。而昨夜，在黑暗中躺在他身旁，她問了他一個關於中國的問題。他試著解釋，而她試著理解。他說：「我相信上帝的恩典。對我來說，所有這些問題都終結於此。這也就是爲什麼問這些問題沒有意義。」可是他似乎是在告訴她鮑頓的想法也許沒錯，靈魂是會由於他們不知道、不了解或不相信的事而永遠墜入地獄。他不願意這麼說，必須想辦法用不同的話來說，所以她知道他認爲這事可能是眞的。朵兒很可能不知道她有一個不死的靈魂。就算她曾經想過，也從未提起，說不定連該怎麼說都不知道。在那許多年裡在路上漂泊的那許多人，幾乎誰也不記得安息日。有誰會知道每一個日子是星期幾？只要有工作可做，誰會不去做？用一個特定的名字來稱呼某一天有什麼用處？去想某一天在天氣以外的意義又有什麼用處？當貓尾草開花，雛鳥長出羽毛，他們便知道那是什麼季節。當太陽升起，他們便知道那是早晨。何必知道更多？如果朵兒將永遠墜入地獄，萊拉想要馬上跟她在一起，緊緊抓著她的裙子。

她穿上自己那件洋裝，不是從鮑頓家閣樓拿來的漂亮衣裳，也不是選購自西爾斯─羅勃克郵購目錄的那幾件新衣服，再穿上她自己的鞋子，免得擔心弄髒衣鞋。踏出屋外，她感覺到從前每天醒來都感覺到的那股沁涼和破曉前的黑暗。樹木在黑暗中搖動，鳥兒在星星已沉落太陽卻尚未出來時惶惶鳴叫。那條河的氣味就跟任何一條河一樣，帶著魚腥味、苔蘚味和陰森的氣息，而那股氣味在黑暗中似乎更濃，伴隨著那些小生物發出的叮咚撲通聲。她緩緩下到水邊，雙手浸入水裡，再用雙手捧住河水，澆在額頭上，抹在臉上，揉進髮中。接著又重來一次，把洋裝的前襟都弄濕了。然後再來一次。她的雙手冰冷，碰在臉上感覺彷彿根本不是自己的手。

那條河就像是往日的生活，就只是它自己。如此而已。她想：我把洗禮從身上洗掉了，這件事算是解決了。這想必就是我要的。現在，不論何時我若是發現朵兒在外面迷失徘徊，至少她會認出我來。不管生命之後是什麼，如果她在那裡不能有任何喜悅，至少她能有一秒鐘想起喜悅是什麼感覺。萊拉想這件事想了一會兒，想像朵兒走在前面，走在某條塵土飛揚的舊路上，兩旁空空如也，然後萊拉會喊她的名字，讓她轉過身來，再奔跑著投入她的懷抱。不，萊拉會坐在那些臺階上，在天黑了很久以後，然後朵兒會氣喘吁吁地出現，說道：「孩子啊孩子，我以爲我再也找不到你了！」當太陽升起，過了一會兒，她決定可以回牧師家了。也許沒有人會看見她。大家都上教堂去了。

她換上那件藍色洋裝，是從牧師給的那份郵購目錄裡挑選的。這是她第一次把這件衣服從郵寄紙盒裡拿出來，再穿上那雙白色涼鞋，梳了梳頭髮。在聖路易時，曾有一個女孩對她說：只要假裝你長得漂亮，他們就也能假裝你長得漂亮。老人將會回家來，也可能待在教堂的書房裡。也許會有人請他吃飯，星期天他們在中午時吃正餐。他也許會答應，而不想回自己的屋子，這屋子也許仍舊空蕩蕩的，也可能他會發現她在屋裡，而他得想出辦法跟她交談。每當她做錯了什麼事，某件令他不開心的事，他會感到不自在，然後帶著微笑說：「也許你能幫助我了解……你是這麼安靜……」可是她不會知道該如何解釋。如果她告訴他，她是多麼地孤單而不自在，而且是想要感到孤單而不自在，他會納悶她究竟爲什麼留在他身邊。如今既然她也許懷了孩子，她最好試著表現出像是她屬於這裡，至少試一段時間。她的雙手仍然帶著河水的氣味，她的頭髮也一樣。她仍然自覺稍微比較像從前的她。這有所幫助。

她能閱讀。朵兒讓她學會讀寫。也許她可以坐在門廊上讀本雜誌，等他回來。那麼他就可以問她在讀什麼，或是她可以告訴他雜誌上有個字她不懂，而她不懂的字是一定有的。於是，在教堂禮拜應已結束了幾個鐘頭之後，她看見牧師在路上走近，她腿上擺著一期《國家》週刊坐在門廊上。鮑頓走在他旁邊，兩人如平常一樣交談，聆聽彼此說的話，彷彿到了他們這把年紀還有什麼新鮮事可說，某件非聽不可的事。鮑頓先看見她，向牧師說了句什麼，牧師抬起目光，隨後他們停在路上道別，老人獨自走過來。他的身體還保留著高大壯碩時的習慣，彷彿他學到了該緩緩移動，顧及周圍可能撞到或推開的東西。儘管如此，他走得比平常更爲緩慢，慢條斯理，帶著一分躊躇接近自己的家門，她看出那分躊躇並且感到懊悔，因爲這一次也許他不會原諒她，或者至少是會決定不想要她留下。

他走上臺階時摘下了帽子，然後在那兒站了好一會兒，把帽緣拿在手裡轉動，只是端詳著她。「《國家》。」他說，彷彿這件事就跟最近發生在他身上的每一件事一樣奇怪。

於是她說：「我該多讀點東西。我早就打算這麼做了。」

半晌之後他說：「對，嗯，我想這總是有好處的。」他的聲音溫和，幾乎覺得有趣。他移動身體重心，每當有件事微微令他驚訝他就會這麼做。

於是她說：「看來，我像是懷了孩子。」她本來沒打算要在這個時候告訴他，但她總不能等到他決定要生氣時才說，或是等到他說他只想再度過自己的生活，她認爲他每一天都可能會這麼說。假如這種情況發生了，她的自尊心會促使她離開，絕口不提她懷了孩子，到時候誰也不知道她和孩子會怎麼樣，如果她的確有了孩子。

他說：「是麼。」在門廊搖椅上坐下，坐在她旁邊，離她有一點距離。他說：「是這樣啊。」接著又說：「我完全沒料到這一天會這樣結束。」

她尚未看著他的臉，注視著樹木在風中搖動。那是傍晚的一陣和風，樹木漸漸暗下來，逐漸籠罩了陰影。那是接近收工的時刻，還沒到，但是就快到了。在往日，這樣的風意謂著白晝並非沒有盡頭，吃晚飯、聊天和睡覺的時刻將會到來。他們共同知道的事何其多，而他們從不曾談起。

他說：「那麼，你決定留下來。」

「我從來沒打算要離開。」就一個小鎮來說，這個地方並不差。樹木高大，幾乎像是生活在樹林裡。沒有理由不多闢一個園圃。她可以種些花。

過了一會兒後他說：「如果你像那樣離開，也許可以留張紙條。我不總是知道該怎麼想。你留下了你的結婚戒指。」

「我只是有時候忘了戴上。」

「喔。這我知道，我想。」

「我一直戴著你給我的那個鎖盒墜子。」

她覺得戴個戒指很怪。那是枚金戒指，可能不小心弄壞，可能從手指頭滑落而搞丟。

「萊拉，我很高興知道你沒打算離開。可是萬一哪天你改變了心意，我希望你在白天離開。我希望你手裡有張火車票，能直接帶你到你想去的地方，而且我希望你帶走你的戒指還有我給你的所有其他東西。你也許會想賣了它，那也沒關係。它是你的，不是我的。它不屬於這裡——我的意思是在那種情況下……」他清了清嗓子。「你是我的妻子，我想要照顧你，哪怕這意謂著有朝一日送你去搭火車。」他傾身向前，看著她的臉，表情嚴肅，好讓她知道他這話是認眞的。

她想：我們在這裡會很安全。他會善待孩子。可是如果他要把她送上火車，那麼孩子會在哪裡？難道他會期望她離開時把孩子留下？還是他認爲到頭來不會有什麼孩子？唔，有時候你預期自己將會有個寶寶，到後來卻是一場空。你不能指望這件事。

「我還不能確定到底會不會有個寶寶。」

「我了解。」

「你也許以爲我是在編故事，爲了平息風波。如果到頭來發現沒有這回事。」如果有一天他不再信任她，她不希望還得去擔心他會怎麼看待這件事。當那一天來臨。她確信會有那麼一天。

他很溫柔地說：「我絕不會疑心你會做這種事。」彷彿根本無法想像她可能說出這麼下流的謊話。

她想：假如那是個謊話，而我剛好想到，我也可能會說出來。這的確能平息風波。她說：「我不像你想的那樣。我曾經做過某些事。我跟你說過的。」終有一天他也會了解這一點，最好別讓他到時候太過驚訝。她知道他不會追問更多細節，現在不會。

他沉默了，然後他說：「在這世上，我就只希望有你在這兒坐在我旁邊。我不是這麼認爲，而是明白如此。我猜這也沒能解釋任何事。你吃過晚飯了嗎？」

「吃了點麵包和果醬。」

他拍拍她的膝蓋。「我不會把這叫做晚飯。我們得好好照顧你。」廚房裡空空如也，於是他到鄰居家去，回來時帶著一瓶牛奶和一罐烤豆子。他笑了。「明天的晚餐會更像樣些。」她知道他曾有過另一個妻子和另一個寶寶。假如她曾花點時間去想一想，就會明白他想起了她們母女。

起初她之所以到基列來，是因爲有一次當她走在路上，可能是希望走到蘇城，她走得累了，提著皮箱和鋪蓋捲也提累了，她注意到在一段距離之外有間小屋坐落在一片白楊樹林旁邊，是那種在搭建之後又連同周圍的田野一併棄置的小木屋。於是她想過去看一看。看過之後她確定是被棄置了，因爲曾有人在那裡暫住，留下一些雜物，還把門前臺階拆下來當柴火，卻沒有人做過任何修理或清理。留下這堆髒亂的人說不定還會回來，對她說這地方屬於他們——只要看看那些啤酒罐和菸草罐，你以爲是誰把它們擱在那兒的？她見過這種事發生。你沒看見樹叢那邊那些用過的子彈嗎？你以爲是松鼠扔下來的嗎？除了繼續前進沒有別的辦法。

可是她在那兒待了好幾個星期，在那當中都沒有人來過。只要沒有人來打擾，她懂得要如何活下去。河裡魚很多。還有蒲公英的葉子和蘑菇。也可以嚼松脂，吃植物的根，還有香蒲和野生胡蘿蔔。蕁麻也很好，如果知道該怎麼摘採和烹煮。朶兒說你只需要知道哪些東西吃了不會要你的命。大多數人不吃松鼠，但是你可以吃。還有烏龜。必要的話蛇也能吃。這種日子萊拉其實沒法過多久，只能過到天氣開始變冷，但是她想在一個地方待一陣子。孤單很難受，但卻勝過她想得到的其他任何事物。也許是孤單使她每隔幾天就走上一里路到鎭上去，只是去看看那些房屋、商店和花園。她從沒打算跟任何人說話。她有一件平常穿的洋裝和一件愛惜著不常穿的洋裝，而她穿上比較好的那一件，乾淨的那一件，她把這件衣裳保持得還算不錯，讓她可以走在別人可能會看見她的地方，在她碰上下雨的那個星期天，她走進教堂只是爲了愛惜她的衣裳。而那個老人在那兒，嗓音蓋過了雨水敲窗的聲音。他看著她，隨即又看向別處。「願主之名受顯揚。」

他們並沒有眞的要錢。他們傳遞一個盤子，但沒有人強迫你把錢放上去。她開始數日子，這樣她才會知道哪一天又是禮拜天。有一次她數亂了。像她這樣過日子的人可能會發瘋。她開始懷疑自己是否已經發瘋了。她想：如果我瘋了，也許我不妨愛做什麼就做什麼。如果你得時時刻刻擔心別人會怎麼想，發瘋就沒有意義了。她有十個乃至二十個不去教堂的好理由。朶兒從來不上教堂。那裡全是陌生人。她只有一件洋裝可穿。他們全都會唱那些歌曲，知道自己該說什麼、該做什麼，知道那樣做的意義。他們全都彼此認識。牧師說的一些事令她困擾，她無法了解那些事的意義。例如耶穌的復活。但她猜想她喜歡那些燭光和歌唱。她猜想她沒有更好的地方可待。

她可能瘋了，而且可能就要離開，於是她決定去跟牧師說話。她有上百個理由爲何她絕不會這麼做，穿著同樣那件舊洋裝，到他屋裡去問他一個問題。她從來不會強出頭。可是她想不出辦法把老鼠從那間小木屋趕走，木屋四周的田野又長滿了艾菊。在聖路易時她們被要求喝艾菊茶[7]，而她討厭那個氣味。於是她決定離開。既然這樣，何不去問問他？日後他只會說：那個瘋女人到我門口來，心裡有件事，後來我就再也沒見過她了。要不了多久，他就會忘了曾經發生過這件事。他不會知道該跟她說什麼。但她還能去問誰呢？

看見她在門口，他顯得驚訝但又不驚訝，彷彿他沒有理由預期她會來，而她還是來了。他沒穿外套，只穿著襯衫和室內拖鞋，看起來比在講道壇上蒼老，而她想到在早晨這個時間她來得太早。但那又有什麼關係。

他說：「哈囉。早安。」然後等待著，彷彿期望她說明來意。接著他說：「請進。」等她走進屋裡，他爲了屋內陳設的簡陋而表示歉意。「我想你看得出來我不太擅長打理家裡。儘管如此……」他指指沙發，沙發上堆著報紙和書籍。「讓我替你在這裡騰出一點位置。我的訪客不多，你大概也看得出來。」當時她並不知道有她在屋裡令他難爲情，一個女人和他獨處，一個陌生女子。但她的確知道他並不希望她離開。「我可以倒杯水給你嗎？如果你有幾分鐘的時間，我可以煮點咖啡。」

她有一天的時間，一星期，一個月。她說：「我沒有地方可去。」

他向她微笑，也許是向他自己微笑，彷彿看出她神祕的出現也許是幾塊錢就能打發的事。他說：「那我就來煮咖啡。」

她站起來。「我根本不知道我爲什麼到這兒來。」她認得那個微笑。她討厭別人的這種微笑。

「呃……我想我們可以聊一聊。有時候這會有些幫助。我的意思是，幫忙把事情弄清楚一點……」

她說：「我不怎麼愛說話。」

他笑了。「好的，這也沒關係。此地很多人都是這樣。不過他們的確喜歡喝杯咖啡。」

她說：「我不知道我爲什麼到這兒來。這是事實。」

他聳聳肩。「既然你在這兒了，也許你可以向我談談你自己？」

她搖搖頭。「我不談這個。我只是最近常常在想：事情爲什麼會照它們發生的方式發生？」

「噢！那我很高興你有一點時間。我差不多這一輩子都在想這件事。」他帶她到廚房去，讓她坐在桌旁，等他煮了咖啡，他們一起坐在那兒好一會兒，幾乎什麼也沒說。是啊，最近天氣很不錯。他伸出手指去描桌上的一道刮痕，然後向她說起在他出生前死去的哥哥和姊姊，說起他母親曾說家裡的樓梯都被小孩的鞋子給磨壞了，因爲她從來沒法阻止他們跑著進來。如果她發現一本書裡曾有人亂畫，她會說「一定是那幾個孩子當中的哪個畫的」，語氣裡帶著鍾愛和悲傷，只有在她提起那些孩子時他才會聽見。所以每當他在某件東西上發現一道刮痕或是汙跡，他仍然會想：是那幾個孩子當中的哪個。白喉奪去了那幾個孩子的生命，只有他哥哥艾德華得以倖免，他是孩子中的老大。所以艾德華認識那幾個孩子，會說關於他們的故事。有一次，他聽見他哥哥喊他「不是約翰的約翰」[8]，認爲他年紀還太小，不會理解。艾德華想念他失去的那個弟弟，的確一直想念著他，對他——非常忠誠。他們的父母親和祖父很少提起那幾個孩子，幾乎難以承受想起他們。「在這棟老屋子裡有很多憂傷，有些屬於我，有些我曾經希望屬於我。所以我可以說是帶著這個疑問活著：事情爲什麼會照它們發生的方式發生？我猜這並沒有什麼幫助。」

她喜歡聽別人講故事，最悲傷的故事最好聽。她納悶這究竟有沒有意義。當然，當別人這樣說起自己，通常他們是想讓你也以同樣的方式談起自己。這大概就是這個牧師的意圖。可是在她和朵兒之間有個祕密。收容她們的老婦人說：「朵兒，你知道偷小孩是會讓你去坐牢的。我也可能因爲幫助你而去坐牢。你是在招惹最壞的一種麻煩。」所以萊拉不敢透露一個字，即使是現在。偷小孩？朵兒像個曠野中的天使一樣走向她。牧師提起過天使，這個概念有助於她去想某些特定的事物。當年她被一把抱起來帶走，身上裹著那條舊披肩。

他說：「我不常談起這件事，不常對還不曉得這件事的人談起。你到這兒來問我一個問題，而我卻不停地講自己的事。」

她說：「我喜歡這個故事。」

他把目光從她身上移開，笑了。「這是個故事，不是嗎？我從來沒有眞的這樣想過。我想下一次我再說這個故事，它會變得更好聽。也許比較不那麼眞實。我也許不會再說這個故事，希望我不會。你不說是對的，我想這是一種更高等的誠實。一旦打開話匣子，就很難預料自己會說些什麼。」

她說：「這我不會知道。」

「顯然不會。但我知道。我這一輩子都在說話——不過，你問了這個問題，也許你可以幫助我對這個問題多了解一些。說說看你怎麼會想到這個問題，用簡單幾句話。」

她說：「我有時間。我會想一些事。」

「喔，顯然是的。很有意思的事。」

「我想每個人都會想這些事。」

他笑了。「是啊。而這也很有意思。」

「你在星期日的時候說起善良的主，說祂做了這個和那個。」

「是的，我是這麼說。」而他臉紅了。彷彿他也料到了這個問題，並且再次驚訝於他毫無理由預期的事果然發生了。他說：「我知道我不夠資格談這個主題。你得原諒我。」

她點點頭。「你要說的就只有這麼多。」

「不，不是這樣。我想你問我這些問題是因爲發生過一些不幸的事，那些你不想談的事。假如你把這些事告訴了我，我大概也只能說生命是個很深的奧祕，最終只有上帝的恩典能夠解釋。而上帝的恩典也是個很深的奧祕。你可能看得出來這些話我已經說過太多次了，但我相信這是眞話。」他聳聳肩，看著他的手指在桌上描著那道刮痕。

一分鐘後她說：「嗯，好吧。我該走了。」那時她還不總是記得要說：謝謝你的咖啡，謝謝你的時間，打擾了。他送她到門口，替她開了門，而她也忘了爲此向他道謝。他模樣疲倦，彷彿遺憾這番交談結束了。他說：「謝謝你來拜訪。我們的交談很有趣，對我而言。」然後又說：「不管你沒有告訴我的是件什麼事，我都遺憾它發生了。非常遺憾。」

然而，當她回想起這件事，她認爲自己想必是令他反感。就那樣出現在他家門口。可是接下來那幾天，一些她不認識的人會在路上攔住她，提供她工作，甚至願意提供她一個空房間。一個女士邀請她去教堂參加晚餐會，而她去了，心中希望牧師不會在場。他們說他應該會來，但他沒有來。就是那位女士告訴了她牧師曾經有過的妻兒，說得非常輕柔，出於對這個悲傷故事的敬意。她說他從不曾向任何人談起這件事。當然，他一定跟鮑頓牧師說過，但是沒向其他人說過。「他會忘記事情，就像他忘了今天的晚餐會。他一向這樣。」

如果她留在基列，就能賺點錢，也能在店裡買點東西。肥皂、縫紉線、一盒鹽。如果她想避開惡劣的天氣就能避開。他們要她做的只不過是整理庭園、熨燙和洗滌衣物，而這些事她做得就跟任何人一樣好。所以那不算是施捨。他們不用談話去煩她，星期天也不會叫她工作，讓她有自己的時間。如果她離開，除了不去聖路易，她也沒有什麼地方可去。她決定不妨待上一陣子，存一點錢，等她改變主意的時候，身上有點錢事情會容易些。就是在那些禮拜天當中的一天，在去過教堂之後，她想到要走路到墓園去。她在那裡找到了他的妻兒，肯定不會錯。草是割過了，但是沒有人想到要去修剪那些玫瑰。

他講了一篇道：「『你們的光也當這樣照在人前，叫他們看見你們的好行爲，便將榮耀歸給你們在天上的父。』」[9]他說這意謂著當你做了一件好事，那看起來應該像是來自上帝，而不是來自於你。不該讓別人覺得那是你的美德，而你也不該這麼覺得。愈是有人聲稱自己做了一件好事，這件好事就打了折扣。她想：好吧，這就是爲什麼他叫那些人來幫忙我。這就是爲什麼他不敢看著我。你會以爲他爲了某件事感到羞愧。自從我到他家去的那個早晨，他就幾乎沒對我說過一句話，而他看得很清楚我日子過得不好。算了，這也無所謂，只不過似乎不太誠實。我想他是希望我認爲是上帝把錢放進我口袋的，事實上卻是他。說不定就連他們付給我的錢也是他的，是教會的錢。董恩說過教會是會做些事來讓人們相信教會所說的事。

就在那一天她拿走了教堂長椅上的一本《聖經》。他們會很樂意送她一本，這個念頭令她難以忍受。他們誤解了。她並非要信教，只是想知道他都在說些什麼。她這麼做有她自己的理由。而有一天，等她決定離開，她也許會把《聖經》還回去。對某件東西感興趣讓她心裡覺得舒服一些，不會有太多時間去想那些令她擔憂的念頭。

可是她想讓他知道她並不是個傻瓜，不像他想的那樣，因爲看來他的確想著她的事。於是她開始照顧那座墳。墳上有一行字：「如此佳人奈何早亡，我們爲此而哭泣。」[10]想必是出自《聖經》。看看他是否會以爲是上帝刮掉了墓碑上的青苔，放上了常春藤。是誰修剪了那叢紫杉，讓光線能稍微透過來，又是誰讓玫瑰綻放。而她注意到他屋後的庭院也長滿了雜草，於是她也照料起那座庭院。有一次，他發現她在庭院裡忙碌——照顧她種的馬鈴薯，雖然他似乎沒注意到園子裡種了馬鈴薯。她捡起那些甲蟲，扔進一個錫罐裡。他說：「你做了這麼多事。這園子看起來眞美。我想給你一點酬勞。」他一手拿著皮夾，帽子拿在另一隻手裡。

她說：「我欠你一份情。」

「不，不。你肯定不欠我什麼。」

「這最好由我來決定。」她說。

「也對。好吧，如果你需要什麼……任何東西，如果你還想再談一談，這一次我也許會表現得比上次好一點。」他聳聳肩。「我沒法保證，但我盡力而爲。」

她說：「我什麼也不保證。」而他笑了。然後她說：「我會考慮。謝謝你。」他是個英俊的老人。他的額頭沉重，但眼睛和善。他何必在乎她想些什麼，在乎她會留下還是離開，在乎她往後會怎麼樣？她曉得自己的模樣，一雙大手，手臂瘦長，一張曬黑過上百次的臉，不止百次，還有她曬焦的頭髮和陽光曬得褪了色的眼睛。在聖路易時，她們試著把她打扮得漂亮一點，把這件事當成一種遊戲。什麼東西在她身上看起來都不對勁。只要假裝你長得漂亮。她主要是把那個地方整理乾淨，幫忙其他女孩穿衣服、弄頭髮。當她試著去假裝，她們就會笑她。她必須承認他看著她的方式的確特別，如果他看著她的話。可是如果她任由自己這樣想，她會開始在乎他，而從前她任由這種事發生的時候，兩、三次吧，除了惹上麻煩沒有別的結果。如今她習慣在心裡向他提出問題。你在講道辭裡除了告訴大家凡是發生的事情都有意義之外，還跟他們說過什麼呢？有個人在很久以前死在某個地方，而這具有某種意義。大家吃一點麵餅，這也具有某種意義。那你為什麼不說說你是怎麼知道的？你這樣說就只是因為你是個傳道人嗎？這類想法使她的孤單起了變化，變得比較能夠忍受。而她知道這會有多危險。她不止一次告訴自己不要把那叫做孤單，既然一年跟下一年並沒有任何差別，那只是她身體的感覺，像是餓了或累了，只不過那份感覺永遠都在，永遠一樣。偶爾她會把自己的心思暫時轉移到別的事情上，但那份感覺總是會再回來，並且感覺更糟。

但她漸漸想著要受洗，心想灑在前額上的水說不定有種力量能使她的心平靜下來。無論如何她都得度過一生，沒有理由不去接受這個世界似乎能提供給她的安慰。如果說現在她覺得這些事沒有一件講得通，只要她讓事情發生，情況也許就會改觀。如果到頭來沒有一件事有任何意義，反正也沒有壞處。然後他對她說他們會有一堂課，很歡迎她加入。她還在猶豫，只從教堂旁邊走過，因為她想她也許來早了，或是弄錯了日子，因為先前她已經走過兩次，並未看見任何人走進去。她從來不知道究竟是幾點鐘，也會忘了那是星期幾。可是接著她看見牧師在路上朝她迎面走來，於是她就只是站在原地等待。沒別的辦法。他看見她時摘下了帽子，所以他也許想跟她說話。她原本沒去想她可以跟他說些什麼，根本不會預期要跟他說話，只想坐在離他最遠的一排聆聽，並且把她的疑問留在心裡。

他說：「早安。很高興在這裡見到你。」

而她說：「我想我最好受個洗。我小時候沒有人幫我安排。」聽見自己說出這些話，她明白在她想了那麼多之後，她幾乎習慣了把心裡的話對他說。難道她不知道不該任由自己這樣想嗎？難道她沒有告訴自己上百次嗎？這是必然的結果。他看起來甚至不太像他在她心中的樣子，而她卻還是這樣對他說話，彷彿她認識他。這就是她那種生活方式造成的結果。

「唔，好。我們會辦妥這件事。肯定會。」

她說的每一件事似乎都令他略感驚訝。這也難怪，既然連她都感到驚訝。她想：整個教會的人都盯著我看的時候，我怎麼知道該說些什麼？她說：「今天晚上我不能來。我得要工作。」說完便轉身走開，立刻感到難爲情，明白她看起來有多麼奇怪，毫無來由地匆匆走進傍晚的暮色中。這孤單的暮色，暮色中她只可能變得更瘋狂，在那間簡陋的小木屋裡，她仍然住在那兒，因爲她很難待在人群中。說她藏在那兒要比說她住在那兒更接近實情，因爲能夠獨處大概是她在那裡的唯一安慰。如果她現在不折返，趁著羞恥之情的痛苦尚未發作，她知道她將再也不會踏進那座教堂。說到教堂，最好的一件事是當她坐在最後一排，沒有人會看著她。如果她想，她可以晚一點來，早一點走，可以聆聽講道和唱詩。那些人或許會納悶她爲什麼在那兒，但他們從來不問。而聆聽那老人說話是件有意思的事，聽他談著出生、死亡和生與死之間的人生，那些大多數人不太談的事。就是這個讓她留在這座鎮上。於是她決定走回教堂，走進門裡，按照她最初的打算。可是當她果眞走進教堂，他站了起來，於是她走了，而那些女士跟著她走到馬路上。她們想必在談她。那又怎麼樣？她們可以由著她走，如果那是她們想要的。如果她覺得自己像個傻瓜，那又怎麼樣？他像先前一樣站了起來，微笑著說：「我很高興你畢竟還是來了。」她說：「謝謝。」在那之後就輕鬆多了。〈創世紀〉、〈出埃及記〉、〈利未記〉。亞伯拉罕、以撒、雅各。至少她學到一些東西。

如果她想著這個牧師以免去想別的事，她其實也可以回憶朵兒還在她身邊的舊日時光。沒必要去想朵兒帶她離開的那棟小屋，也沒必要納悶是誰讓她活下來，當她是個無助的新生兒。她拿起《聖經》，去讀正好翻開的那一頁，而她讀到：「論到你出世的景況，在你初生的日子沒有爲你斷臍帶，也沒有用水洗你，使你潔淨（…）誰的眼也不可憐你。」[11] 而她開始思索，當年想必有個人可憐她，或是可憐任何活著的孩子。「我從你旁邊經過，見你滾在血中。」[12] 萊拉曾經見過嬰兒出生。他們就跟你從土裡挖出來的蟲子一樣赤裸怪異。出於憐憫，你會想要把那孩子洗乾淨，找塊布把他包起來。不管她再怎麼努力回想，就只記得裙子從她身上輕輕掠過，一雙不像其他的手那麼粗糙的手。也許那就是使她活下來的那個人。那又有什麼要緊。在黃昏裡，當天光暗到無法閱讀，她用毯子把自己裹住，縮在角落裡，蓋住臉和腳，思索或作夢，或睡或醒。假如朵兒是她母親，就犯不著把她偷走，這一點她是知道的。她來自何處有什麼要緊？嗯，她想，我要去何方也許更不重要。或是我爲什麼一個人在黑暗中思考這件事。她其實並不在乎黑暗，也不在乎那些蟋蟀，甚至不在乎老鼠的窸窸窣窣，而且想到星星就在敞開的窗戶外面令她快樂。在破曉前的黑暗中，她穿著睡衣，帶著肥皂，走下河裡洗澡。沒有人會看見她，就連她都幾乎看不見自己。她喜歡肥皂的氣味，感覺到腳邊的石頭和淤泥，而滑過她皮膚的河水有股刺人的寒意，使她喘著呼吸，空氣的味道留在喉嚨裡。朵兒常說：「現在你再乾淨不過了。」

然後她會再穿上睡衣，走回那間小木屋，盡量刷掉腳上的樹葉和枝子，用毯子把自己裹住，睜著眼睛躺著，她的身體漸漸暖乾了睡衣的濕氣，而她會想著事情是怎麼發生的。一天夜裡，由於她在《聖經》裡發現了那幾句話，她想著自己怎麼可能在出生後活下來。當朵兒拾起她時，她是那般病弱。要如何想像是誰花了工夫去照顧她，讓她的身體和靈魂沒有分家，哪怕照顧得不多。在朵兒之前必定曾有個人抱過她餵過她，這樣想對朵兒並沒有不敬之處。她想起牧師的妻子，手裡抱著新生兒的那個女孩。告訴她這件事的那個婦人說：「她就那樣靜悄悄地走了，幾個鐘頭之後，嬰兒也跟著她走了。」留下了孤零零的牧師。

天不怕地不怕的梅麗後來怎麼樣了？她可以問問他這件事。梅麗會用棍子去戳一條蛇，只爲了把牠看清楚一點。有一次，她從一道籬笆的柵欄上爬上一條小公牛的背，一雙手臂抱住牠的脖子攀在牠身上。董恩看見了，就走向籬笆，爬上去，把她從那頭小牛身上拎起來，趁著牠還沒打定主意要怎麼擺脫她。牠把她的腿在一根柱子上刮了一下，破皮處引來一堆蒼蠅，但她說她只是有個想法，如果你從一頭公牛還小的時候就每天騎牠，等牠長大了，你就能騎著牠到任何地方，而大家就會說：她騎著那頭牛來了。董恩說：「算了吧，那不是你的牛。再過四、五天，我們就要離開這兒了。」而她說：「如果你別來管我，我本來可以繼續騎在牠身上的。這我知道。」他笑了。「你要知道，假如牠打定了主意，牠會弄斷你那條腿，而這還只是個開始。到時候你啥事也幹不了，誰來照顧你？」她說：「我的腿根本沒那麼痛！」

他老是說她總有一天會摔斷脖子，到時候他們就只好把她扔在路邊，再繼續往前走。她對這些話從來不在乎，而且她也從未摔斷過脖子，雖然有時候她彷彿的確想這麼做。她看見幾個鎮上女孩跳繩，就自己找來一條繩子，弄清楚怎麼樣能跳得比她們更好，交叉雙臂，單腳跳。她試圖翻筋斗而不用到雙手，因為雙手必須抓著跳繩。她會摔倒在路上，馬上又翻身起來，而她會說：「我差點就成功了。」一個瘦巴巴、滿臉雀斑的小孩，皺起一雙白眉毛，一頭白色亂髮飛揚，一心成為有史以來最厲害的跳繩者。如果她看見一間建在屋外的廁所，她會走進去，看看那兒是否擺著一本郵購目錄，如果她找到了一本，就會帶幾頁回來，研究個好幾天，試圖弄清楚上面都是些什麼東西，又有些什麼用途。她會說：「我還弄不太清楚這是些什麼字。我還在研究。」朵兒對這一切都嗤之以鼻，她會對萊拉說：「幸好你不像這樣。」那時萊拉尚未強壯到足以去嘗試，再說她也從未表現出她想要這麼做。她是朵兒的女孩，總是盡可能待在朵兒身邊。梅麗每年夏天都走在同一條路上，她可以四處晃蕩而不至於迷路。偶爾她會試圖讓萊拉成為她的密友，告訴萊拉她知道哪裡有越橘的莓果，或是教她如何徒手抓魚，可是萊拉總想要朵兒在她身邊，至少是在她視線之內。

關於這些人，那老人能說些什麼呢？這些人天生具有用之不竭的勇氣卻無用武之地，只能過一天算一天。而那還是年頭好的時候。她一向嫉妒梅麗，因爲她的惡作劇和怪念頭逗樂了其他人，總是逗得他們發笑。有一次，梅麗說：「我想我的兩個膝蓋這一輩子都是破的。我的手肘也一樣。」董恩笑著說：「那我猜想你一定是生來就是這樣。假如有這種人的話。」而一個像這樣的女孩能在哪裡找到一種不僅僅是要求她吃苦的生活？吃苦這種事，動物更爲擅長，例如一頭騾子。朵兒說：不管發生什麼事，只要別吭聲，事情就會過去，多半是這樣。但這並非萊拉想有的念頭，如果她開始這樣想，那就不如乾脆起來等候黎明。她也不妨考慮一下這一天她要上哪兒去找工作，有哪戶人家她已經好一陣子沒去了。他們總是給她工作，哪怕只是連小孩都能做的事，像是劈些引火用的細柴，而她不想去得太過頻繁，給任何人增添負擔。

那天上午，葛拉罕太太有幾件衣服給她，一條裙子和兩件上衣，說是她女兒搬去第蒙市的時候留下來的，就那樣一直掛在衣櫥裡。她說如果萊拉用得上的話，可以把這些衣服拿去。萊拉心想：這是當個窮人最糟的地方。每個人都看得出你有多窮。彷彿整個鎮上都在設法弄清楚我所缺少的每一件東西。如果我離開這裡，我可以穿上這些衣服，不管是誰看到了都不會起什麼念頭。如果我留下，我就會是穿著某人的舊衣裳走來走去，某人的施捨。葛拉罕太太盯著她的臉，有一點得意，一點後悔，一點尷尬。她說：「如果你用不上就不必拿，親愛的。我只是想這些衣服你穿著也許合身。」

萊拉說：「看起來大概會合身。我可能用得上。」她知道她該說謝謝，但是除了工作以外，她從不曾要求任何人給她任何東西，而他們若是給她額外的東西，自然有他們那樣做的道理。她並非接受別人的恩惠，因爲受人恩惠是她最受不了的事。她甚至沒朝那些衣服看上一眼，雖然她知道葛拉罕太太希望她看一眼。所以這些衣服一定不錯，她想。還不太舊。然後她替葛拉罕太太熨燙衣物，心裡想著那幾件衣服，想著她或許可以穿著那些衣服上教堂，因爲那至少會比老是穿同樣那件舊洋裝感覺好些。就算牧師注意到，讓她覺得受了他的恩惠，而大家都曉得這一點。於是等她忙完了葛拉罕太太家的事，她拿起那袋衣服，走到墓園去。那裡有小男孩約翰．艾姆斯的墓，一旁是名叫瑪莎的姊姊，另一旁是名叫瑪格麗特的妹妹。她從未眞的想過死者會聚集在一座小鎭的邊緣，名字全都寫在那裡，讓你知道那是誰家的墓，只要那個家族還住在當地。而那裡也有約翰．艾姆斯牧師的墓，大概是那牧師的父親，旁邊是他的妻子。一輩子都知道自己將來會葬在哪裡，看著這些墓碑上寫著你自己的名字，這想必是種奇怪的感覺。有朝一日，老人將會長眠在他妻子身旁。而在這麼多年以後，她將會在陽光中等著他，全身覆蓋著玫瑰。

等天氣變了，她就不能再待在這間簡陋的小屋裡。屆時將無法保暖，風會穿牆而來，雨會從屋頂漏下。那個婦人曾說有個空房間可以給她住，有一個星期左右的時間，教會裡的每個人都想給她點什麼，但是那婦人說不定已經改變了心意。如果她要離開這座小鎮，就該趁著旅行變得太過艱難之前。她也許得在一張車票和一件冬季大衣之間做出取捨，而她的鞋子也快穿壞了。沒必要去想這些事。她反正會做出決定，不是這樣做就是那樣做，為了這種理由或那種理由，趁著能存點錢的時候多存點錢，而不管她怎麼決定，她多半都能過下去。

萊拉曾經在一間真正的房屋裡住過。不是在聖路易的那一間，而是一間正派的膳宿公寓，在愛荷華州的坦慕尼鎮上。朵兒在那兒找了份工作，讓萊拉得以去上學一年，足以讓她學會讀寫及做些算術。房子屬於瑪爾可太太，她負責做飯，但朵兒負責清掃、洗衣、照顧家禽和園圃，而所有這些工作萊拉都會幫忙。朵兒希望她能認識所謂安定規律的生活。並不是說朵兒自己對這種生活懂得多少，但瑪爾可太太會為她做錯的每一件事大吼大叫，所以她漸漸地愈做愈好，直到學年即將結束。然後她告訴萊拉：「我受不了再聽那女人囉唆了。她那些該死的衣服就讓她自己去晾吧。」於是她們收拾了屬於自己的東西，走了。

萊拉喜歡上學，也喜歡被單和枕套。她們有自己的房間，有窗簾和衣櫃。她們在廚房的桌旁吃晚餐，當朵兒清洗碗盤，萊拉就在那張桌上寫作業。朵兒從沒抱怨過，所以當她說她們得要離開，萊拉很驚訝，但什麼也沒說，也沒有回頭看，雖然她覺得那棟屋子很漂亮。她就是在那裡學會照顧玫瑰的。那是他們的自尊，盡量容忍，但不超過能夠容忍的限度，不流露出渴望或後悔，要求小孩在陌生人面前對大人表現出尊重。那時是春天，所以不愁沒有工作，而朵兒多少知道該去哪裡找到董恩那伙人。她們花了兩天找到了他們，又等了一星期，等待他們再度邀請她們和大家一起吃飯。她們在坦慕尼住過一年之後，情況就再也不同了。彷彿她們曾經背叛了他們，而且再也沒有眞的被原諒。如果萊拉向梅麗讀出一個招牌上寫的字：雜貨店，梅麗會說：「算了吧，誰也看得出來那是家雜貨店，所以那些字還會說些什麼呢？郡立監獄嗎？那看起來就是一家店，不是嗎？」如果萊拉讀出布料或是針線鈕釦與什物，梅麗就會說：「哼，這只是你編出來的。那些字根本沒有什麼意思。」

可是萊拉識字，而朵兒對此很高興，不管別人怎麼想。她說這會派上用場。也許有一天能派上用場吧。大多數時候梅麗說的沒錯——那些字告訴她的是她反正已經知道的事。此地不需要幫工。認字的好處在於知道那些用不著名字的窮鄉僻壤叫什麼名字，你得靠著讀出路牌來弄清楚。儘管如此，當她去店裡買一罐豆子和一個線軸，她也給自己買了一本拍紙簿和一枝鉛筆。她只是好奇，想知道她還記得多少。她先前把那一頁折了角，現在她抄下那段文字：「論到你出世的景況，在你初生的日子沒有爲你斷臍帶，也沒有用水洗你，使你潔淨，絲毫沒有撒鹽在你身上，也沒有用布裹你。誰的眼也不可憐你，爲你做一件這樣的事憐恤你；但你初生的日子扔在田野，是因你被厭惡。我從你旁邊經過，見你滾在血中，就對你說：你雖在血中，仍可存活；你雖在血中，仍可存活。」[13]她想：這是我第一次聽說有人在嬰兒身上撒鹽。她慢慢地、小心地寫那些字母，寫起來甚至不像她小時候那麼容易，但她對自己說她要每天寫一點。

練習，那個老師說，當她的作業和其他同學的作業相比之下顯得那麼拙劣，讓她羞愧得幾乎要掉淚。你只需要多練習一下。

於是她期待著早晨到來。一旦光線足夠，她就坐在門邊，把拍紙簿放在膝蓋上寫字。她抄寫那些字，因爲她不確定每個字的拼法，而這是一種學習的方式。如果她拼錯了又有誰會知道？從來沒有人到這兒來。儘管如此，她還是感到羞愧，想到這看起來會是多麼無知，若非她太過無知而無從判斷。於是她寫著：「起初，上帝創造天地。地是空虛混沌，淵面黑暗。」14空虛混沌，淵面黑暗。她很想問問他這個。她把整段再寫一遍，共寫了十次。

她喜歡這樣的早晨，當氣溫漸漸上升，而她仍感覺到一絲在河裡洗過澡的涼意。在黎明時分，蟋蟀、蚱蜢、樹蛙和蟬總是慢悠悠地叫。彷彿熱度和陽光無意間攫取了更多的東西，攫取了更多濕氣、更多氣味，只因爲它們辦得到。它們是那麼強烈，其餘的萬物都尙未眞正醒來。在泥土、露水和樹葉的氣味中有種好似受傷的感覺。艾菊的氣味不再那麼令她難受。董恩說鹿討厭艾菊，也許正因爲這樣牠們才沒有發現長在這間小木屋旁邊的南瓜。那原本只是扔在一截樹樁旁邊的幾粒種子，曾經有人在這截樹樁上劈柴、剖魚、剜出兔子的內臟。她把這些種子種下，如今開出了帳篷狀的碩大花朵，鮮黃無比，大株藤蔓垂在地上。她希望老人不知道她住在哪裡，而她知道就算他知道也絕對不會到這兒來。可是假如他來了，她希望那會是在早晨，當那些小白蝶翩翩起舞，讓那片雜亂的舊草地幾乎像座庭園。

他們還小的時候，很高興能在工寮暫住，哪怕那些工寮都很簡陋，一排排小木屋，屋裡是陳舊的桌椅和霉臭的折疊床，也許還有些盤子和湯匙。屋裡陰濕而且瀰漫著老鼠的氣味，除非下雨，瑪雪兒都要大家睡在戶外，可是他們畢竟有間小木屋，白天裡把他們攜帶的所有物品都存放在屋內。萊拉、梅麗和那兩個男孩不幹活的時候就玩遊戲，假裝那是他們的房子、堡壘或洞穴。他們會去尋找可能是別人留下的任何東西，如果他們找到了半條鞋帶或是一個杯子的碎片，他們就會編出故事，關於那是件什麼東西，而他們又何以幸運地發現它。有一次，亞瑟的兒子德克在鐵軌上找到一枚壓扁的一分錢硬幣。他把它舉在門上，釘了根鐵釘穿過去。在他們曾經待過一星期的一間小木屋的門上，不知何時曾有人釘了一個馬蹄鐵上去[15]，而他們覺得這想必很重要。他們提防著陌生人，對陌生人的孩子懷有敵意，只有梅麗除外，她總是想跟那些嬰兒玩，會表現出適度的友善，讓嬰兒的母親或姊姊讓她跟嬰兒玩。梅麗玩著擲刀遊戲[16]，趁著空檔照顧一個髒兮兮的嬰兒，哼著歌，細瘦的手臂搖著嬰兒，假扮母親和孩子。

他們會一起在果園裡工作，摘蘋果、櫻桃或桃子。他們會整天爬在樹梢，而且從不會打翻籃子或弄斷樹枝。那是小孩子最擅長的工作。別人會給他們幾箱太熟或是碰傷了的水果，孩子們會一直吃到再也吃不下，再也受不了那股泛酸的氣味，還有那些閃閃發亮、漸漸聚集在水果上的小黑蟲，然後他們就會動手把水果扔向彼此，讓身上沾滿腐爛的梨子和杏子。蒼蠅到處飛。把衣服弄得比先前更髒會給他們惹來麻煩。董恩討厭那些工寮。他會說：「一般人是這樣過日子的嗎？」可是孩子們覺得那些工寮挺不錯。

她會告訴那老人：我以前並不討厭艾菊，現在我偶爾也還喜歡吃顆杏子。她假裝他知道她的一些心思，只知道其中一些，她願意讓他知道的那一些。梅麗和那些嬰兒。朵兒的微笑，當她有一小塊從店裡買來的糖果，趁其他人沒看見的時候塞進萊拉手裡。他們當中任何一個都可能從這片原野上走過，拔起青色的草莖和苜蓿，想著他們自己的念頭，再自然不過。他們曾經走過許多跟這一樣的其他地方，一整個世界都是無名的原野，野草叢生，陽光燦爛，雜亂無序。就只有一個名字：美利堅合衆國。假如他們能夠以他們在她心中的模樣出現，在年頭尚未變壞之前，那麼她就可以讓他認識他們。她會想要他認識他們。

不。她爲什麼讓自己這樣想？假如他看見這個地方，他只會爲了她的貧窮和她住處的簡陋而感到不自在。他不會正眼看著她，會試著避免去看任何其他東西，而且他不會說很多話。她會恨他，並且希望他知道。然後等他走了，她就得要暗自咀嚼所有那些善意。而她甚至還沒存夠買車票的錢。也許這就是她該鼓起勇氣去請人幫忙的事。一張離開鎮上的車票。說不定她話還沒說完，手裡就有了一張。

於是她又開始抄寫。「上帝的靈運行在水面上。上帝說『要有光』，就有了光。上帝看光是好的，就把光暗分開了。上帝稱光爲『晝』，稱暗爲『夜』。」[17] 她抄了十次。如果她能想辦法把字寫小一點，這本拍紙簿一時還不會寫滿。她寫著萊拉．道爾，萊拉．道爾，萊拉．道爾。那位老師不知怎麼聽錯了，而替她想出了這個姓氏。[18]「你是挪威人！從你的雀斑我早該看出來了。」她把這個名字寫在點名簿上，微笑著說：「我祖母也是挪威人。」吃晚餐時，萊拉告訴朵兒學校裡這件事，朵兒只說：「這不重要。」那是她第一次去想關於姓氏的事。發現她一直都沒有姓氏，卻從來沒注意到。她說：「那你又姓什麼呢？因為你不可能也姓道爾，對吧？」而朵兒說：「這也不重要。」

她不能把《聖經》和拍紙簿放在皮箱裡，因為那是別人會偷的第一件東西。第二件會是她的鋪蓋捲。她把存的錢裝進罐子，藏在一塊鬆動的地板下，可是那下面太髒了，不能放別的東西。她想藏起來的其實只是她笨拙的筆跡，因為她想：萬一他看見了呢？然後又想：這就是所有時間都一個人度過的結果。於是她把《聖經》和拍紙簿放在皮箱上，心想小偷大概會把它們從皮箱上抖落，任由它們躺在地板上，因為這些東西一文不值。而會來偷她東西的人可能比她還無知兩倍，反正不會去注意它們。

就在那天早晨她起了個念頭。她何必老是走到基列鎮上？周圍有一些農家，總有一家會需要幫手。凡是見到她的人都看得出她習慣幹活。基列鎮上的人對她太熟悉了。這令她厭倦。在她這樣自問自答之後——沒什麼好理由一定要去鎮上——她自覺彷彿卸下了一副重擔。從前當她們和董恩及瑪雪兒在一起的時候，如果必須經過一座小鎮，他們會先盡量把自己弄乾淨，然後他們會走在一起，直視前方，彷彿那整個地方沒有一件東西令他們感興趣。鎮上居民自以爲比較優越。這一點他們都知道，並且因此而討厭那些鎮民。董恩或瑪雪兒也許會走進一家店裡，去買幾件需要的東西和一小袋糖果或一罐糖蜜。但其他人只會繼續走，直到再度走進鄉間。梅麗會想辦法弄懂跳房子這種遊戲，雖然她好像從未盯著在街上玩跳房子的那些女孩，而在那之後幾天，她和萊拉一心只想著跳房子，在她們身後留下一串跳房子的痕跡。梅麗總是會想出辦法讓遊戲變得更難。她們會在灰塵裡跳，打著赤腳，嘴裡含著甘草汁，自覺偷走了那鎮上所有值得擁有的東西。

走進基列鎮，她的感覺就和當年一樣，只不過如今她是隻身一人。當董恩想要孩子們守規矩，他常說：我們不是流浪漢，不是吉普賽人，不是印第安人。有一次她問董恩：那我們是什麼呢？而董恩說：我們就只是一般人。可是萊拉看得出來這不是眞的，看得出事情不僅是如此。這種羞愧從何而來？從沒有誰眞的向她解釋過，而她也從來無法向自己解釋。你初生的日子扔在田野。[19]好吧。那並不是她自己造成的。她辛苦工作，變得堅強，變得醜陋，就只是爲了勉強活下去，而她不確定這有什麼意義。她何必在乎別人怎麼想。對他們來說她無足輕重，對她來說他們也無足輕重。在這世上她其實根本無須顧慮任何人，尤其無須顧慮那個牧師。不管怎麼樣，朶兒都會高興見到她。又老又醜的朶兒。是她告訴萊拉：活下去。不止一次，而是每一次替她洗澡、替她療傷的時候，像母親一樣照顧她，彷彿她是個有人想要的孩子。萊拉記得的要比她說出口的更多。

唉，這些念頭。不過，她將沿著那條路走，直到看見一座農場，再去找個人問一問。就這麼簡單。而她會做些使她筋疲力盡的粗活，之後她就會睡著。無夢，無念。不去想基列。

事情果然很順利。她走去的第一間屋子住著一個老農夫和他體弱多病的太太，一個兒子當兵去了。他們事事都需要幫手。他們坦白對她說他們沒什麼錢，而她說她並不指望拿到多少錢，所以這不要緊。她把那一天大部分的時間用來清潔廚房。她原想在戶外工作，可是那個太太說她一向以乾淨的廚房自豪，而現在她身體不行了——於是萊拉把廚房的每一寸都刷洗乾淨。她也在院子裡洗了些衣物，在一個擺在兩個鋸木架上的銀色金屬盆裡。她有一大塊這家人自製的褐色肥皂和一塊洗衣板，而她必須先在廚房的爐子上把水燒熱再提到外面。這的確令她筋疲力盡。要把衣物夾在曬衣繩上時，她幾乎都快抬不起手臂來。洗好的衣物只好晾在繩子上過夜，但是沒有要下雨的跡象，而且要洗的東西那麼多，她總得開始做。

第二天早上她又去了。那農夫拿了雞蛋來給他們當早餐，另外還有火腿。他們說她回應了他們的禱告，聽到這種話她該怎麼回答？幾天之後，他們給了她一張十美元的鈔票，還有一隻拔過毛的雞和一雙不錯的鞋子。他們說他們差不多沒錢了，要等到收到兒子寄來的支票之後才會再有錢，有時候支票會晚點到，但他們的兒子幾乎從不曾忘記。他們又給了她一個氈製的手提包，裡面有幾件舊衣服。所以說工作到此結束，她想。沒關係，這不是唯一一間農莊。

在那個氈製提包裡有件紅色上衣，看起來幾乎像新的。長袖，有領，前襟還有一道荷葉邊。她這一輩子還從未穿過鮮紅色的衣服。她才把衣服拿出來，把袖子長度在手臂上比了比，就決定明天不妨放自己一天假，到鎮上去，也許口袋裡揣上十美元，只為了感覺身上有點錢。雖然疲憊，她卻沒有睡。她在破曉前的黑暗中去河裡洗澡，然後坐在門口等待天亮後有足夠的光線來讓她抄寫。有晚上，有早晨，這是頭一日。[20]她並不想花太多時間來做這件事，但她還是寫了一遍又一遍，跟平常一樣。萊拉．達爾，萊拉．達爾。多練習。然後她睡著了。當她那樣坐在晨光裡，一股甜蜜的倦意襲來，而她不得不稍躺一會兒。等她醒來，太陽已經高掛空中，白天已經過了一半。可是你很難後悔睡了這樣一覺，即使她就是因為期待這一天而徹夜醒著。她梳梳頭髮，穿上那件紅色上衣和葛拉罕太太給的裙子。

她去店裡買了幾根便宜的釘子，好把東西掛起來，如果她想的話。一面牆上有別人以前釘的一根釘子，那隻雞的一雙腿用線綁住，掛在上面。等她回到家，她會烤一烤。她買了一盒火柴、一罐牛奶，然後心想她不妨從教堂旁邊走過。一輛靈車停在那裡，她正要走過去時，教堂的門開了，四個男子抬著一具棺木出來，緩緩走下臺階。牧師隨後走出來，一身黑袍在微風中飄動，手裡拿著《聖經》，大而沉重的年邁頭顱低垂。她知道死者一定是他的朋友。他有那麼多朋友，當中總是有人死去。那些男子把棺木滑進靈車，而牧師抬起目光，看見她在那裡，便停下腳步，站在臺階上。送葬的人停在他身後，流著淚，不確定該怎麼做，因為他們似乎認為不該從他身旁繞過。於是他們流著淚互相擁抱，而他就只是站在那兒，看著她。那是道驚愕的目光。意思是：你畢竟還在這裡！你怎麼能讓我以爲你離開了！彷彿他們之間曾有過什麼，讓他有權感到受傷，有權感到鬆了一口氣。而她最近甚至不曾忘了上教堂。所以說，他在其他的日子裡也注意到她，知道她是否在附近，就算她只離開了基列短短一陣子，也令他感到難過。死者的遺孀或母親還是什麼人向他說了句話，他點了點頭，向前走。她看見他站在靈車旁邊和送葬的人握手，碰碰他們的手臂，向他們喃喃低語。你對他們說些什麼呢？她想，當他們像這樣圍著你站著，彷彿他們就是需要聽你說話，不管你說些什麼。我想知道你說些什麼。她不能走到他們那兒去，跟他們站在一起聽他輕聲說出的話語，等著他來碰她的手。她甚至沒什麼好哭的。那個婦人倚在他肩膀上啜泣，而他伸出手臂摟著她，把頭髮從她臉上拂開。萊拉臉紅了，想到那婦人能把頭那樣倚著，感覺一定很好。

唉，萊拉心想，我不能站在這兒盯著看，他不會再望向我這邊。靈車得沿著馬路駛往墓園，可是那老人和大多數送葬的人都走小路。她想在某個地方等他，能跟他說上一句話，可是她要說什麼呢？我回來了，我哪兒也不去？這很可能甚至不是眞話。她不能只因爲認爲他也許會在乎而留在這裡。寒冬將會到來，到時候他想的事會截然不同，會有別人令他感到惋惜。而她將被困在基列，沒有理由待在這裡，無處可待，知道他永遠不會再那樣看著她，如果他果眞曾經那樣看過她一次。但她卻還是留了下來，因爲她擁有的最好的事大概就是想著他。嗯，她不能讓這件事發生。朵兒說，男人就是不覺得他們應該留在你身邊。他們從來不是你的朋友。

看起來像是你可以信賴他們，他們也表現得像是你可以信賴他們，但是你不能。不管他們怎麼說。我這一輩子看過上百次了。朵兒說：你得要照顧好你自己。說到最後，你反正得自己照顧自己。

萊拉口袋裡有錢。她走回那家店，買了一包駱駝牌香菸。在回家的路上，她停下來點了一根菸，用手圍住火焰，這個昔日的手勢。但那是很久以前了，而不管菸裡有什麼，那玩意兒直接衝上她腦門。簡直像個小孩子！她想。噢，好吧，我只是該更常做這件事。看我這樣獨自走在路上抽菸。他們替這種女人取了難聽的名字。我該更常做這件事。

她有個習慣，走到哪裡看見木棍、柴火就會撿起來，她收集了很多，足夠生一堆火，等火勢減弱之後，熱度還足以去烤那隻雞。那對夫婦很好心地先拔掉了雞毛、挖掉了內臟，再把雞給她。她可以找根棍子穿過去，設法把雞撐起來，利用傍晚的時間來烤，等天黑以後再吃，就在門口。也許明天早上她會再去那個農家替他們做點家事，因為他們為了她所幹的活兒給了她太多東西。那不能算是兩不相欠。那會是星期天早上。

這不是唯一一次她有這種心情，肯定不是。有一次，朵兒一個人離開了幾天，那是在情況日漸變糟之後。他們四處去找工作，想必是走到了朵兒以前認得的地方，而她獨自離開去處理她自己的什麼事，把萊拉留下跟其他人在一起。在那之前她從不曾這麼做過，一次也不曾。萊拉從不曾離開過朵兒的視線超過一小時，除了她去上學的時候，而那時她也不願離開朵兒，等不及要回到她身邊，只想摸摸她。朵兒總是一隻手忙東忙西，另一隻手摟著她貼近自己的圍裙。朵兒離開董恩那伙人的那一次，她沒有告訴任何人她要去哪裡，但她的確說了她會儘快回來。在那之前萊拉從未注意到其他人不太跟她說話。她總是跟朵兒在一起。有一次，瑪雪兒說她們是母牛帶小牛，而董恩露出微笑。那是在她們待過坦慕尼之後，當大伙對她們還不太高興，就連梅麗都不太理她。萊拉就只是不吭聲，盡量幫忙她能做的事。到了第二天，她感覺到他們對她硬起了心腸，到了第三天，誰也不正眼看她，但他們卻會彼此互望。有件事他們全都明白，而她也應該明白。到了第四天，一大早董恩跟她說：來吧。亞瑟和梅麗也跟他在一起，他們沿著馬路走到一個無名小鎮，直接走向教堂。董恩說：萊拉，現在你去坐在那臺階上，待會兒會有人來。你留在這裡，梅麗不必留下。你聽話就沒事。萊拉，聽見了嗎？

　　她記得梅麗盯著她看，當萊拉被打了一下或是被蜜蜂螫了，梅麗就會這樣好奇地盯著她看，想看看她會不會哭。她記得他們走開，亞瑟和董恩邊走邊交談，梅麗跟在他們身後，誰也沒有回頭看。他們帶著梅麗一起來是爲了安撫萊拉，就像你要賣掉一匹馬或一頭母牛時會帶上一條老狗讓牠們安靜，而梅麗也懂，這讓她自覺重要。於是萊拉在那個無名小鎮待了漫長的一天，甚至不確定董恩的意思是說他們會回來找她，或是朵兒會來，還是他們把她留在教堂臺階上是因爲那就是孤兒的下場。她在街道上走來走去，只走兩個街區，這樣她始終離教堂夠近，能看見是否有人來找她。過了一會兒，一個婦人注意到她，拿了塊塗了奶油的麵包給她。「小姑娘，你在等你媽媽嗎？」她說，而萊拉沒法回答，甚至沒法看著她。一會兒之後那婦人又回來了。她說：「我今天有點忙不過來。如果你把我店門口掃一掃，我就給你一毛錢。」萊拉說：「呃，我得待在教堂附近。他們是這樣告訴我的。」於是那婦人去把牧師找來。他很瘦，而且年輕，那模樣就像是亞瑟的兒子德克假扮牧師。他彎下腰問她母親在哪兒，問她是誰，問她是否有母親，還是父親，有沒有任何家人。這種問題她和朵兒從來不回答。她說：「我想我只要等就好。」而牧師說：「如果你想在這裡等就儘管在這兒等，如果你等累了，可以跟我們說。我們會替你找個睡覺的地方，如果你決定你需要找地方睡覺。我們也會給你弄份晚餐。」董恩老是告訴他們不要信賴牧師。你就是這樣被變成孤兒的，然後他們就把你跟其他孤兒放在一個地方，周圍全是高牆，你就再也不能離開。這是梅麗說的。所以萊拉就只是搖頭，而牧師站起來，要那婦人留意她。她也感覺得到他們在留意她，留意她的人愈來愈多，交頭接耳談論她，從窗戶裡面看著她。那天一早董恩就把她叫醒，所以她還穿著睡覺時穿的破衣裳，頭髮也沒梳。

近黃昏和入夜之後牧師都來看過她，看看她的情況如何。第一次他帶來了一盤食物，放在她旁邊，第二次他帶來了一條毯子。他說：「天黑了這樣坐在外面會冷的。如果你願意，我可以替你在這兒等一會兒。我實在想跟你在等的這些人談一談。不要嗎？好吧，一個鐘頭之後我再來問你。」

然後她就只是坐在那臺階上，裹在毯子裡，整個鎮上靜悄悄的，月亮向下凝視著她，而朵兒用雙臂摟住她，說：「噢，孩子，我以爲我再也找不到你了！」萊拉沒法從她記得的事情當中完全醒來，而朵兒知道她記得什麼，於是不停地說：「噢，孩子，噢，孩子，這事根本不該發生！我從來沒想過會發生這種事！我才走了四天！」她一直摟著這孩子，撫摸她的臉和頭髮。雖然夜已深了，那牧師仍然留意著她，因爲他就在那時候從門裡走出來說：「我想你是她母親吧？」而朵兒說：「關你屁事。」假如他不是個牧師，也許她說話不會這麼衝。

「你是誰？我想知道是誰要帶走這個孩子。」

「我想你是想知道。走吧，萊拉。」

可是萊拉無法移動。她想靠著朵兒的胸脯，勝過朵兒本人，想感覺到信賴在她心中升起，就像舊日的甜蜜驚喜，被一雙強壯的手臂抱起，裹在一份柔軟而完美的溫柔中。「不要。」她說，抽開身來。

牧師說：「最好等明天再說。我希望萊拉有機會把事情想清楚。」

朵兒說：「先生，你不是她的什麼人，也不是我的什麼人。萊拉，你想留在這兒嗎？」

於是那女孩站起來，讓朵兒摟著她，帶著她走到人行道上。牧師說：「那條毯子她可以留著。」

朵兒說：「我會照顧她。她什麼都不缺。」

萊拉不會哭。她看得出朵兒的悲傷、憐憫和懊悔，而她能看出這些情緒卻並不原諒朵兒，也不哭泣，這件事實令她感到一份酸楚而孤單的自豪。

她坐在那兒回想那些時光，覺得聽見了有人走在外面的路上。腳步聲，碎石散落的聲音。她有一把刀，可是在黑暗中沒什麼用，因爲別人看不見。那把刀只能用來嚇唬別人。如果你傷了人，就會惹來一身麻煩，不管究竟是怎麼回事。儘管如此，她緩緩向刀子移動，那把刀就插在她鋪蓋捲後面的地板上。有幾分鐘的時間她沒有再聽見什麼聲音，然後她又聽見腳步聲走開，不管那人是誰，他發現了他想知道的事。我在這裡，而且我有一堆火和晚餐。那隻滴油的老母雞聞起來想必有種富足之感。這個念頭令她高興。現在他會認爲我不需要他給我什麼。如果那人是他。

董恩一定是打定了主意，如果世人變得刻薄，他也不妨隨波逐流。他不是個大塊頭，看起來很像赫奇．卡爾邁基[21]，雖然當時他們並不知道。可是只要他想，他向來能夠擺出一副凶相，而亞瑟會緊緊站在他肩膀後面，看起來也一副凶相，所以別人會想，萬一惹起了什麼事，亞瑟會馬上替他撐腰。在年頭變壞之前，他們通常知道自己都在跟些什麼人打交道，所以只有當陌生人走過來而他們不喜歡他的模樣時，他們才會擺出那副姿態，或是當對方在天黑之後才出現，還是由於誰也無須知道的理由惹惱了董恩。董恩一向能保護他們的安全，而他們信賴他。他們知道他有一把刀。其他每個人也都有一把刀，可是想到他的那把刀讓他們認爲他可能有一把槍。他們深信在必要時他可以是個危險人物。他們從沒看見一把槍，而他用他的刀子來削木頭或是切肉，就跟他們一樣。儘管如此。有時候亞瑟的兩個兒子會扭打起來，認眞打起架來，試圖傷害對方。如果亞瑟去干涉，就只會被他們追打。董恩會說：「夠了。」而他們就會住手。亞瑟也許會打他們幾下，因爲他是他們的父親，必須教他們學會尊重，可是那場架是在董恩說「夠了」的時候結束的。他會說：「有一天你們會把自己打傷，嚴重到你們啥事也沒法再做，到時候我們就只好把你們扔在路邊。」

萊拉就跟任何一個孩子一樣勤奮。她不會像梅麗一樣逗他們發笑，但她從不抱怨，除了她應得的一份也從不多要。她曉得最好別提學校的事。可是當年頭變壞，他們就扔下了她。有些人董恩就是不喜歡。

而此刻她坐在黑暗中，但願那些蟋蟀別這麼吵，想著她也許會叫那個老牧師別在夜裡偷偷在她的住處徘徊。這會讓事情結束，讓一切結束。到時候她就會確實知道他對她是怎麼想的。她會在教堂裡說出來，所有那些女士都會聽見。最好等到她能弄到一張車票再說。在她做出那種事情之後，就不會再有工作給她做了。可是如果歸結到最後有一件東西讓人們活下去，那件東西可能是刻薄。那讓你覺得你活著，覺得你在做些什麼。他是個這麼英俊的老人。所有的和藹都將從他臉上消失，而她將看見另一種東西，不美的東西，不是這麼多年來一直掛在他臉上的表情，當他只需要和善良的人打交道。他的妻子無意拋下他並且把孩子一起帶走，所以他並未眞的嘗過被拋棄的滋味。萊拉心想：也許我能教會他一種新的悲傷，也許他眞的在乎我是留是走。

第二天早上她不敢去教堂。按照她想事情的方式，她可能什麼話都說得出來。可是她擔心她栽種的那個小菜園，擔心如果再不去摘，那些豆子就會變黃、變硬、變老。要溜進那片菜園，星期天早晨是最恰當的時間，因爲牧師在講道，而其他人若非在教堂，就是在補眠。說不準那時是幾點鐘，因爲天空布滿了烏雲。這表示可能會下雨，而她會在半途碰上雨，不得不折返，要不就是一路走到基列鎭上，到了那裡全身濕淋淋的一副可憐相。她抓起掛在釘子上的氈製提包，順了順頭髮，朝鎭上出發，幾乎是用跑的，只想趕在變天之前，只想彌補太晚出發的時間。到了牧師所住的屋子，她穿過院子大門，繞過房屋側面，去到籬笆旁邊那個角落，她才剛開始摘豆子，就聽見雨水滴落在樹葉上。她打算拿著摘下的幾根豆子儘快回家，可是當她走到院子門邊，順著道路看過去，就看見牧師正走過來。她心想：這是一個瘋女人會做的事。她認識過一些瘋女人，而她們當中任何一個大概都比她更有理性。生命中的羞恥太多，超過她所能承受。

他摘下了帽子說：「欸，早安！還是已經是下午了？」

她把袋子遞給他。「我在想你也許會想要一些豆子。」噢，她但願自己能死掉。袋子裡有幾根豆子？八根？十根？

他說：「你眞好心。」從她手裡接過那個袋子。她沒法看著他，但她知道他在微笑。

她說：「我該走了。」

「等一下。你會想要拿回你的袋子。」他伸手拿出袋裡的豆子，大約是半把，再把袋子還給她。她仍舊沒法看著他。他說：「欸，也許你最好等雨停了再走。我們可以在門廊上坐一會兒。看來這不像是一場暴雨。如果你眞的非走不可，或者我可以把傘借給你。」接著又說：「我最近不常看見你。希望我沒有什麼地方冒犯了你。」

他的聲音低沉和藹。一分鐘後她朝他走近了一步。有時候，擁抱一個男人讓你覺得很舒服，至於是哪一個並不那麼重要。她想過如果能把頭靠在他肩膀上，那種感覺大概很好。的確如此。反正她要離開這座該死的小鎮了。

「唔。」他說，拍了拍她的背。

「我想我累了。」

「喔，那麼……」他伸手環住了她，非常小心，非常溫柔。

她的頭還靠在他肩膀上，她說：「我只是根本不能信賴你。」他笑了，輕輕的笑聲在她耳畔，一次呼吸。她想抽身，但他按著她的頭髮，於是她又把頭靠回他肩上。

他說：「針對這一點我能做些什麼嗎？」

而她說：「我想不出來。我不信賴任何人。」

他說：「難怪你累了。」

她想：這是事實。她說：「你該知道我差不多要放棄受洗了。」

「我想過你可能放棄了。可以告訴我爲什麼嗎？」

「我想那對我來說沒有多大意義。」

「沒有關係。這事不急。除非你打算要離開鎭上。」

「我就是打算要離開。」

他沉默了一會兒，然後說：「我很遺憾聽到這個。眞的。」

她向後退，看著他。「我看不出這有什麼要緊。」

他聳聳肩。「現在我們不必擔心。看來終究是要下場大雨。你可以就坐在這兒一會兒，陪我享受這場雨。我應該叫你萊拉嗎？」

「沒理由不該。」

他拿來一件毛衣，披在她肩膀上。她立刻知道她會偷走它。它就跟他的外套一樣是灰色的，也有同樣的舊毛料氣味，舊毛料和一點刮鬍水。她會想個辦法偷偷塞進提包，簡直等不及能有這個機會。他會知道她做了什麼。不要緊。

於是他們坐在那兒看雨，他坐在門廊長搖椅的一端，她坐在另一端。過了一會兒，他說：「我想知道自從上一次我們談過話之後，最近你在想些什麼。那一次你問我事情爲什麼會照它們發生的方式發生，而我只能說我不知道。我仍然不知道。但那是個有趣的問題。」

「噢，你不會想知道我在想些什麼。」

他點點頭。「沒關係。」

「我在想我幹麼要問。想必是有個理由，但我不知道那理由是什麼。」當她在夜裡坐在門口，雙臂抱住曲起的膝蓋，讓胸腹感到溫暖，有時她相當喜歡這一切，星星、蟋蟀和孤單。她認為她能參透河流發出的聲音，河水潺潺流過岩石落入河塘，漩渦輕輕奔流。偶爾會有個聲響，某個小東西出現而後消失，永遠沒有人會知道那是什麼。假如不曾有過那段時光，當某個人在乎過她，她就能平靜地接受這一切。董恩就只是世人的本來面貌。是朵兒那樣伸手抱起了她。活下去。好。然後呢？

他說：「我很高興你問了。」

然後她聽見自己說：「你夜裡偷偷到我屋子旁邊走來走去？我應該是聽見了你在屋外。」說完她看著他的臉。那張臉吃驚、受傷、羞慚。她無法把目光移開。

他揉揉眼睛。「對。呃，我很抱歉，如果我令你擔心了。我睡得不好，有時候夜裡我在街道上到處走，經過我認識的人住的房子。這是我的一個老習慣。」他笑了。「我為他們祈禱。所以再怎麼樣也沒有壞處。」

「你走那麼一大段路去那裡為我祈禱？你不能在家裡祈禱嗎？」

「我的確想知道你是否離開了這個鎮。想知道你好不好。」

「我猜大家都知道我住在那間小木屋裡。如果你知道該去哪兒做你的祈禱。」

他聳聳肩。「有些人知道。就是會有人注意到。」

「我討厭這個鎮。」

「我懷疑這個鎮跟其他地方有多大差別。」

她笑了。「我也討厭其他地方。也許更討厭。」

而他笑了。「嗯，只是讓你明白我在你屋子外面做些什麼。免得你感到不安。」

「我從沒說過我明白。你說你在祈禱。我對這事一點也不明白。」

「啊！」他搖搖頭。「關於這件事，我得花上好些時間來想想該怎麼說。要花好幾天！而我時時刻刻都在祈禱。」接著又說：「我不明白的是，你怎麼知道那人是我？那是個黑漆漆的夜晚，而我沒有走近那屋子。」

她聳聳肩。「還有誰會費這個工夫？」

他點點頭。「謝謝。我不知道爲什麼，但我想你這樣說很好心。」然後他說：「你在這裡的確還有別的朋友。」

「不，我沒有。那些人只是做你叫他們做的事。」

他笑了。「有些人。有時候。我想。」

有一會兒雨下得很大，劈哩啪啦落在屋頂上，濺上了門廊。她把毛衣袖子收攏了貼在身上。

「你夠暖嗎？」

「很暖。不過我想知道你在那番禱告裡說些什麼。」

「噢。」他臉紅了，「我祈禱你平安健康。而且……沒有不快樂。」

「就這樣？」

「還有……」他笑了。「我的確提到我希望你能多留一段時間。」

「並且受洗。」

「我想我忘了提這件事。抱歉。」

「我不在乎。我自己會決定。」

「當然。」

「不過，假如你爲這件事祈禱，很可能我會決定去做。」

「也許吧。要看情形。我不知道。」

「如果你想要我做什麼，直接來問我也許比較容易。」

「如果我眞的問了你，你會去做嗎？」

她聳聳肩。「也許吧。我不知道。」他笑了。然後她說：「你就只爲了這些而祈禱？」

「不，不是的。」他站起來。「我想我來煮點咖啡吧。」

嗯，她已經待得太久了，雨絲毫沒有要停的意思。於是她說：「我要走了。」那是在他進屋裡去之後，也許他不會聽見。她把那件毛衣塞進提包。在她走過了一個街區之後，他追上了她，帶著一把雨傘。

「要讓這把傘派上用場恐怕已經太遲了，可是還是請你拿著。」

「我不需要傘。」

「你當然需要，還是拿著吧。」於是她拿了。他說：「我很高興你順道過來。我一向很高興發現你偷偷在我屋子旁邊走來走去。」聽到這話，她幾乎忍不住想笑。小木屋的屋頂漏雨漏得厲害，她可以把傘撐開來遮住皮箱和鋪蓋捲，也許會有一陣子忘記歸還。她要把那件毛衣拿來當作枕頭。她想：我會爲什麼事祈禱呢？如果我認爲祈禱有任何意義？唔，我猜我要祈禱的第一件事就是讓祈禱具有某種意義。風把雨吹向她，差點把傘從她手中吹走，於是她收了傘。這麼一點雨，死不了的。

她想著一個她想告訴那老人的故事。有一次，在她還小的時候，她和其他人去過一場野外佈道會。他們幹了些活兒，董恩拿到的酬勞大半是蘋果。那農人說他就只能給他們這些——大頭菜榨不出血來。董恩說不妨試試看，而亞瑟點點頭。可是那人就只聳聳肩——年頭不好——董恩收下了那些蘋果，但他先把蘋果撒在草地上，要那幾個孩子去檢查一下，叫那個農人把太軟、碰傷太厲害、長了太多蟲的蘋果拿回去，再換些好的給他們。由於那是在他們失去了騾車之後，他們只好把蘋果裝在兩個麻布袋裡扛著。他們早餐吃蘋果，晚餐也吃蘋果，儘管如此，扛著那兩個麻布袋還是很累贅，因爲他們還有別的東西要扛。於是當他們從路人那兒得知那些人要去參加一場野外佈道會，董恩就決定去那裡賣蘋果，能賣多少算多少。他討厭這整件事，但他有那些孩子替他賣力，去說服那些老太太花幾分錢買蘋果，趁著她們還沒感受到神靈召喚而把身上的錢全放進哪個臭牧師的口袋裡。他要他們盡量把自己弄整潔，交代他們要乖一點，然後就盤著雙臂倚著一棵樹站著，看著他們挑出最漂亮的蘋果，在褲管上擦亮，走進人群最密集的地方。

假如他們不需要賣蘋果，他們就會跟董恩一起旁觀，看著那些可憐的傻瓜沒來由地興奮起來。要賣蘋果使他們不得不去跟那些人說話，試著表現出他們也跟大家是一伙的。萊拉跟在梅麗後面，梅麗就是有本事讓那些蘋果看起來像是你會想要的東西。萊拉一雙手臂抱滿了蘋果，因爲梅麗已經不知從哪兒抱來一個嬰兒，一個頭髮上繫著紅色大蝴蝶結的漂亮寶寶。梅麗帶著寶寶四處分送那些蘋果，彷彿他們是在行善，衆人則把身上一分錢、五分錢的銅板給了梅麗，而她就派萊拉回去把錢交給瑪雪兒——董恩表現得像是這件事跟他一點關係也沒有——並且再去拿更多蘋果。

許多家庭在林間空地周圍的樹林裡搭起帳篷，生起營火。大家從一處營火晃蕩到另一處，說說笑笑，握手拍肩，分享醃黃瓜、脆餅和太妃糖，有時一起唱唱歌，因爲在那些帳篷之間零星放著幾把班鳩琴、幾支口琴、一把吉他和一把小提琴。有些婦人和女孩穿著漂亮衣裳，小孩子成群結隊地衝過來衝過去，只爲了發洩那股興奮。將舉行佈道會的那塊場地上鋪了鋸木屑，看起來出奇乾淨，還有股瀝青般的好聞氣味。如果男人把嚼過的菸草吐在上面，沒有人會注意到。一座講臺搭了起來，正面掛著黃色旗布，臺上擺了幾把木頭椅子。而且他們當然是在一條河邊，在稍微下游一點的地方有人在河裡釣魚。

萊拉和梅麗看見亞瑟的兩個兒子把蘋果拿去餵馬和驢子，然後溜到河邊去跳石頭，於是梅麗把嬰兒還回去，她們也去了河邊。亞瑟已經在那兒跳著石頭，　看見兒子，就說要把他們痛揍一頓，如果他們不說清楚他們幹了什麼好事。於是他們打了起來，卻沒有董恩來叫他們住手。一會兒之後，亞瑟一隻眼睛上方裂開流血，幾個男人試圖要他們罷手，而這使得他們父子三人生起那些男人的氣，打鬥持續下去，直到一個老牧師步履蹣跚地走下岩石斜坡，介入他們之中。他問這是怎麼回事，然後說亞瑟父子看來並不具備參加這種聚會的正確心態，最好離開。他是個聲音沙啞、骨瘦如柴的老人，而儘管他們父子走得拖拖拉拉，從他身旁走過時對其他人怒目而視，他們其實很高興照他的話做，因爲愈來愈多的男人和男孩過來加入對手那一方。他們走進樹林，表現得像是君子報仇三年不晚。然後他們繞到人群後方，亞瑟流的血沾在襯衫前襟上，德克鼻子流血，但除此之外，他們看起來就跟任何人一樣體面。他們誰也不想離開，卻知道董恩會想離開。他們一直到處走來走去，因爲董恩不會費那個工夫去把他們全部找到。他可能會叫梅麗去找他們，所以她小心翼翼地待在他視線之外。朶兒和瑪雪兒一起生了一堆火，在煮他們的晚餐，那只可能是他們吃了一輩子的玉米麵包和豬背肥油，看起來是這樣，也許分量比平常稍微多一點，因爲那些樹林聞起來就像一件大大的好事，讓人也想參與一份，不管要發生的是什麼事。梅麗又找到了一個嬰兒，嬰兒的母親拿了有藍莓果醬夾心的甜麵包給他們，上面還有糖霜。有人在烤玉米，遞給每個經過的人，就算那些人經過不止一次。還有撒了糖的油炸麵包。

黃昏來臨，那是個溫和、晴朗的黃昏。男人沿著老橡樹伸出在講臺上方的樹枝掛起燈籠，點燃，群眾中的斑鳩琴和小提琴合奏起一首歌曲，衆人唱了起來——我們必要聚集河邊，何等美麗又美麗的河邊。然後幾個牧師走上講臺，在那幾張椅子上坐下，只有一人除外，那人走到講臺前端，舉起了雙手。每個人都安靜下來。他大喊：「我們聚集在此地來讚美主，我們的救世主！」衆人則回喊：「阿們！」

有一分鐘的時間就只聽見蟋蟀聲和流水聲，還有風吹得吊掛燈籠的繩索簌簌作響。

接著是：「我們聚集在此地來向主承認我們的罪，祂知道我們心裡的念頭！」

「阿們！」

又是一陣靜默。接著是：「我們聚集在此地靠主喜樂，祂的慈愛永遠長存。」

「阿們！」

接著牧師全站起來，唱起那首關於河流的歌曲，群眾也跟著唱。德克找到了梅麗，說：「他在找你。」說完就又走進人群。梅麗把嬰兒還回去，跟萊拉說：「你要說不知道我在哪裡。」說完就溜走了。她不知從哪兒弄來了一條頭巾綁在頭髮上，她的髮色太白，別人很容易就能看見她，即使太陽幾乎就要下山了。於是萊拉就只是站在那兒看著燈籠搖曳，看著光影在樹木之間移動，巨大的陰影和奇特的光線在傍晚的藍天之下。那些牧師繼續說話，群眾大喊阿們，然後他們一起歌唱。收禾捆回家。從那以後她聽過這首歌好幾次了，而她仍舊不知道「禾捆」是什麼。她對「救世」和「慈愛」有點概念，但老人一次也沒提過「禾捆」。

「受洗這件大禮使我們清潔而被接納……」

「阿們！」

朵兒伸手摟住她，說：「你該回來了。董恩說的。」他們在收拾東西，離開這片喧鬧，爲了能睡一下，而不至於有人在他們四周踩著重步走來走去，跨過他們身上。如果亞瑟父子沒有及時出現，之後也會很快就找到他們紮營的地方。可是沒有人知道梅麗在哪裡，所以董恩留在那裡等她，其他人則先行上路。萊拉認爲樹上那些燈籠是她這輩子見過最美的東西，而那把小提琴則是她這輩子聽過最美的聲音，董恩說他討厭這一切，卻自己留下而叫他們走開，這似乎沒道理。但是在那段日子裡他們仍舊聽他的話，並且從中得到安慰。

講道結束時，梅麗終於出現了。她從路上走來，跟在董恩後面，全身濕透，濕答答的褲管摩擦作響。她說：「我掉進水裡了。」

董恩說：「是哪個牧師把你拉出來的嗎？」

「無所謂。我只慶幸有人把我拉起來。我說不定會淹死。」

「一開始叫你走進河裡的是其中一個牧師嗎？」

「那些石頭很滑。我掉下去了。」

「那麼我猜你得救了。」

「我從來沒這麼說。」

「我賭一塊錢，你還是從前那個小淘氣。」

「喔，假如你能拿到一塊錢，那是因爲我賣掉了幾顆臭蘋果。」

他笑了。「聽起來我已經贏了。」

她說：「沒人跟你賭。我是掉下去的。」

如果萊拉把這個故事說給老人聽，他會大笑，然後也許會感到詫異。她會告訴他，梅麗不管看見別人做什麼，總想要去嘗試，純粹只是好奇。接下來那幾天她也許是在檢驗自己是否有任何改變，因爲她會沒來由地使壞，又捏又戳，雖然根本沒人去惹她。也可能她是想讓董恩看見她並沒有得救，也並不想得救。她算不算受洗了呢？假定她走進河裡，讓人把她浸在水中，替她祈禱，就和其他人一樣，只是想知道那是什麼感覺。可憐的無知孩子，那只是她的天性。善良的主會怎麼說？假如萊拉跟她一起去了，大概也會做同樣的事，因為梅麗做什麼，她通常也就做什麼，只要她做得到。所以那兒會有人唱著歌，燈籠的光在河上蕩漾，某個人會撐著她的背和頭，把她浸入水中再抬她起來，然後把水從她臉上拭去，彷彿那是淚水，哈利路亞！萊拉看見別人做這件事許多次了。總是有各式各樣的佈道會在舉行。

清潔而且被接納。知道那是種什麼感覺會是件特別的事，哪怕只有幾個鐘頭。嗯，也許她會再去教堂。這樣的話，去摘採她種的豆子和馬鈴薯時她就會覺得比較自在，再說，她任由那些雜草長得不像話了。下過一場大雨之後最適合除草。隔天是星期一，總有某個人家需要幫手洗滌。傍晚時她就能忙完，到時候她就能去牧師家停一會兒，打點一下園子，之後再好好吃頓晚飯。如果他在路上碰見她，就會看出她過得很好。

她讀著她之前抄寫的那一頁。同樣的字眼一再出現：「上帝看著是好的。有晚上，有早晨。」[22] 於是她翻到她摺了角的那一頁，找到了〈以西結書〉的開頭：「當三十年四月初五日，以西結在迦巴魯河邊被擄的人中，天就開了，得見上帝的異象。」她抄寫了十次。她的鋪蓋捲掛在一根釘子上，所以並不很潮濕，而她有那件毛衣當作枕頭。在洗滌日，大家早早就開始工作。她將會在黑暗中醒來，一如平日。她會在黎明時分練習寫字，在上午還未真正開始前抵達基列鎮上。

她已經洗過澡，第二度醒來，她裹著毯子取暖，想著事情，等到有足夠的天光，她把拍紙簿拿到腿上，打開擱在旁邊地板上的《聖經》。她抄寫著：「我觀看，見狂風從北方颳來，隨著有一朵包括閃爍火的大雲，周圍有光輝，從其中的火內發出好像光耀的精金。」[23]嗯，那有可能是乾旱年頭的一場草原火災。她從沒見過，但是聽過相關的故事。「又從其中顯出四個活物的形像來，他們的形狀是這樣：有人的形像，各有四個臉面，四個翅膀。」唔，她不知道該怎麼理解這一段。某個人作了夢，他把夢寫下來，最後被收進這本書裡。她抄寫了十次，仍然在努力把字母寫得小一點、整齊一點。萊拉・達爾，萊拉・達爾，萊拉・達爾。她的姓和名都各有四個字母，而他的姓和名也各有四個字母。她姓裡有一個不發音的h，他的名字裡也有一個。[24]基列有幾座墳上寫著他的名字，而世上沒有任何活人或死人與她同名，因爲她的名字屬於一個她從未見過的女子，一個她幾乎記不得的婦人的妹妹，而她的姓氏就只是個錯誤。她的名字有名字的形像。她有女人的形像，有一雙手卻沒有臉，因爲她從不看自己的臉。她的人生有人生的形像，因爲這人生裡就只有她一個人。她住的屋子有屋子的形像，有四面牆、一片屋頂、一扇門，什麼也留不住，什麼也擋不了。而當朵兒抱起她把她帶走，她感覺到宛如翅膀的形像。她想：這些話雖然全都很怪，卻也許有某種意義。

朵兒最後終於告訴萊拉，她離開的那四天是去看看從前那地方的那家人過得如何。那年頭糟到她很難讓萊拉溫飽，而她心想，在萊拉家人所住的地方，在更往東邊去的地方，情況也許好些。她料想他們當中最壞的幾個也許已經死了。她說：「早該有人一槍斃了那個漢克。」漢克是誰？「你別管。」朵兒必須要小心，所以她在那一帶打聽了一下，花了一點時間，因為一般人不喜歡跟外人說話。她幾次走路經過那個老地方，親自看個究竟。「看起來就跟以前一樣。不是你能回去的地方。」萊拉說：「假如情況比較好了，你會一起回去嗎？」而朵兒說：「我不能回去。他們知道當初是我帶走了你，如果我帶著你回去，我就會吃不了兜著走。」朵兒之所以告訴她，是因為在朵兒離開期間發生了那些事之後，萊拉待她不再像從前一樣。她說：「我這麼做是因為我想不出辦法來照顧你。」若董恩願意費些唇舌解釋自己的行為，也會說出同樣的話。他們只是在盤算該把她留在哪兒。為了她好。要在哪裡告訴她：待在這兒等，會有人來。因此在那之後，她無法再像從前那許多年裡一樣愛朵兒。有一段時間做不到。她從沒想到自己會又一次坐在門口臺階上，也許是在夜裡，看著朵兒偷偷溜進樹林。無論如何，結果都一樣。不能信賴任何人。

她們又找到了董恩和其他人。那時是傍晚，晚飯之後，在林間空地中央有一堆火飽滿柔和的餘燼。朵兒拿起平底鍋扔進火裡，火焰往上竄，餘燼四濺。「你怎麼能那樣做！竟然把我的孩子扔在教堂臺階上！我有可能再也找不到她！我說過我會回來！」她主要是對著董恩吼，但是她瞪著那兒的每一個人。只有梅麗回瞪著她。

董恩說：「你走了好一陣子。我們不大指望你還會回來。」

「哼，你們怎麼會這麼想！我說話算話！這麼多年裡我有哪一次說話不算話嗎？」

董恩說：「好啦，朵兒，你可以懷恨，也可以跟我們走。如果你要跟著我們，我不想再聽見你提起這件事，一句也不想。」

瑪雪兒說：「我們還留著你的東西。」

「最好是！」朵兒說，而董恩瞪了她一眼。

「我們想過要把你的東西扔進火裡，可是瑪雪兒不讓我們這麼做。也許燒掉最好。」董恩走過去，拿起萊拉的鋪蓋捲，那條披肩裹在上面。他把披肩扯下，帶著微笑，拿到火上晃了晃，火焰順著披肩一直爬到他手上。所以那條披肩就沒了。她們留在董恩那伙人身邊，朵兒不曉得還能怎麼辦。他們再也沒有提起過那件事。情況就好像從前一樣，而一切都不同了。你最好別跟別人打交道，只可惜你永遠做不到。

葛拉罕太太需要人幫忙洗衣。她性格開朗，爲人友善，喜歡說話。她似乎從沒注意到萊拉不喜歡說話，也不愛聽人說話，但那也沒關係。她們一起工作的次數夠多，足以讓萊拉明白她想用什麼方式做事，而這似乎使這一天過得更快。葛拉罕太太準備了可口的午餐：鮪魚三明治，甜點是巧克力蛋糕。她有間漂亮的屋子，廚房裡掛著白色窗簾，邊上飾有草莓圖案，還有短短的綠色縫線，看起來像是種子。洗衣機放在後門廊上。那是架好機器，電動的，甚至不需要動手去轉脫水機的曲柄。萊拉不允許自己看進客廳，去看那架鋼琴、沙發和其他東西，那些東西有點讓她想起聖路易的日子，只不過在聖路易的東西沒有這麼大、這麼精緻，而且這裡的帷幔是拉開的。

這一天結束時，她拿到一張五美元的鈔票和一件連帽防水外套。萊拉說：「是牧師叫你給我的。」而葛拉罕太太說：「欸，他擔心你嘛。他心地善良。而且這衣服就只是掛在衣櫥裡，誰也用不著。」說時露出親切、害羞的微笑。萊拉沒有問是掛在誰的衣櫥裡、教會裡或基列鎮上有多少婦人曾被問起她們有沒有多餘的外套，直到這一件出現，她也沒有問怎麼會除了她以外沒有別人用得著。也許沒有人像她這麼窮，但是肯定有些人跟她相去不遠。他應該也要爲那些人擔心才對。算了，沒關係，她想，現在我就只需要省錢買張車票，多存一點旅費。我等不及離開這座小鎮。她把那件外套摺起來放進氈製提包，再把那張五美元鈔票放進口袋，然後走路到墓園去。那座墳上的玫瑰開花了，那些野草也開花了。她說：「唉，艾姆斯太太，對不起，我太久沒來了。我從來沒打算讓野草長成這樣。」她愛她們。一個女人的形像，女人臂彎裡是一個孩子的形像。

黃昏時，她打開通往牧師庭院的籬笆門，摘了些豆子，在植株下方摸索著想找到幾顆馬鈴薯。樓上一扇窗戶裡透出燈光，屋裡其他地方都沒有亮燈。隨他吧——沒關係。這像是個還不錯的禱告。讓他別再時時刻刻讓我覺得自己窮得要命。這個禱告不錯。最好是由她親口告訴他。如果她想，她現在就能說。也許她的動作不像自以爲的那麼安靜，因爲他知道她在那兒。她走向籬笆門時，他打開了前門，說：「我寫了封短信給你，想著說不準什麼時候想交給你。呃，我當然會交給你。否則就沒有什麼意義了……」他笑了。「我希望……嗯，顯而易見。我的意思是，如果信裡有任何句子讓你覺得不愉快，你要知道我已經盡了全力。相反的，如果你看見……」他遞給她一個信封。「晚安。今天傍晚天氣很好。」他走回屋裡。信封沒有封上，等她走到他的視野之外，她把信封打開一點，足以看見裡面沒有放錢，只有信箋。沒料到自己竟有些許失望，她忍不住笑了。她就快存到足夠的錢可以離開這裡。也許不僅是足夠，還有些餘錢。幾個星期之前她會認爲那已經夠了。有的愈多，就想要更多。假如他給了她錢，生氣和羞恥會讓她搭上巴士離開。她就不必再去想這件事。

先前，她也收過一封短信，是老師寫給朵兒的。萊拉把信讀給她聽，因爲朵兒說手濕漉漉的全是肥皂：「萊拉是個聰明非凡的孩子。」信上說她是個聰明的女孩，能從繼續求學中獲益，說老師樂於盡量幫忙，好讓她能繼續上學。朵兒問：「『獲益』？」萊拉告訴她，這意思是說再上學一年對她會有好處。朵兒說：「我本來就知道你很聰明。這話我也能告訴你的。」她就只說了這兩句話。萊拉很容易忘記朵兒帶走她時觸犯了法律，並且結下了冤仇——這比觸犯了法律還要更糟。有很長一段時間，她並不明白她們跟董恩一起過的那種生活使得別人很難找到她們，因爲像他們這種人不會跟外人說話，而且他們都知道，遇到有人跟蹤，大可溜進玉米田裡。有一次，朵兒想必是認爲看見了從老地方來的某個人，便把萊拉留在身邊，在乾草棚裡待了一整天，盡可能不出聲。那是在玉米長高之前。可是在某個鎮上待上將近一年是件危險的事，如果剛好有人在找她們。朵兒認識那些人，而萊拉不認識，所以如果朵兒認爲他們會單純爲了惹事而抓走她，萊拉猜想他們可能眞的會試試看。但即使是在她們兩人之間，也從不曾提起此事。

她有驚人的進步。萊拉把那封短信背得滾瓜爛熟。沒必要把朵兒聽不懂的部分念給她聽。她很慶幸那個老師沒法看見如今的她。這個老人要在這封信裡告訴她什麼？無所謂。一封信讓尋常的事顯得重要起來。他繫著領帶。也許是預期她會來，因爲她去過葛拉罕太太家，也許會爲了那件外套而去向他道謝。也可能他每天傍晚都在等她。她發覺自己有時走著走著便豎耳傾聽有無他的腳步聲跟隨。人們說服自己相信某些事，最後卻是一場空，甚至不願意記得自己曾有一段時間在乎過，並且討厭別人提起。聖路易那些女人中，有幾個年輕的總是在等待某個人，不然就是想要忘了某個人。年紀較長的就只會嘲笑她們。現在換她們嘲笑她了。他大概是在教堂裡有個聚會才繫了領帶。萊拉，你這個傻瓜。不管信上說什麼，都會是和善的。假如不是，他也會找到最和善的方式來說。

比起聖路易，獨自待在那間小木屋裡要好得多。在黃昏時分，當馬鈴薯在屋外烤著。以前董恩會用根棍子把一顆馬鈴薯從火裡推出來，而他們會把燙手的馬鈴薯傳著扔給下一個人，直到有人拿得住，那麼馬鈴薯就是他的。總是亞瑟兩個兒子當中的一個。天黑之後他們就去睡了。她應該買些蠟燭，甚至買盞煤油燈，這樣一來只要她想，她就能夠閱讀並且練習寫字。可是燈光會引來蟲子，而且在夜裡還是別讓人看見這間小屋比較好。倒不是說路過的人不會注意到她生的火，可是燈光會讓你看不見在黑暗中的東西，而外面有些東西也許是你的確需要看見的。黃昏很寧靜，但她忍不住去想那封信。她不妨點根香菸，不妨再劃亮一根火柴來讀那封信的開頭：「親愛的萊拉（如果我可以這樣稱呼你），你曾問我事情爲什麼會照它們發生的方式發生。」嗯，她其實沒料到他會寫這個。「沒有能夠回答你的問題，我感到相當遺憾。」她甩滅了火柴。總之，他不是想討回他的傘。

隔天早晨她拿出拍紙簿，盡量整齊地抄寫：「你想必以爲我從未思索過宗教眞正關切的更深刻的事物，生存的意義，人類生命的意義。你想必以爲我說那些事是出於習慣和習俗，而非出自經驗和反省。我承認這當中有部分事實。我想這是避免不了的。」她抄寫了十次。唔，年老的以西結接下來說了些什麼？「他們的腿是直的，腳掌好像牛犢之蹄，都燦爛如光明的銅。」[25]她抄寫了十次。撒了鹽的嬰兒，燦爛的牛犢之蹄。雖然很奇怪，卻有某種意義。唔，這事透著奇怪。那老人不明白。讓我們祈禱，於是他們全都祈禱。讓我們來唱第幾首聖歌，於是他們全都一起唱。他們爲何在大白天裡浪費地點起蠟燭？他站在那兒，談著那些不知道死了多久的人，就算那些人的故事是眞的，而大多數人都在聆聽，或試著聆聽。這些全都沒有必要。日子自來自去，不需要任何禱告。儘管如此，在每個地方，在各種佈道會上，人們看見那道光。在沒有安慰的地方找到安慰，就只是個老人說著他說過許多次的話語，次數多到他很可能自己都聽而不聞。他說那是關於生存的意義。好吧。關於「生存」，她略知一二，應該說，是她唯一知道的事，而她是從他那兒學到了這個字眼。那就像是美利堅合衆國——人們總得給它取個名字。黃昏與早晨，睡與醒。飢餓、孤單、疲倦，卻還是想要更多。生存。何必費這個工夫？他也不能這樣對她說。可是她看得出來他知道。守著那間空蕩蕩的屋子，妻兒早就入土多年，他爲何還想要更多？黃昏和早晨，歌唱和祈禱。這件事的奇怪。你無法停止尋找。他會走到山坡上那個悲傷的地方，看見玫瑰覆蓋著她們。如果他知道；就算他不知道是誰讓玫瑰那樣綻放，他也會認爲那奇怪而又恰當。玫瑰並非必要。

瑪雪兒的名字是她聽了幾個女人在美容院裡的談話之後爲自己取的。每當董恩變得刻薄，就會用那種讓人一聽就知道不是眞名的方式喊她，而且有時會把她弄哭。她扭捏做作，但她一向如此，而他們也一向希望她這麼做。萊拉和梅麗喜歡看她打開裝有粉盒、胭脂、口紅和眉筆的小盒子。那個盒子太過珍貴，她幾乎從不打開。那股陳年的甜香。有時候她會讓她們替她梳頭髮。大家都認爲她很漂亮。董恩偏愛她的方式令他們有點開心，也有點羨慕。他會挽起她的手臂，扶她走過路上的泥濘。有一次，他在遊樂場裡買了緞帶，綁了一條在她頭髮上，一條繞在她脖子打了個蝴蝶結，另一條纏在她手腕上，還跪在地上，讓她踩著自己的膝蓋，把又一條緞帶纏在她腳踝上。朶兒說：「他們是結了婚的。」萊拉不太明白什麼是「結婚」，只知道在他們兩人之間有沒完沒了的開心玩笑，把其他人都排除在外，而他們歡迎其他人來欣賞。那是在年頭變壞之前。之後，董恩老像是在生瑪雪兒的氣，因爲他能給她的不多。儘管如此，他會找到她，站在她身旁，就算無話可說。某些東西是人們需要的，也有些東西是人們不需要的。這話也許並不正確。也許他們不需要生存。如果拿掉生存，其他的一切也都隨之而去。如果你不需要生存，就不必去想你不需要的其他東西，彷彿它們也不重要。你不需要有人站在你身旁。你不需要，但你需要。拿掉所有的歡愉——但你辦不到，因爲就連喝一口水都算得上是一種歡愉。一個念頭。董恩沒必要把一條緞帶綁在瑪雪兒的手腕上，所以他這麼做的時候她笑了，並且因此而愛他。所以他們全都愛他們倆。沒必要讓一個老人用蘸了水的手來碰你的額頭，彷彿他就像那些會撫摸你臉頰和頭髮的人一樣愛你。你會以爲那些嬰兒是他的親生孩子。好吧，她想。好吧。

我擔心你也許認為我沒有如我所應當地那般認真看待你提出的問題。我明白我一直相信有一份深遠的天意，可以説是在等著我們。一個父親向正在學走路的小孩伸出手，把孩子拉向自己，但他讓那孩子感覺到自己承擔的風險，並且讓孩子做出選擇，決定自身的勇氣以及走到父親身邊時將得到愛與安慰的那份把握要勝過……我本想要説勝過選擇安全，但是並沒有安全可言，也沒有選擇可言，因為學習走路是小孩子的天性。一如孩子想要父親的關心與鼓勵也是天性，希望得到安慰也一樣是天性。而給予安慰則是父親的天性。若要我描述上帝之道，我覺得會是種僭越。雖然我們被告知要叫祂天父，我們對祂所知道的卻這麼少，不知道的有那麼多。而且我知道，我若是説世人在人間所受到的痛苦沒有嚴重到足以使你所問的問題比我能做的任何回答更加有力，這會是種僭越。我的信仰告訴我，上帝和人類共同分擔著貧窮、苦難和死亡，這只能意謂著這些事充滿了尊嚴與意義，雖然要相信這一點，對人的信仰是種很大的考驗，而以我們能理解的任何方式假定這是真理並據以行事，是很可笑的。儘管如此，假定這並非絕對而必要的真理並據以行事也同樣可笑。雖然我們要竭盡所能去終結貧窮和苦難。

我一生都在為此努力。

我知道我仍然沒有回答你的問題，但謝謝你提出來。我也許能從嘗試回答中學到一些東西。

約翰·艾姆斯敬上

嗯，他忘了他是寫給一個無知的女子。她會恨他提醒了她這件事。儘管如此，她得要好好研讀這封信。一封寫給她的信。「萊拉，如果我可以這樣稱呼你」。

她該怎麼做呢？寫一封信給他？她會讓自己丟臉。又大又醜的字寫在一頁拍紙簿上，沒有一個字拼對。可是之前她也讓自己丟臉過，而他似乎從不在意。在他的花園裡種馬鈴薯；在太陽尚未眞正升起前去敲他的門，問他那個問題；伸出手臂摟住他；拿走了他的毛衣。想起這些應該會令她難受，但是每一次她枕著那件舊毛衣，她就只是爲此感到高興。她甚至想過要把毛衣扔進火裡，就因爲擔心它會讓她一直想著他。她也許可以去搭巴士離開。她的確弄不清楚自己是怎麼回事。他肯定認爲她瘋了，雖然從那封信裡看不出來。她想：他怎能忘了我是個什麼樣的人？

不過，她還欠給了那隻雞的那家人一份人情。她可以在早上去他們家，之後去河邊把衣服洗一洗。她最好該動身了。董恩常說如果在太陽升起之後才動身，那一天就浪費掉了。那個太太依舊病弱，於是萊拉花了一點時間打掃屋子，再花了點時間砍除菜園裡的雜草，之後趁著沒人看見，把鋤頭放進棚子，走了。現在他們扯平了。

她喜歡洗自己的衣服。有時魚兒會因爲那些泡泡而浮出水面。肥皂的氣味有點嗆鼻，就跟河水的氣味一樣，你可以在河水裡把衣物清洗乾淨。下過一場大雨之後，河水也許會因爲混了田裡的土壤有點黃濁，但那些淤泥會被沖走或是沉澱。在她眼中，她的上衣和洋裝有如從來不想出生的生物，看它們縮起來沉入河水中，彷彿只想被留在那兒，也許想去找哪個更深更黑的河潭。當她把衣服從水中提起來，抓住它們的肩膀高高舉起，它們看起來只有疲憊和懊悔，就像她自己被剝去的皮。可是只要晾在繩子上，讓水流掉，讓陽光和風把它們曬乾吹乾，它們漸漸像是能夠活下去的東西。在教會裡他們讀過一個故事：埃及王后走到河邊，見到籃子裡躺著個嬰兒在河裡漂浮，之後那就成了她的嬰兒。活下去。那個母親本該殺死那個孩子，但是她做不到，便把他放進河裡，而王后把他抱了起來。後來那孩子長大成人，決定他不想要當她的孩子。或是她已經死了，而她父親不喜歡他，但故事裡沒說。嗯，萊拉想：我希望她的確在他那樣對待她之前死去。她應該要能夠信賴他。這會兒我又這樣想了。誰都不能信賴。這就是我一直在想的事。如果我想試一次看看，不妨就是現在，趁著必要時我隨時能夠離開，而且還夠年輕能再活一段時間。趁著事情若是不成也沒啥要緊。

那麼。

她會盡量振作起來，走到教堂去，去別人想跟他談話時會去的那個小房間，她會敲門。她會跟他說她終究還是想受洗，說她抱歉忘了來上課。接著他會說些什麼。她會跟他說那封信寫得眞的很好。他會再說些什麼。而這些又會累積成什麼呢？她看見他們隨時都在跟彼此說話。朵兒常說「別咒罵！」，而她們會笑成一團，爲了那些只有她們知道而其他人都不知道的事。

可是如果你對世間每個人來說都只是個陌生人，那麼你永遠只是個陌生人，這種情況不會結束。你不知道該說什麼。

萊拉去葛拉罕太太家，看她是否需要熨燙衣物的幫手，而她需要。這花掉了一個上午和大半個下午。她需要去店裡買點東西，因此得要經過教堂。他站在教堂前面，雙手扠腰，往上看著屋頂。但他轉過身來看見了她，便說：「午安。」她點點頭繼續走。他追上來走在她旁邊，有一點喘。他說：「很高興看到你。」

「爲什麼？」

他笑了。「呃，大家有時候會這麼說。何況，我的確很高興看到你。」

他們就那樣走著，走過了那家店。她說：「爲什麼？」

他又笑了。「你問的問題很有趣。」

「而你不回答。」他點點頭。有他走在身邊的感覺很好。就像休息和寧靜一樣好，就像某種東西，若是缺少了，你也活得下去，但你還是需要。是你必須學會想念的東西，而一旦學會，你就再也無法停止想念。「我沒有再去上課。所以我想我不受洗了。」

「喔，我想過這件事。我們的確希望要受洗的人能對某些事情有足夠的了解，才能確信。」

「確信？我甚至不認識這個詞。你給我的那封信我連一半都讀不懂。我是個無知的女人。

看來你沒法了解。」

他停下腳步，於是她也停了下來。他端詳她的臉。「如果眞是那樣，我認爲我會了解。但我不認爲那是眞的，所以覺得沒必要表現得好像我認爲那是眞的。」他聳聳肩。「多認得幾個字或是少認識幾個字……」

「事情沒那麼簡單。」

他點點頭。「一點也不簡單。可是如果你這個星期天到教堂來，而你想要受洗，那麼，我會替你施洗，並且有十足的信心我做得對。我能說的就只有這樣。」

「我得去那家店裡買點東西。」於是他們掉頭走回基列鎭上。

「我想你還是一點也不信賴我。」

「我只是不會到處去信賴別人。看不出有這個必要。」他們繼續走了一會兒。

「那座墳上的玫瑰很美。你這樣做很好心。」

她聳聳肩。「我喜歡玫瑰。」

「噢，可是我但願能有辦法回報你。」

她聽見自己說：「那麼，你該娶我。」他默然停下腳步，於是她急忙走開，走到馬路的另一側，由於惱羞而臉紅，臉上熱辣辣的，這一次她肯定活不下去。他追上來，碰碰她的衣袖，她無法正視他。

「對，你說得對。我會的。」

「好吧。那我們明天見。」她爲什麼這麼說？明天她打算做什麼？他就只是站在那兒，她感覺得到他在注視她。這是她做過最瘋狂的事。是走在他身旁的那份感覺讓她起了這個念頭。這是因爲她孤獨太久了，在正常生活中不會在乎的事變得重要。就只是走在那老人身旁，走出小鎮邊緣，大多數時候甚至沒有說話，而白楊樹閃閃發亮、沙沙作響，在路上投下樹蔭。她從未眞正注視過他，但他英俊、溫柔又穩重，嗓音柔和，白髮如銀。如果她曾經想過要嫁人，對方會是個還算年輕、足以勝任一日勞動的人。不過，擔任牧師也是種工作。而且他有那棟房子可住。有庭園環繞。長滿了雜草。

她在想什麼呀？這事永遠不會發生。她也許瘋了，但他沒瘋。她試著回想他說的那幾句話——「你說得對。我會的」——那意思其實是：這是我這一輩子聽過最奇怪的話。這話若非出自他口中，要這樣去理解並不難。他似乎一向說的是眞心話。幾乎是。但她看得出來這一次何以可能不同。她掀起那塊鬆動的木板，拿出存錢的罐子。她身上還有葛拉罕太太付給她的五美元，因爲她當時心慌意亂，不敢走進那家店裡去買她想買的那罐辣味火腿。所以全部加在一起共有四十五美元。假如她沒有買香菸和人造奶油那些東西，她還能存下更多錢。儘管如此，四十五美元足夠讓她搭巴士去很遠的地方了。她可以去加州，在那裡不必擔心冬天會來。農作物全年生長。董恩和瑪雪兒老說要去加州。那是件想著就令人愉快的事。她辦得到。別信賴任何人。她知道他不會到她這兒來，而她無法到他那兒去。他也許會找她，因爲那是明天，也說不定他不會找她。她會在這幾天去鎮上買車票，如果他剛好看見她，他不會太當一回事。她也許永遠不會知道——也許他說的是眞心話，但如果不是，而她又看見他，她將承受不了那份羞恥。也可能她承受得了，而那會是另一種更難熬的羞恥。最好是她可以只說「我要離開了」，我一直都打算這麼做。

於是隔天她一整天都待在河邊，坐在石頭上，把釣魚線垂到水中，帶著拍紙簿、鉛筆和《聖經》。以西結說：「在四面的翅膀以下有人的手。這四個活物的臉和翅膀乃是這樣：翅膀彼此相接，行走並不轉身，俱各直往前行。至於臉的形像：前面各有人的臉，右面各有獅子的臉，左面各有牛的臉，後面各有鷹的臉。」[26]董恩會說：我早就說過了吧。可是這就跟其他任何事物一樣：一點道理也沒有。去想著一張人臉，那可以是件你不想注視的東西，那麼悲傷，那麼無情，或那麼仁慈。那可以是件你想要隱藏的東西，因爲那顯示出你曾去過何處，又有什麼樣的未來在等著你。任何人都看得出來，但你看不出來。它只是飄浮在你前方。那也說不定是你的靈魂，不管你如何保護它。這並不奇怪，如果你去想一想。

樹影移動，小蟲開始煩她，於是她找了個陽光較充足的地方。那兒有越橘。假如她能忘記她爲什麼在這裡，她就會對自己相當滿意。釣一條大鯰魚，這一天就會是個好日子。那封信夾在《聖經》裡。她把信撕成兩半，壓了塊石頭在上面，在一個夠潮濕的地方，墨水將會暈開。

「親愛的萊拉（如果我可以這樣稱呼你）。」有時她想，如果她下定決心，她可以剎掉自己的手。在這件事當中有種平靜。不管她是不是瘋了，至少在某一方面她能夠信賴自己。等她煮那條鯰魚的時候，她可以燒掉那件毛衣。說到這個，她也可以燒掉那本《聖經》。年老的以西結會在火焰中安頓下來，他似乎知道所有關於火焰的事。那把雨傘可以斜著放進皮箱。

她決定下個星期天去上教堂。如果她晚點到、早點走，如果她坐在最後一排，他絕對不可能走近到能跟她說話或去注意她。她不介意再見他最後一面，看他站在講道壇上，在窗戶的光線中，向那些人述說道成肉身、復活和其他。她會聆聽一會兒聖歌。在那之後她再也不會踏進任何一間教堂。

從河岸走上來，她看見他站在路上，大約在她和那間該死的小屋中間。而她一手拿著《聖經》，一手拎著在釣線上扭動的鯰魚，打著赤腳。他轉過身來看見了她，朝她走過來。她想不出還能怎麼做，只好在原地等待。他在走近之前沒有說話，之後也沒有說話，仍然拿不定主意要說些什麼。

他說：「我知道你不喜歡訪客，但我想跟你談一談。我其實並不是要去你的屋子，但我希望也許能碰見你。我有件東西想給你，當然，你沒有義務一定要接受。這東西原本屬於我母親。」他把東西拿在手裡，是條有個盒形墜飾的項鍊。「我該找個盒子裝起來的。」然後他說：「我們談到了結婚的事。從那之後我就沒有見過你。我不知道你是不是真心的，所以想來問問看。如果你改變了心意，我會理解。我老了，是個老人。這一點我很清楚。」他聳聳肩。「而如果我們訂婚了，我想給你一點東西。如果我們沒有訂婚，我也還是想給你。」

「呃，我手上拿滿了東西。」

他笑了。「的確！讓我替你拿一些。一本《聖經》！」

「我偷的。還有，別偷看我的拍紙簿。」

「對不起。你在讀〈以西結書〉？」他笑了。「你總是令人驚訝。」

「我偷了你的毛衣。這也令你驚訝嗎？」

「倒沒有。但是我很高興你想要它。」

「爲什麼？」

「嗯，你大概知道爲什麼。」

她感覺到臉上發燙。而那條魚仍在掙扎，拍打著她的腿。「該死的鯰魚。看來牠們怎麼也死不了。我要先把牠放在這片野草上。」於是那條魚就在塵土中扭動。她在裙子上擦了擦手。

「現在我可以拿那條項鍊了，不管那是什麼。」

「太好了，我……很感激。你該戴上。要扣上有點難，我母親總是請我父親幫忙。」

「這樣啊。」萊拉說，把鍊子遞還給他。

他端詳了她一會兒，然後說：「你得撥一下頭髮。如果你可以把頭髮撩起來的話。」於是她這麼做了，而他走到她身後，她感覺到他的手指碰到脖子，顫抖著，感覺到那個盒形墜飾的輕微重量垂到應有的位置。他們一起站在路上，在流水潺潺、蟲鳴鳥叫、枝葉窸窣的那片寂靜中。

他說：「那麼，我們要結婚嗎？」

而她說：「如果你想，我想我沒有問題。但是我看不出怎麼行得通。」

他點點頭。「可能有些困難。我想過了。困難不少。」

「如果你將來發現我是個瘋子呢？如果我做過犯法的事呢？關於我，你就只知道任何人光從我的模樣就能看出的事。而從來沒有誰想跟我結婚。」

他聳聳肩。「我猜你對我了解的也不多。」

「這不一樣。像我這樣的人有可能只因爲你有一棟好房子而嫁給像你這樣的人，因爲冬天就快到了。只因爲受夠了要命的孤單。像你這樣的人卻根本沒有理由來娶像我這樣的人。」

他聳聳肩。「我和那要命的孤單相處得很不錯，本來打算就這樣過一輩子。然後那天早上我看見了你，看見了你的臉。」

「別說這種話。我知道我的臉是什麼樣子。」

「我想你並不知道。你不知道它在我眼中的樣子。無所謂。像你這樣的人也許不會想要跟我在一起過這種生活。生活在人群之中。和你所習慣的生活相比，那不是一種很隱密的生活。

別人多少會期望你討人喜歡。」

「這我做不來。」

他點點頭。「不管發生了什麼事，他們都不會把我解聘。我會擁有那棟好屋子，直到他們把我抬出去。」

「我有辦法照顧自己。」

「這我知道。我的意思是，如果你不像一般的牧師太太，那也沒有關係。我一輩子都待在這個地方。先是我父親，然後是我。我在這裡不會再待太久了。不會有人想找我麻煩，或是找你麻煩。你得要了解，我考慮過很多。一個鄉下老牧師能給一個像你這樣的年輕女人什麼？我給不了一個和你同齡的男人、一個比較世俗的男人能給你的東西。所以，我會爲了我能給你的任何東西心存感激。也許是安慰，或是平靜，還是安全。至少有一段時間。我老了。」

她說：「你是個很英俊的男人，不管老不老。」

他笑了。「喔，謝謝！相信我，如果我不是自認爲相當健康，我絕對不會像這樣跟你說話。就我所知相當健康。」

「如果不是我先提起，你不會像這樣跟我說話。」

「這是眞的。我會認爲去想像這種事太傻了，像我這麼老的人。」

她想：我可以告訴他我不想當什麼牧師太太。這是事實。我不想生活在每個人都認得我的鎮上，認爲我是個被扔在教堂臺階上的孤兒，在等著哪個人流露一點善心，於是他們收容了我。我不想嫁給一個人人以爲是上帝的銀髮老人。我有過聖路易那段過去，喝艾菊茶，假裝我長得漂亮，穿高跟鞋。我不擅長過那種生活，但我的確試過。我感到羞恥，那就像是一種習慣，是我唯一的感受，除了獨自一人的時間以外。

她說：「我不認爲我們這樣做最好。」

他點點頭，臉紅了，不得不穩住聲音。「我希望我們能夠偶爾講講話。我總是很享受我們的交談。」

「我不能嫁給你。我甚至受不了站在那些人面前受洗。我討厭他們盯著我看。」

他抬起目光，像個牧師。「喔，我沒想到。我早該明白的。我替人施洗不總是在教堂裡。如果情況特殊……我就只需要一個盆子之類的東西。我可以從河裡取水。」

「我什麼也無法確信。」

「那我想我們就跳過這一部分。」

「我有個桶子。沒有盆子。」

「那就行了。」

「你在這裡等。我得把頭髮梳一梳。」

他笑了。「我哪兒也不去。」

她換上比較乾淨的上衣，梳了梳頭髮，編成辮子，再穿上鞋子。這件事她打算先做了再說。她走到門口臺階上，拿起桶子，只要清洗一下，那桶子就夠乾淨了。老人在原野上摘採向日葵。她走到路上，他把採來的花束拿給她。「我喜歡洗禮上有花。現在我們去取點水來。」他的快活中帶著倉皇。她傷了他的心，而他不太擅長隱藏。他從她手裡接過桶子，扶她走下河岸，彷彿她不曾獨自去河邊取水過上百次。他把桶子沉入河潭，再提起來，那是滿滿一桶，於是他又倒掉一半。他蹲下來的動作有點僵硬，站起來時也一樣，而他向她微笑——我老了。「幾隻水蜘蛛並不礙事。」他穿著牧師袍，而且很留心身上的衣服，但她看得出來他喜歡待在河邊。「是在上面有陽光的地方好？還是在下面河邊？你覺得呢？」然後他說：「哎呀，我把那本《聖經》擱在草地上了。那段經文我是背熟了，可是我喜歡有本《聖經》，你知道的，如同雲彩的見證人。[27]」她不知道。「既然沒有其他證人。」她仍舊不知道。無所謂。他很高興做這件事，而且不僅是因爲能擱置先前的談話。所以這想必有種意義。

她說：「我喜歡在陽光下。」他扶她走上河岸，找到了那本《聖經》，翻開來讀道：「『那時，耶穌從加利利的拿撒勒來，在約旦河裡受了約翰的洗。他從水裡一上來，就看見天裂開了，聖靈彷彿鴿子，降在他身上。又有聲音從天上來，說：「你是我的愛子，我喜悅你。」』[28]這是約翰說的話，他施洗使罪得到赦免，而他替我們的主耶穌施洗：『我是用水給你們施洗，但有一位能力比我更大的要來，我就是給他解鞋帶也不配。他要用聖靈與火給你們施洗。』[29]聖禮是無形恩典的有形形式。我們與基督同死同活，在指望的甘美中喜樂。萊拉・達爾，我……」

「可是那並不是我的名字。」

「那你的名字是？」

「沒人說過。」

「沒關係。這是個好名字。如果我用這個名字替你施洗，那麼這就是你的名字。」

「『施洗』？」

「也就是洗禮。」

「好吧。」

「萊拉・達爾，我……」他的聲音變了。「我奉聖父、聖子、聖靈之名替你施洗。」他的手在她頭髮上停了三次。就是這個動作使她哭泣，就只是他手的觸碰。他帶著驚訝與溫柔注視著她，而她又哭了一會兒。他把自己的手帕遞給她。過了一會兒他說：「小時候，我們常走這條路去摘黑色覆盆子。我想我還記得要去哪裡摘。」

「我知道在哪兒。」於是他們兩個走過草地，穿過那些雛菊和向日葵，再穿過一叢梣樹，走進另一塊休耕地。沿著較遠的一邊長著黑莓叢，結實纍纍。她說：「我們沒有東西可以拿來裝莓果。」而他說：「只好吃掉了。」他摘了一顆遞給她，彷彿她沒法自己去摘似的。他說：

「我們可以把莓果裝在我的手帕裡。我來拿著。」

「你會把手帕弄得髒兮兮的。」

他笑了。「沒關係。」

她把手帕鋪在他張開的雙手上，把莓果一顆顆放上去，再把手帕的四個角綁在一起。香味和紫色汁液從布裡滲出來。他說：「我來拿，免得沾到你的衣服，但這是要給你的，如果你想要的話。你可以偷走我的手帕，如果你想要記得你成爲萊拉・達爾的這一天。」

她說：「謝了。我想我反正會記得。」

他們走回路上。「嗯，快要傍晚了。而我們把你的鯰魚給忘得一乾二淨，對吧。還有你的《聖經》和拍紙簿。我會幫你收拾這些東西，說不定會下雨。弄好之後我就走了。」

「等一下，我在想一件事。如果是你施洗過的人，你還可以跟她結婚嗎？」

他揚起了眉毛。「沒有法律規定不行。你爲什麼問呢？」

「我不知道。看來我只是想把我的頭靠在……」

他說：「我也想，萊拉。但我以爲我們已經做了決定。」

「不，不。」她沒有哭。她無法正視他。「我想要這個想要得要命。而我討厭自己想要任何東西。」

「『這個』？」

「我想要你娶我！我但願我不想。這對我來說只是種苦惱。」

「對我來說湊巧也一樣。」

「我沒法信賴你！」

「我想這就是爲什麼我不能信賴你。」

「唉，這是事實。我誰都不信。哪裡都不能待。我一分鐘也不得安寧。」

「欸，如果是這樣，我想你最好還是過來靠著我吧。」

她這麼做了，而他伸出雙臂環住她。她說：「你從這條路上走開的那一秒，我就會告訴自己你是永遠地走了，有什麼理由不是呢？而我會試著爲此而恨你。我會爲了這一點而恨你。我甚至會離開這裡不再回來。」

他說：「我想我也會有幾個失眠的夜晚，意思是再多幾個失眠的夜晚。我在想，如果你搬到鎮上來，我們就可以顧到對方，偶爾說說話。這樣應該會比較好。鮑頓會替我們主持婚禮，我會去跟他說。我們儘快辦好這件事，免得一直擔心。」

「可是你難道不奇怪我爲什麼甚至不知道自己的名字嗎？」

「有一天你會告訴我的，如果你想的話。」

「我在聖路易的妓女院工作過。你大概連妓女院是什麼都不知道。噢，我爲什麼要說出來。」

她從他身旁走開，而他把她拉回來，把她的頭按在肩頭。

「萊拉．達爾，我剛剛用新生之水替你洗過。在我眼中，你是個新生兒。而且我的確知道什麼是妓女院，雖然不是從親身經驗中知道。你是想確定你可以信賴我，這很明智。對我們兩個來說都比較好。」

「我還做過別的事。」

「我了解。」他撫摸她的頭髮和臉頰。然後他說：「我真的該回家了。如果我替你找到住的地方，你願意搬到鎮上來嗎？好嗎？我也會去跟鮑頓談。答應我，你不會在這裡試著恨我。如果這是你能夠答應的事。」他走開了，拿著她的《聖經》和拍紙簿，還有那條沾滿泥巴的鯰魚，他把魚連同那束向日葵都放進桶子裡。他說：「免得鯰魚溜走。」他看著她，輕輕地說「好好睡一覺」，像在祝禱，彷彿那意思是恩典與平安。所以說，她將要嫁給這個老牧師了。她看不出有什麼辦法不這麼做而不會嚇走他所有的親切。

那家旅館是鮑頓的一個老朋友開的，萊拉免費住一間房。這麼個死氣沉沉的小鎮，半數房間都是空的。艾姆斯牧師幾乎每天晚上都來吃晚餐，坐在陽臺上，在天花板的大型風扇下面，常帶著鮑頓一起來。葛拉罕太太帶來了衣服，說是從鮑頓家的閣樓拿來的。他有四個女兒。那些衣服質料都很好，能派上點用場也很不錯，樟腦丸的氣味慢慢就會揮發掉。萊拉討厭那家旅館，討厭那些帷幔、沙發，還有壁紙和地毯上粉紅與紫色的大花。為了晚上而穿得漂亮一點。

有時候她會走出鎮上去那個農家幫忙，去流流汗，把手弄髒。這樣她夜裡就能睡著。視情況而定，他們也許會給她一點錢。不過，她會在晚餐前回來，在老人來到之前把自己清洗乾淨，帶著一身樟腦丸的氣味。她學習禮節規矩，雖然從沒有人告訴過她這件事有個名稱。「他很保護你。」葛拉罕太太說，意思是她雖然坐在他旁邊，但並不靠近他，他會碰碰她的手肘，但不會握住她的手。她差不多就跟以前一樣孤單。

在去那個農家的路上，她偶爾去看看那間小木屋。那兒沒人，只有老鼠和蜘蛛。她會坐在門前臺階上點根菸。她的錢還放在那個罐子裡，藏在那塊鬆動的地板下。她把那條手帕也塞進去了，因為那罐子讓她想起一個傷口，試圖把它擦乾或包紮起來。田野漸漸變成了黃褐色，乳草的莢乾燥裂開。小屋裡她沒有藏起來的東西都不見了，每一件無用的東西。她很確定他到過小屋，收拾了所有的東西，替她收藏起來。一定是鮑頓家哪個孩子回來探望時，開爸爸的車載他過來的，因為那些雜七雜八的東西若是要用手提實在太多了：鍋子、桶子、鋪蓋捲、皮箱，還有其他東西。如果冬天迫使她離開，這些東西她全會留下。也許鮑頓家的人幫忙把東西提上車。她討厭去想他們去過那裡。假如他先來問她，她會說別這麼做，所以他沒有問她。她從未想過要把小屋裡的東西清空，就算冬天會毀掉留在裡面的所有東西。如果有個農夫決定要開墾這片田地，他也許會拆了小屋或是燒掉。儘管如此，她曾把小屋想成是她的。她放在那裡的東西表明了她的使用權。錢藏在那裡並不安全——只有牧師不會想去看看一塊鬆動的地板下面有什麼，可是只要錢還在那裡就是她的。她的刀不見了。老人對那把刀有什麼猜想？她何必煩惱？每個人都需要一把刀。魚並不會自己把內臟清乾淨。

她也去墓園照料艾姆斯太太母女。她想著什麼時候要問問那老人，等她們全都復活了而他有兩個妻子，那會怎麼樣？他曾經在講道時談過這個，這大概表示他也曾經想過這件事——他說他們不會有男女之分，也不會結婚或嫁娶。這是耶穌說的。所以那老人連一個妻子也不會有。在這麼多年之後，那個女孩和她的孩子對他來說會跟其他任何人一樣。他也許會跟她離開他時一樣年輕。有時候萊拉看得出他年輕時是什麼模樣。那女孩會仍舊抱著他幾乎沒有機會抱一下的嬰兒。她沒有改變，他也沒有改變，彷彿死亡從不曾發生。在經歷了那一切之後，在等了那麼久之後，如果他站在她們身旁而沒有感受到一種不同的平靜，那樣的天堂會很奇怪。萊拉可以看著他們，並且愛他們，因為老朵兒也會在那裡，說「不要緊」。不要渴望你不需要的東西，你就會沒事。不要渴望你不能擁有的東西。朵兒會在那兒，由於她一生的滄桑而模樣醜陋。否則萊拉也許認不得她。

在那家旅館住一個月，之後就是婚禮。葛拉罕太太跟她說牧師大概是想讓大家明白這樁婚姻是經過考慮之後的決定，因為他這把年紀的男人有時候會做些蠢事。萊拉說：「喔，看起來反正滿蠢的。」意思是如果她等於是結了婚，不妨也享受一下這件事帶來的安慰。葛拉罕太太微笑點頭，說：「他只是想盡量把事情處理好。這也是爲了你。」萊拉討厭鮑頓。有幾次她看見鮑頓久久注視著那老人，彷彿感到納悶，彷彿想說：你眞的確定要這樣做嗎？那些討厭的刀叉。而且他老是在談外交政策。然後那老人就會說些什麼，只爲了溫和地提醒他萊拉也許對外交政策不感興趣——這也是事實，因爲她甚至從來不知道有外交政策這種東西。而鮑頓就會談起神學，接著談起關於某個人的某件事，某個他們倆認識了一輩子的人。他們會因爲想起童年往事而笑，然後老人就會轉過來對她說：「你在這裡覺得舒服嗎？你的房間舒適嗎？」因爲他也想不出什麼別的話對她說。他不能上樓去她房間親眼看一看，因爲那不合禮節。當她說她很樂意帶他上樓，他臉紅了，而她不得不笑她自己，這使得場面變得更僵。鮑頓試著轉開話題。葛拉罕太太和她先生也在那兒，純粹出於好心而樂意談談外交政策。他們在那家旅館一起吃過幾次晚餐，讓葛拉罕先生對她有足夠的認識，好在婚禮上把她交給新郎。這是她聽過最奇怪的事。但白天的時間屬於她自己。

他們在鮑頓牧師家的客廳結婚，鮑頓的子女都在，除了那一個以外。他們甚至替鮑頓太太穿上漂亮衣裳帶她下樓來，讓她坐在椅子上。女兒們彎腰告訴她這是一場婚禮，約翰的婚禮，這不是很棒嗎？然後他們就由著她帶著微笑靜靜坐著，因爲她若是覺得別人對她有更多期待，那總是令她心煩意亂。

婚禮之後，鮑頓的幾個女兒替大家準備了晚餐，飯後他們回到老人的屋子。萊拉從來弄不懂那些刀叉，不明白它們還有一套使用方式。不過他坐在她旁邊，她的丈夫，如今他們對她是愛屋及烏。晚餐有個白色大蛋糕，上面飾有糖霜做成的玫瑰，那幾個姊妹笑著說起她們做了多少朵，只有少數幾個勉強與雜誌上的圖片相像，或是像個什麼東西。花椰菜。蕈狀雲。葛莉絲把一朵掉在地板上，結果沮喪得洗手不幹去散步了，不過費絲在衆人抵達之前及時抓到了訣竅，而她頭髮上沾著糖霜，弄得廚房裡到處都是。泰迪說他逮到葛洛莉在舔手指頭。他們全都在笑，全都如此熟悉彼此，這麼體面，那幾個兄弟也一樣。萊拉等不及想離開。

之後，剩下他倆在那棟安靜的屋子裡。她所有的東西，所有別人給她的東西，都從旅館帶來放進玄關的櫃子裡。冰箱裡有食物，食品儲藏室和廚房桌上也有，檯子上擺著小禮物，有擦拭杯盤用的布，上面繡了花，還有枕套和圍裙，外加一幅刺繡圖，繡著蘋果、梨子和葡萄，以及「主佑吾家」這幾個字。每個房間裡都擺了花，窗戶全都打開讓陽光進來，每一件能擦亮的東西都閃閃發光。「都是教會的人幫忙。」他說，露出微笑，彷彿在說：我跟你說過了。她走出去到後門廊上，只是去看一看。院子裡的雜草都除掉了。

她本來想：先做了再說，之後再來想。而現在「之後」已經來臨，她卻絲毫不知道該怎麼想。我受了洗，結了婚，我是萊拉・達爾，也是萊拉・艾姆斯。我不知道自己還應該想要什麼，除了讓那份羞恥消失，而它不消失。我在一棟奇怪的屋子裡，跟一個甚至不知道該怎麼跟我說話的男人在一起。我在這裡能做的事已經都有人做了。如果我說出什麼無知或瘋狂的話，他會不由得想「老人有時候就是會做出蠢事」。他已經這麼想了。他會要我離開，而沒有人會怪他。我不會怪他。結婚本來是爲了終結這些苦惱。而如今不管發生什麼事，每個人都會知道。她看見他站在客廳，年老英俊的頭顱垂在他年老英俊的胸口。她想：他的確最好禱告一下。然後她想：禱告看起來就像憂傷，就像羞恥，就像懊悔。

他帶她參觀屋子，告訴她東西放在哪裡。他說樓上有個房間可以當她的書房，如果她喜歡的話。裝著拍紙簿和那本《聖經》的氈製提包放在那房間窗前的桌子上，旁邊放著一盆百日草。她也可以用另一個房間，如果有哪個房間她更喜歡。這棟房子是爲了大家庭而建造的。房間不大，但是有很多間。他自己的書房就在走廊末端。如果她想更動任何地方，可以儘管去做。這屋子始終大致維持著老樣子，至少是從他父母親住在這裡之後。不過，沒有理由要這樣保持原狀。他說：「能有你在這棟屋子裡實在太好了。當然，我希望你會非常快樂。」

她說：「我想我會很快樂。夠快樂了。我擔心的是你。」

他笑了。「我想我會很好。」

「我看見你在祈禱。」

「那是我的習慣。沒必要擔心。」

「好吧，如果哪天你認定我是個麻煩，儘管告訴我。」

他笑了。「親愛的萊拉，我們結婚了！不管是好是歹！」

「我想是的。我們等著看吧。」

他執起她的手，打量著，她那雙粗糙的大手。他說：「如果你這麼說，我想我們會的。」

她大概向他說了一句刻薄的話。有好幾個星期她但願能把這句話收回。那句話就只意謂著她仍然不信賴他，也意謂著他若是信賴她，那他就是個傻瓜。而那只不過是事實。不妨讓他知道有那種感覺是她的天性，是她改變不了的事。她就跟從前一樣孤單。唯一的差別在於如今這個慈祥的老人為此感到悲傷和難堪，依舊連該怎麼跟她說話都沒把握。如果她好一陣子沒有出聲，他就會從書房下樓來在廚房或院子裡找她，說是為了喝杯水或是享受一下好天氣。如果她走去鎮外那個農家，去那間小木屋，等他看見她進門，她的模樣刺痛他的眼睛。是為了安慰他，還有她自己，她才在第一個漆黑的夜裡溜到他床上。

萊拉曾想，如果她出去散步，看見有人走在她前方，而那人是朵兒，那會怎麼樣？如果喊出她的名字，而那女人停步轉身，笑著張開雙臂，把萊拉裹進她的披肩裡，那會怎麼樣？萊拉會告訴她：我嫁給了一個老好人。我住在一棟好屋子裡，地方很大，你也可以住進來。你可以永遠待下來，我們會在園子裡一起工作。而朵兒會笑著捏她的手：「畢竟還是有了好結果！我沒死，而你不是在哪間破屋子裡勉強過日子！先前我必須離開一段時間，但現在我回來了，我復活了！我到處找你，孩子！」她可以把她想告訴朵兒的事對自己說，這能幫助她留下來過這種生活。有個好丈夫的已婚女人！這值得所有的麻煩，每一丁點麻煩。

朵兒的眼神也會閃閃發亮，除了萊拉，沒有其他人有機會看見那樣的光彩。單是在坦慕尼那棟屋子裡的那個小房間就令她快樂，因爲她能夠給她孩子的那些東西：自己的衣櫃，一盞有荷葉邊燈罩的檯燈，還能去上學。然後她想必是看見了某個人，或是聽說了有人在找她們，於是一等朵兒擦乾雙手換下圍裙就儘快離開。朵兒說她厭倦了瑪爾可太太對她大吼大叫，可是她們吃掉了她替萊拉準備帶去上學的午餐，穿過樹林，沒有沿著道路走。朵兒的前額一側及臉頰上有塊紅斑，像個胎記，凡是見過她的人就不會忘記她。那就是她們不能在一個地方久待的原因。這些事她從不曾向萊拉解釋，是那種她們從來不談的事情。可是萊拉一回想，事情清清楚楚。爲了讓萊拉學會讀寫，朵兒承擔了風險，讓她們得以在那座鎮上停留好幾個月，將近一個學年。嗯，老人的屋裡全是書。她會加強閱讀能力。朵兒會希望她這麼做。

這麼一想，她彷彿能夠享受新的生活了。她簡直是偷了這份生活來給朵兒。別人也許會以爲她喜歡那老人的房子和鮑頓家人的衣服，還有那些禮節規矩和殷勤善意。他們或許也會以爲她喜歡那老人。但她只是想像這一切看在朵兒眼裡會是什麼樣子——她能過一種很好的生活，一種舒適的生活，因爲朵兒偷走了她，在那許多年裡照顧著她。她活著是爲了讓朵兒看見。萊拉爲了老人眼中的喜悅而逗他笑，因爲朵兒會很高興見到那份喜悅。當她伸出雙臂摟住他，當她溜到他床上，朵兒會把枕頭撫平，輕聲對她說：「他是個這麼慈祥的老人！」

萊拉和他一起去鮑頓家，在門廊上喝冰紅茶，聽他們談話，而一天下午，她在聆聽時明白了：按照鮑頓的說法，朵兒不在上帝的選民當中。就跟世上大多數人一樣，朵兒不信上帝而且沒有受洗。就她所知，董恩那伙人沒有一個在上帝的選民當中，除了她自己以外，如果她可以這樣相信。也許他們還活了下來，而在某個地方某個信仰復興運動的牧師拯救了他們。可是朵兒的生命結束了，沒有人曾把手擱在她頭上，也沒有人對她提起過帶來新生的水。如果她的墳上有墓碑，上面不會有名字。眞實姓名也許會讓人更容易找到她，或是替她在偷竊小孩之外再添上另一條罪名，所以她甚至不曾告訴過萊拉她的眞實姓名。當朵兒把刀給了萊拉，她說：「這只是用來嚇唬人的。如果你傷了人，就會惹上麻煩，不管究竟是爲了什麼事。」所以說，萊拉最初認識她的時候，朵兒也許已經過著躲藏的日子，睡在那間簡陋、擁擠的老舊小屋裡，來去都在夜裡。用一個沒有姓氏的名字稱呼自己。也許她死的時候，靈魂帶著黑暗的罪過。萊拉聽那些牧師這樣說過。也可能她犯下的另一樁罪行只是某種逼不得已的善行，像是偷走一個多病的孩子。也許在主面前這反正沒有差別。

老人說：「我們要回家了。晚餐時間應該快到了。」他看得出來她有事煩心，而鮑頓看得出來他在擔心她，於是他們道了晚安，沒有像平常那樣開玩笑，拖拖拉拉，收拾杯子和茶匙。

他走在她旁邊，沉默不語，他沒把握該說些什麼或問些什麼的時候就會這樣保持沉默。他替她開了門。那屋子，如此樸素整齊而安全。他說：「鮑頓喜歡談事情比較棘手的一面。你不必對他說的話太認眞。」

她走到客廳裡坐下，頭埋在手裡。他站在她椅子旁邊，保持著一段尊重、有耐心的距離，他向來如此，當他希望她能把心事告訴他。

她說：「我只是從來沒想到過其他那些人，幾乎是我認識的每一個人。他們當中有些人對我很好。」

他說：「我很高興他們對你很好。對此我很感激。」

「可是他們從來不在乎什麼安息日。你一輩子沒聽過那些咒罵的話或是貪婪的樣子。有時候他們會偷東西，如果他們非偷不可。我認識一個女人，她也許用刀子殺了人。她已經死了，所以我想也沒辦法彌補了。聖路易那些女人，我想她們唯一想過要做的事大概就是賣淫。而那裡沒有人能幫忙她們做些什麼來改變，來拯救她們的罪過。所以我想她們全都下了地獄？如果你下了地獄，會發生什麼事？」

「萊拉，你老是問最難的問題。」他聲音裡有分溫柔，她心想他不會用她能眞正理解的話語告訴她會令她痛苦的事。

「我曾經認識一個人，他說教會告訴大家這種事情，好嚇唬人。」

「有些會。」

「所以人們才會把錢給教會。」

他點點頭。「是有這種事。」

「這些事你從來沒說過。」

「我並不知道該說什麼。」

「可是那是眞的囉？」

「我還相信別的事。上帝愛世人，上帝是慈悲的。你知道，我沒法把地獄和我所相信的其他事情調和在一起，並且覺得我能夠了解，在某種意義上。所以我不太說起這件事。」

「這是我唯一一次聽你說起這個字眼，『地獄』。」

他聳聳肩。「有意思。」

「耶穌說起過嗎？」

「是的，祂說過。次數不多。但祂說過。」

她說：「我不知道。就一個牧師來說，你不怎麼會解釋事情。」

「我很抱歉，如果我讓你感到失望，又一次讓你感到失望。可是如果我試著去解釋，我不會相信我對你說的話。這等於是說謊，不是嗎？比起其他任何事，我可能更怕自己說謊。我眞的不認爲牧師應該說謊，尤其是關於宗教。」

她說：「我只是但願我當時能對自己要做的事多了解一些。是我自己的錯，我應該要去上那些該死的課。」

他在沙發上坐下。「我也有錯。全是我的錯。」他們沉默了一會兒。

然後她說：「我知道你沒有惡意。」

他搖搖頭。「我沒有對你造成什麼損害。這一點我很確定。」

唉，他不認識朵兒和其他那些人。不曉得籠罩在她身上的那份孤單，當她想到她失去了他們。他把臉埋在手裡，大概是在祈禱吧，於是她走進廚房去做三明治。

他想讓她受洗，趁著她尚未離開、迷失在艱苦的生活中，並在此生之後墮入不知何處之前。這是他的好意。當他伸手浸入那個桶子，用河水為她祝福，河水沾濕了他的衣袖，蜜蜂嗡嗡地叫，鯰魚在野草中扭動。他看起來的確像是他說的句句眞心。天空裂開，鴿子降臨。這些神蹟並未出現，除了他臉上的表情和他手的觸碰。在她一生中不常有人像他一樣，如此堅決地要做件對她好的事，即使是在她說了不會嫁給他之後。牧師做著牧師會做的事，盡他們所能地給你平安。但仔細想想，那也可能不是你想要的平安。有一段時間萊拉喜歡「復活」這個念頭，這意謂著能再見到朵兒。老人也許會得回他的妻兒，但她會有朵兒，所以沒有關係。縱使人群擁擠，她也會去找朵兒，直到找到她，哪怕要花一百年。她只以自己想要的方式去理解「復活」這個字眼的意義。那個概念對她來說十分珍貴。朵兒就跟從前一樣，但是經歷過死亡，帶著隨之而來的全然平靜。幾個水泡不會要你的命，一點灰塵不會要你的命，再沒有什麼能要你的命。絞刑也要不了你的命！朶兒會爲了這些令人驚訝的事而笑，因爲她可能從沒聽說過這種事。

可是鮑頓提到了最後的審判。剛從墳墓裡出來的靈魂必須爲他們的人生負責，爲了他們當中大多數人從來不了解的人生，如此艱辛的人生。朶兒藏了一輩子的罪咎或羞恥會攤在她面前，沒有一絲一毫被忘記，被原諒。可是這不可能呀。老人總說上帝是仁慈的。朶兒是那麼剛強而疲憊，臉上帶著那塊紅斑，還有別人盯著她時她那種忍耐的態度——我從來不去看，但我知道你看見了什麼。不管她用那把刀做出了什麼事，誰會想要引起她更多悲傷？萊拉厭惡起復活的念頭，就跟她曾經厭惡過的任何事情一樣。朶兒最好還是待在她的墳墓裡，如果她有座墳墓。最好那兩個老人說的話沒有一句是眞的。

他走進廚房，在桌前坐下。「我在你眼中一定像個傻瓜，你一定以爲我從來沒思考過任何事。」

每次當他像這樣對她說話，回答她的問題，她總是感到驚訝，她這輩子就只讀過一本小學生課本。「我絕對不會以爲你是個傻瓜。」

「喔，也許吧。但是我的確還想說一件事。去想地獄並不能幫助我按照我所應當的方式生活。我相信對大多數人來說都是這樣。而去想別人也許會下地獄，我覺得這是邪惡的，就像一種深重的罪過。所以我不想鼓勵任何人這麼想。就算你不去假定在個別情況下你能夠知道對方會不會下地獄，去概括地想世人也許會下地獄，這仍舊是個問題。如果你任由自己這樣想，你就無法以你所應當的方式去看待世人。要做出任何這種判斷都是大大的僭越，而僭越是種重罪。我認爲這正是神學。」

她說：「這些我啥都不知。」接著又說：「我不懂神學，也不認爲我喜歡神學。許多人活著然後死去，從來沒擔心過這個。」

「啊，當然！」他笑了。「你不喜歡神學！我應該要想到的。我想我獨自生活太多年了。老是跟鮑頓交談，或是跟自己說話。老是講道。我的確是個傻瓜。」

「喔，我並沒有說將來我不會喜歡。」她這樣說是因爲聽得出他聲音裡的悲傷。

他笑了。「你很好心。我想現在問有點嫌晚，但是你喜歡什麼呢？」

「我不知道。工作吧。」

他點點頭。「工作是件好事。」隨即摀住了臉。「聽聽我說的！我說的每一句話都純粹是牧師說的話！我就只懂得引用經文！」

她說：「我想這是你的習慣。」

那一夜，貼著他的體溫躺著，她說：「也許你不必去想地獄的事，是因爲你認識的人當中大概沒有人會下地獄。」

過了一會兒，他說：「我想這句話是有一點眞實性。」

「除了我以外。」

「萊拉，我明天得要講道。如果你把更多這種念頭放進我腦子裡，我怎麼還睡得著？」他把她拉近自己，撫摸她的臉頰。「我會讓你保持平安，而你會讓我保持誠實。」也許他無法去想她會下地獄，是因爲他愛她。她想著：他會有同樣好、甚至更好的理由去愛任何一個偶然出現在他家門口的人。想到董恩、梅麗還有其他人，讓她但願那是早晨。在她還沒有時間概念的悠長歲月裡，在露水和黑暗中躺下來睡覺，又在露水與黑暗中被喚醒，生火吃晚飯，生火吃早餐——如果董恩能及時讓火生起，分食一鍋豆子，或是埋在灰燼裡的帶皮馬鈴薯，還有風中那股苦澀、急迫的氣味，彷彿世人先是怕得不敢睡覺，然後又遺憾早晨必須來臨。她醒來時頭髮打結。那些大人總是叫人別哭，而她會試著止住哭泣，坐在那裡，讓朵兒摟著她，兩人合吃一份食物。

隔天一早，破曉之前，她就到河邊去；他醒來時屋裡空無一人。她穿上她的舊衣裳，走到河邊，在河水中清洗自己，象徵著死亡與失去之水，象徵著任何與新生無關的東西。可是她幾乎確定自己有了孩子。她不是早該料到嗎？像她那樣溜上老人的床，雖然他從未要求她這麼做。她見過女人在田野邊的棚子裡生下孩子，那些嬰兒本來應該在一、兩個月之後才出世，但那些女人的身體由於疲憊而捨棄了他們。有一次，她和梅麗見到了一個這樣的女人獨自在一間小木屋裡，距離一片越橘叢不遠。她們聽見女人的哭聲，梅麗說最好進去看一看。然後萊拉跑去找朵兒，當兩人回到木屋，梅麗也在哭，因爲那女人抓住她的手不放。梅麗說：「我原本想要幫忙，現在我猜我有幾根手指頭快要斷了。」朵兒和那女人說話，讓她知道除了那兩個小孩子之外還有大人在，於是女人稍微冷靜下來，鬆開了梅麗的手。萊拉和梅麗從井裡打了一點水，又採了一捧星狀花植物鋪在草地上曬乾，坐在門口臺階上豎耳傾聽屋裡的動靜，因爲她們忍不住想聽。朵兒對那女人說話，試著安撫她。那女人知道嬰兒還不該出世。那就只是一番血淋淋的漫長掙扎，末了有個小身體要清洗。朵兒是那麼溫柔。她們忍不住要看著她。她用一個麵粉袋把嬰兒裹住，然後扶著那女人到門廊上，洗掉她身上的血汗，而這一幕她們也忍不住要看。那女人好瘦，除了肚囊之外，一雙光著的腿在顫抖。她一直說：「我丈夫就快回來了。他去找人幫忙。他會回來的。」但這是當你只有陌生人能依靠時會說的那種謊話。這件事中帶著羞恥，於是人們就會說謊。她們幫忙朵兒把那地方盡量清理乾淨，擠了牛奶，餵了雞，她和梅麗找到一些玉米粉來煮，並且告訴那女人燒一點星狀花植物會有幫助，還把摘來的越橘留給她。那個可憐的嬰兒躺在一張凳子上，「等著讓他父親看」，那女人說。當她們走在黑暗中，尋找自己的營地，她們一句話也沒說。喔，朵兒的確說了句話：「事情就是這樣。」

所以她應該留在那棟屋子裡，讓那老人照顧她，等時候到了，就讓教會裡那些婦人照顧她，她們會很高興把一個活下來的嬰兒放進他臂彎。就讓她們帶蛋糕和燉菜來，想帶多久就帶多久，而他會很高興能有點事情跟她談。萊拉認爲自己老了，生孩子可能不太安全，否則也許不會這麼輕易讓步。接受他帶來的安慰和有他在身邊的感覺，遠遠勝過她枕在從他那兒偷來的舊毛衣上的感覺。現在沒必要擔心。也許會有個孩子，而那也許是件好事，但只有在她留下來的情況下。至少她現在知道他會讓她留下，不管她有多麼瘋狂，還是多麼無知、多麼迷失。如果會有個孩子的話。於是她走回他的屋子，換上新衣裳，在門廊上等他。

想到孩子使他變得更老。他一向就睡得不多，也睡得不好，可是如今他似乎根本沒睡。她戴著戒指，盡量待在屋子附近——這麼做倘若有些用處，就只是令她更加擔心，擔心做錯了什麼事而令他煩惱、他有多難過。她愈像個妻子，他就會愈加害怕失去她。有一天一大早，太陽尚未升起，她見到他在廚房裡攪拌麥片粥，身形佝僂而且一頭亂髮。她碰碰他的肩膀，他把那視爲一句問話，便說：「萊拉，我不知道我是怎麼回事。這麼個夜晚，我幾乎害怕祈禱。我發現自己如今在祈禱我將能夠接受……」他搖搖頭。「……接受我光想著就受不了的事。要說這種事太過殘酷，這違反我的信仰。但那恐怕的確會是太過殘酷。」他用湯匙把麥片粥舀進兩個碗裡，把碗放在桌上。「我煮得太久，太稠了。但是吃這個對你有好處。這裡有些牛奶。」他拿了湯匙和餐巾給她，在她對面坐下，交握雙手，對著麥片粥簡短地做了禱告。「而且最糟的是，眞正的辛苦全都落在你身上。我很抱歉，我不該這樣說的。」

她說：「女人生孩子。一直都是這樣。我想我也能。」如果要安慰他，她本來可以說一切可能都會有好結果，通常會，可是她就跟他一樣害怕這麼想。她沒法告訴他，她解除了她受的洗禮，怕他會以爲這會傷害了孩子。她爲什麼要在那天早晨做這件事呢？其實她也可以等到嬰兒出生之後再做。這樣一來，如果出了什麼差錯，她就無須納悶是否該怪自己。隨著這個念頭而來的憂慮使得她當下就問他：「如果你受了洗，你能不能把受的洗再洗掉？」而他微笑著說不行。

「就算你想也不行嗎？」

「嗯，你頂多也只能想想。可是不行。你不必擔心。」她鬆了一口氣，多多少少。

她聽人說過，悲傷的女人就會有悲傷的孩子，怨恨的女人就會有憤怒的孩子。她以前常想，假如她能確定她所能想起的最早最早以前，她的感受是什麼，她就至少能夠知道生下她的女人是什麼樣子。她同情那個女人的孤單。她不希望自己的孩子會沒來由地感到害怕。這棟好屋子，這個慈祥的老人。我讓我們母子免於風吹雨打，不是嗎？我們沒有受凍，不是嗎？在那封信裡他說沒有安全這回事。生存可以是艱辛的，這她的確知道。平靜的日子裡可能會颳起暴風，吹得你掌握不了自己的生命，吹得你靈魂出竅。「火在四活物中間上去下來，這火有光輝，從火中發出閃電。這活物往來奔走，好像電光一閃。」[30]這一段她抄寫過十五次。這提醒了她萬物的野蠻。在那間平靜的屋子裡，她怕自己也許會忘了。

她想：尚未出生的孩子過著他也許永遠不會認識的一個女子的生活，聽見她笑，聽見她哭，感覺到使她屏住呼吸、縮緊腹部的恐懼。有好幾個月的時間，這孩子的整個生命是一場從不醒來的夢。路上的腳步聲，想起那把刀子，然後暫時擱下那份憂慮，而孩子怎麼會知道原因何在？她只能猜測朶兒到底在怕什麼，或是爲了什麼而感到羞恥，但她也一起活在朶兒的恐懼和羞恥中。她們動身穿過樹林，一顆蘋果在她的午餐盒裡上下晃動，朶兒戴著一頂大草帽，想必是希望能稍微遮住臉。朶兒不止一次抓起她的手，催她走快一點，不讓她有喘口氣的機會，而且從不曾告訴她這是爲什麼。朶兒總是待在遠離火光的地方，就算夜裡很冷，就算根本沒有陌生人會看見她。董恩和另外那幾個人當然會看見，但她就只信賴萊拉去打量她的臉。唉，孩子，萊拉心想，我會看見你滾在你的血中。還有我的血中。孤單，害怕，我自己的孩子。如果那份野蠻沒有把我們兩個都帶走。如果它帶走了我們。

她照料園圃，也去墓園照料艾姆斯太太和她的孩子，如今也照料男孩約翰．艾姆斯和他的姊妹。牧師說她沒必要去熨燙衣物。多年來有個婦人替他洗衣服，所以萊拉根本沒必要做這些事。她應該要把自己照顧好，這是她能做的最好的事。所有的事都有人照料。

她有那個他稱爲她的書房的房間。那本《聖經》在那兒，還有她的拍紙簿，再加上一抽屜新的鉛筆、橡皮擦、筆和拍紙簿。房裡也擺著書，書裡有其他國家的照片，中國、法國，有些是從圖書館裡借來的。傍晚時分，牧師多半會在晚餐後和她一起散步，挽著她的手臂，停下來跟每一個認識的人說話，哪怕只說上幾句，介紹「這是我太太萊拉」。凡是對他表現出的禮貌也適用於她，既然她是他的妻子，而他想確定對方和她都明白這一點。如果有人對她說話，她會點點頭，並不說什麼。不管對方是誰，就會轉變話題談起天氣和玉米的收成。如果他們走出鎮外，他會伸手摟住她的腰，仍舊對她小心翼翼，高興能和她獨處，心知她因爲能和他獨處而鬆了一口氣。她知道他在思索、在祈禱，要如何讓她感到有如在家裡一般自在。在她一生中那許多年裡，她從不曾有家。她不知道該從何開始。不過，白楊樹的樹蔭、閃亮的葉片還有蟬鳴對她是種安慰。牧草的氣味。路旁的溝裡長著接骨木的果實，他們摘下來邊走邊吃。等他們折返基列鎮上，有時天已經黑了。有一次，他注意到螢火蟲在一叢灌木裡閃閃發光。他走進溝裡去碰那叢灌木，螢火蟲飛了出來，像一團發光的雲。

他在屋裡時，她就讓她房間的門敞著，坐在桌前做她的抄寫，翻閱他給的書，因爲她知道他也許會從走道上望進來。「活物的頭以上有穹蒼的形像，看著像可畏的水晶，鋪張在活物的頭以上（⋯）活物行走的時候，我聽見翅膀的響聲，像大水的聲音，像全能者的聲音，也像軍隊閧嚷的聲音。活物站住的時候，便將翅膀垂下。」[31] 當牧師離開屋子，她就把門關上鎖住，然後抱著膝蓋坐在角落的地板上，閉上眼睛思索。

他們在路上碰到的人，有些是董恩認識的，他們會共用一堆火，各盡所能替晚餐加點菜，和他談起哪裡需要幫工，哪裡會有洪水、冰雹、蝗蟲或法院強制拍賣。他們會在地上畫出地圖——這裡的橋斷了，所以你最好走南邊那條路；也會談談他們工作過的農莊，見過或耳聞的吝嗇、刻薄或愚蠢，誰爲人公道或更勝於公道。這是在沙塵吹向南邊和西邊之後，而原本在那些農莊工作的人漸漸漂泊到董恩熟悉的地方，於是董恩那伙人爲了找到工作，不得不走得更遠。董恩說那些人會爲了一丁點酬勞而工作。那怎麼活得下去？最後他說：算了，如果他們這麼喜歡待在內布拉斯加，就給他們吧，堪薩斯一併奉送。他要回愛荷華去，再從那裡往東走。他反正厭倦了吃沙子。

在沙塵暴的情況最糟之前，到處早就滿是沙礫。他們睡覺時把濕布蓋在臉上，醒來後得要抖落頭髮、毯子和衣服上的沙子。有屋子住的人說他們把濕布塞進每一道縫裡，地板一天要掃五次。可是當沙塵開始吹向北方，在外面無法生活。董恩等待情況好轉等得稍微久了一點，因此當他們開始向東走，路上有其他人和他們想法相同，還有另一些人趕在他們前面，已經搶走了任何工作。董恩說他見識過壞年頭，但從沒見過這麼糟的。亞瑟說他們早該往東走，彷彿早就想到這個念頭，而董恩說他不想聽見這種話。說這種話有什麼用。如果能好好下幾場雨，他們所在之處馬上就會成爲他們想待的地方。如果說不出什麼有用的話，就什麼也別說。

這樣對亞瑟說話不像董恩的作風，或者說在那之前不曾發生過。不過，在那之前，要餵飽每一個人對董恩來說從來不是什麼大問題。這件事壓在他心上。情況變得更糟，沒有多久他的脾氣就壞得像一條蛇。亞瑟父子離開了，以爲靠自己能過得更好。要過得更差也不太容易，再說至少不會有董恩對他們頤指氣使，誰也沒說他們是替他工作。可是幾天之後他們就回來了。他們感到孤單，而且老是爭吵。董恩一句話也沒說，除了接納他們來分享他們的一無所有。他有點恨瑪雪兒就是從那時候開始。她到一片她知道長著蕁麻的窪地去，而別人已經全採光了。她哭了起來，而董恩說她很醜，說不想再看著她。朵兒獨自離開了四天就是在那時候。

董恩和亞瑟找到一件工作，清除一片田地上的小樹和灌木，那塊原本荒廢的田地打算改種牧草。他們全都去幫忙，折斷小樹的枝椏，把灌木堆在一起燒掉，對方給他們馬鈴薯和乾豆子作爲酬勞，這就是當時的情況。於是朵兒回來的時候，那裡有火堆和晚餐，大家吃飽了，也累了，而她的孩子不見了。他們說不知道他們扔下她的那個地方叫什麼名字，是沿著馬路幾英里之外的某個殘破小鎮。她大概連咒罵的時間也沒有，就只是跑了又走，走了又跑，沿著他們來時經過的路，穿過一個殘破的小鎮，夜裡門戶緊閉，她用力去敲的門都無人回應，接著就再前往下一座小鎮。而那孩子就在那裡，坐在教堂臺階上。要不是教堂的門開著，有一道光線從裡面透出來，因爲那牧師留意著她，朵兒說不定不會看見她。萊拉那時深信牧師是想把她變成孤兒，直到許多年後她才想到他也許是個好心人。她的確是個孤兒，那時候她也知道了，而她以爲那個牧師想必不知怎的也知道，並且隨時會說出那個嚇人的字眼，奪走她的人生，只要他選擇說出來。「在他們頭以上的穹蒼之上有聲音。他們站住的時候，便將翅膀垂下。」[32] 她不想知道這節經文是什麼意思，不想知道那是些什麼生物。她知道有些話語是那麼嚇人，你會用整個身體去聽。有罪。而且會有聲音說出它們。她知道可稱信賴的人也會聽見，並且感到驚愕，卻仍然沒有眞的聽見，因爲他們知道那些話語不是對他們說的。

她從未聽過任何人這樣說起生存，說起在生存中掀起的巨大風暴。可是看著這些字句，她了解它們的意思。到了後來，董恩想不出辦法讓他們吃飽。他的好名聲一文不值，因爲在這些他們不曾走過的路上，他只是又一個骯髒、疲憊的男人，身後跟著骯髒、疲憊的女人和小孩。一旦他甚至沒辦法去找工作而看起來不像是求人憐憫，他很難維持自尊。在那麼多年裡，如果有必要，他會說：你待我公道，我就會待你公道；並且加倍小心地守住自己這一方的承諾，以確保對方也守住承諾。這一切都成爲過去。儘管如此，他們還是跟著他，信賴他，因爲他們一向信賴他。有一次他們找到拔玉米穗的工作，那頂多只能算是可悲的打雜，在田裡的沙塵和炎熱中，有那些蚱蜢來糾纏你，玉米鬚弄得你發癢，還有玉米葉的邊緣磨著你。而那時候他們幾乎做不好這份工作。他們的動作太慢，沒有做完應該做完的那幾排，即使他們一直做到天黑，做到幾乎抬不起手臂。結果原先講好的酬勞只拿到一半，因爲他們沒有做完。梅麗咒罵著，哭了，在對方能聽見的地方，於是董恩甩了她一巴掌。那是他頭一次做出這種事。如果某個根本沒有人會注意的無知男子失去了他一輩子小心維護的自尊，這又有什麼要緊？如果別人對他說：先生，這裡沒有工作給你——那就只是件事實，沒有惡意。可是不論他們走到哪裡，也都聽見一個宏大的聲音說：這些半大不小的孩子將會挨餓，那會是你的恥辱，而你毫無辦法，只能希望你至少不必看著他們。而他似乎的確開始討厭看到他們。但是他們對他忠心耿耿，爲了他所受的侮辱，因爲那麼多年來他的自尊就是他們的自尊。

當他終於偷起東西，逮到他的是一條大狗。因此他進監牢時褲管是割開的，留位置給綳帶和腫脹的腿，沒有枴杖幫助他行走，因爲那可能是件武器。在那之後他們就四下散去。瑪雪兒盡可能留在監獄附近，梅麗和艾咪也一樣，艾咪一向做不了什麼事，那時候靠著梅麗照顧她。亞瑟父子幹了點偷竊，打算再多幹一些，於是就離開了。別人會記住朵兒的臉，這使得他們很難一起走。不管是那些男孩子被認出來，還是她和他們在一起時被認出來，結果都一樣。於是那時就只剩下萊拉和朵兒。亞瑟和他兒子都毫無大腦，儘管如此，連他們也走了，那是件孤單的事。

這些事怎麼可能都無關緊要？那就是大部分所發生的事。可是如果那的確有關緊要，世界怎麼能夠繼續如常運作，尤其世上有那麼多人過著那種生活或更糟的生活？貧窮不算什麼，又餓又累不算什麼。人們只想努力活下去，而他們沒有得到任何尊重，就連風都吹得他們滿身汙泥。不管他們有多自重多堅強，風吹得他們流淚。那就是生存。如果生存的絕大部分淨是辛酸和恐懼，它為何不像它必然是的那場狂風咆哮著把自己扭斷？即使是如今，想到自稱是她丈夫的那個人，如果他不再理她了呢？那不算什麼。如果孩子後來沒有出生呢？仍然會有早晨和黃昏。這世界的沉默令她感到恐怖，像是嘲笑。她本來希望能終結這些念頭，可是它們又再回到她心上，而她的心也又再回到這些念頭上。

在那之後的每個星期天，她都挽著牧師的臂彎上教堂。每個星期天她的腹部就又隆起一些，別人愛怎麼想就怎麼想。他對於自己種下的生命相當高興，也很害羞，說像他這樣的老人免不了會聽到一些議論。他對她很好，在他想得到的每一方面，總想弄清楚她喜歡什麼，不喜歡什麼，甘願讓她免受任何煩擾，即使那意謂著較少去見鮑頓。在她認識「煩擾」這個字眼之前，她感受過煩擾嗎？她會覺得她有權感受到煩擾嗎？他的確說了，事情為什麼會照它們發生的方式發生，基本上是個神學問題，至少是個哲學問題，而她說他應該是對的，因為他知道這些事。

有一次他們出門散步，他問她在想什麼，因為她這麼沉默，而她說：「沒什麼，真的。生存吧。」這使他驚訝得笑了，又為了發笑而道歉。他說：「我很想知道你對生存的想法。」

「我只是有時候根本不知道該怎麼去想這件事。」

他點點頭。「不管它是什麼，都是驚人的。」他從路上拾起幾塊石頭，扔向籬笆柱子，偶爾會擊中。

「驚人的。」她說，思索著這個字眼。她有驚人的進步。她逐漸覺得如果她有更多詞彙，也許就能更加了解事情。再說這也能打發時間。「你應該要教我。」

「我想是的。如果你想的話。」

玉米長得跟人一樣高，布滿沙塵的沉重葉片沙沙作響，無論如何這跟她暫時沒有關係。他幾乎連碗都不讓她洗。

「我從來沒打算要無知一輩子。但是從前我能做的不多。」這是事實。如此一來，除了問她每天感覺如何，他們或許有些話可談。她已經打算要編些故事，只爲了和他交談。

「我猜我早該明白。但我從不曾認爲你無知，萊拉，一刻也不曾。就算我想，也做不到。」

「嗯，等你開始教我，你就會知道了。」

「看看吧。」

「之前我還得學習『生存』這個詞。你老是談它。我花了好一段時間才弄清楚你用這個詞到底是什麼意思。」

他點點頭。

「還有很多事我沒有弄清楚。幾乎是所有的事。」

他牽著她的手，邊晃邊走，是個快樂的男人。「這也是我的感覺，眞的。所以這將會非常有趣。你會跟我說話，而我會弄清楚你在想什麼。」

她聳聳肩。「也許吧。」他們笑了。假如有一件東西她但願能夠留下，那就是走在他身旁的那種感覺。

他說：「你知道，我相信一些事，是我永遠無法證明的事，而我整天都相信，每一天都相信。我覺得如果少了這些，我的心智就會頓時停止。而這裡，當我有具體的證明……」他拍拍她的手。「當我走在這條我走了一輩子的路上，這路上的每一塊石頭和樹椿我都認得，我不太敢相信我是和你在一起。」

她想：唔，這是用另一種方式來說事情並不如預期。她聽過「不得體」這個詞，當葛拉罕太太向另一個人說起另一件事。沒有人說她的肚子不得體，對於那老人像個年輕小伙子一樣向她獻殷勤，誰也沒有說過一句話，而她剛強、謹愼，主要只是慶幸這一生中能有段時間好好休息，以面對將會發生在她身上的事，不管那是什麼。她很想問他何以看不見她這一生中其他每個人都在她身上看見的事。可是如果這一問就讓他看見了呢？她得先把孩子生下來。在那之後她也許會問他一些問題。

或許她也會告訴他一些事。例如爲什麼她想到要嫁給他。朶兒曾想過要把她嫁給另一個老人。這件事他會怎麼想？朶兒聽說有個鰥夫也許想找個太太，就叫萊拉到他家去，頭髮上繫著緞帶。那時年頭太壞，朶兒沒法在任何地方停留太久，所以她自己不能嫁給他。他穿著一身新的連身工作服，頭髮梳向一邊，坐在門廊上等她。他的兩條小腿就只是兩根長著腿毛的白骨，靴子又大又破，兩隻的樣子不太一樣，讓她想起同一胎出生的兩條老狗。他說他太太死了，子女離開了，說那棟屋子和幾畝地完全屬於他，說他會很高興有人幫忙打理這地方，也會很高興有個人作伴。她一句話也說不出來。然後他提高了嗓音說：「這整件事都不是我的主意。我是個正派的人，這一輩子都是。隨便哪個人都會這樣告訴你。臉上有印記的那個女人也知道。她和我鄰居聊過，說她沒法再照顧你了。我一開始就該告訴她這件事太荒唐。嗯，你在這裡等一下。」他走進屋裡，回來時拿著一美元銀幣，把錢遞給她，而她拿了。「那麼，再見了。」他說。然後她去找朶兒，說：「他給了我這個。」她沒有哭。朶兒說：「你不該拿的。」接著又說：「他會好好待你，這才重要。你得要盡力而爲，不管結果怎麼樣都得心存感激。」盯著她看了一會兒之後，朶兒又難過地輕輕說：「要是你有點什麼就好了。」

那時候是她在幫忙朶兒，而非受朶兒照顧，這就是朶兒想擺脫她的一個原因。她會說「可憐的孩子」。單只是走一段上坡路她就必須靠萊拉攙扶。她不能做任何粗重的工作，已經沒什麼體力。所以她急於想個辦法讓這女孩安頓下來，在的確會發生的事情可能發生之前。

牧師也可以對她說「我是個正派的人」。不是因爲她還年輕，而是因爲她粗野無知。若是那樣，她會怎麼做呢？是什麼讓她冒這個險？有時候她以爲她是想要最糟的事終於發生，一件會要了她的命的羞恥。否則她爲什麼會說「你應該娶我」？她以爲他會笑嗎？也許她並不希望他說「我會的」。她從沒想過他會這麼說。他那麼說的時候，她不相信。也許她本來是想回到那間漏雨的老木屋，感受疼痛刺骨，除此無他。撇開她身上所有其他事物，因爲自始至終她來自那份疼痛，而那份疼痛也將等待著她。也許她溜上他的床是想看看她是否眞是這個正派男人的妻子，而非他出於憐憫收容的流浪兒。如今她挺著大肚子，而他總是在她身邊說：這是我太太，這是萊拉，我的妻子。朵兒，你看，我照你說的話去做了。她想過許多次，假如當年她對那老人說了一句話，假如她不是站在那裡盯著他的靴子，朵兒就能待在那附近，而萊拉會拿食物給她，確定她夠暖，在夜裡溜出去找她。她們會爲了這件祕密帶來的喜悅而笑。

牧師由著她在她的心思裡，等待她抬起目光來說話。他說：「你還是一點也不信賴我。」

而她說：「是啊，沒法眞的說我信賴你。你也沒理由信賴我。有些事我沒有告訴你。」

他點點頭。「我知道。也許你應該把那些事告訴我，不管那是些什麼事，而你會看出我一點也不在乎，到時候你就能信賴我。」

她說：「要先等我生下這個孩子。」

他笑了，伸出手臂摟住她。「嗯，這個黃昏不是很美嗎？幾乎連一片雲都沒有。你夠暖和嗎？」他脫下外套，披在她肩上。「溫暖的夜晚也許所剩不多了。」然後他說：「『諸天述說上帝的榮耀；穹蒼傳揚他的手段。這日到那日發出言語；這夜到那夜傳出知識。』[33]」

「我猜這是《聖經》裡的。」他快樂的時候總是引用經文。

「〈詩篇〉第十九篇。『無言無語，也無聲音可聽。』[34]」

「這是又一件我不懂的事。」

「也許沒有人完全懂。但它很美。」

想必任何人都懂得比她多。她說：「什麼是穹蒼？」像這樣走在黑暗中，要問問題比較容易，她的手臂被他挽著，裹在他那件黑色舊外套的溫暖中，他的牧師外套。

「穹蒼就是天空望向我們的樣子。彷彿有個半球形的圓頂在我們上方，像個倒過來放的玻璃碗……」

她想：那我想並沒有這樣的東西。他告訴過她，月亮要比太陽更近，而流星並不是眞的星星。她和梅麗曾經爲這些事感到納悶，爲什麼有些星星掉下來，有些不會？它們落下時掉在哪裡？是否所有的星星最終都會掉落，就連月亮也一樣？談星星是件愉快的事。想到星星她很難不想到蟬聲和潮濕的氣味，還有苜蓿，和梅麗輕聲細語，因爲她們早該要睡了。小孩子會有這些想法，一段日子之後就忘了爲這一切感到納悶，因爲這些事又有什麼要緊？跟他們又有什麼關係？萬物是什麼樣子就是什麼樣子。所以她唯一有的概念就是小孩子的概念，而她知道這些概念聽在他耳中他會怎麼想。他會努力忍住笑，他的聲音會非常和藹。但他似乎知道每一件事都必須主動告訴她，知道她不會曉得該問些什麼。地球繞著太陽旋轉。地球會自轉，而且是傾斜的。好吧。

有一次，她還是坦慕尼那所學校裡的新生的時候，老師問她，他們生活在什麼國家。在那個季節裡，河水高漲，陽光炙熱，玉米長得高高的，於是她說：「在我看來是個相當不錯的國家。」換作是董恩就會這麼回答。而那些孩子大笑，坐在課桌前用力揮手吸引注意，輕聲說出答案，然而聲音大到足以讓老師聽見，雖然老師沒有要他們回答。「美利堅合衆國！」對，老師說，是美國。哪一州？哪一郡？原來「坦慕尼」是個對威廉．賓[35]友好的印第安酋長。每一天的下課時間和午餐時間，萊拉總是一個人站得遠遠的，可是那一天老師請她留下來幫忙擦黑板，大概是免得她受其他孩子嘲弄。老師說：「萊拉，你不必爲了這樣一點小事難過。你很快就會跟上。」

萊拉說：「不見得。也許我不會跟上。也許我根本不想。」

而老師說：「嗯，我想要你跟上。而且我會想辦法讓你跟上。」

那個老師其實也只是個大女孩，一個溫柔的女孩。她教導萊拉學會讀寫和加減——那是萊拉最需要學會的事，因爲她是那種一旦能離開學校就會離開的孩子，或是一旦她母親決定她必須離開。其他孩子在教室外面玩耍時，老師把萊拉留在教室裡練習拼字和算術。她很高興能獨自做點事。她討厭其他的孩子，因爲他們嘲笑她，因爲他們是鎮上的孩子，因爲她反正不會留下來，而他們也知道。老師說她是個聰明的女孩，一等她知道萊拉多半能答對，就會叫她起來拼字或是在全班面前做算術。就因爲這樣她才下工夫去學習，而這使得她喜歡學習，因爲她學得很好。教室前面有張美國地圖、一幅喬治・華盛頓的畫像、一面有四十八顆星星和十三道條紋的旗子。這些東西具有某種重要性，是萊拉從未聽過的。她曾經以爲世界就只是牧草地、玉米田、豆子田和蘋果園，擁有田地的人或沒有田地的人，還有小鎭。朶兒想給她另一種生活——粗野無知如她並不知道該怎麼做，但她的確努力嘗試過。

她聽見自己說：「有個女人照顧過我。她想要我嫁給一個老人，但我做不到。年輕女孩子就是有別的想法。她跟我說我再也沒有什麼好指望的。」

他沒有說話。他們走完回家的路，誰也沒說一句話。她感覺到舊日的孤單隨著一次次心跳攫住了她，她身體從前那份僵硬的笨拙。一個孩子怎麼可能在一個感覺如此了無生氣的體內活下去？最好不該活下去。除了在他的屋子裡，如今沒有地方能讓她獨處。她會在隔天一早離開，在他醒來之前，在天亮之前。那間小木屋裡什麼也沒留下。她會從她床上拿走一條毯子，再拿一把廚房用的刀子。也許她的錢還在原本藏著的地方。

他替她開了門，扭亮了電燈。他垮著一張臉，嘴唇蒼白，爲她脫下外套掛起來。然後他就只是站在那兒看著她。他說：「我不知所措。但你是對的。」他的聲音變了，於是他清了清嗓子。「你應該待在這裡直到寶寶出生。當然，在那之後，你覺得怎麼樣做最好，就怎麼做。」

她能說什麼呢？她說：「你知道我是怎麼偷走那件毛衣的嗎？我偷它是因爲上面有你的味道。」

他笑了。「噢，謝謝你，萊拉。我的意思是，我猜這算是種恭維。」

「然後我把它當成枕頭睡在上面。」

「我很榮幸。」

「我常常假裝你在那裡，而我在跟你說話。我老是想著你，好像我就快發瘋了。」

「我也想著你。而且弄不清楚自己是怎麼回事。所以現在我們該怎麼做？」

她聳聳肩。「我會說就跟我們先前所做的一樣。」

「所以也許我並不是隨便哪個老人？」

「你肯定不是。」

「噢，這讓我鬆了一口氣。」然後他說：「你還會假裝你在跟我說話嗎？既然我都在這兒了？你想過要告訴我，你以前想像過要告訴我的事嗎？」

「比較像是想問你問題。而且你也看見了，每次我一說話就會發生什麼事。」

「我喜歡關於毛衣的那一段。這值得其餘的一切。」

於是她伸出手臂摟住他，倚在他胸前。「你是個心地善良的人。」她說，享受貼近他襯衫的感覺，他撫摸她頭髮的感覺。

「我相信這的確是事實，大多數的時候。而且我非常值得信賴，所以你沒必要哭。」她說：「噢，有必要的。我差點把自己給嚇死了。」

「嗯，我們可不能讓這種事發生。我們應該要好好照顧你。」他親吻她的額頭，拭去她臉頰上的淚水，然後說他得去書房把一點工作做完。她想：你的意思是去做一點禱告。因爲我也差點把你給嚇死了，所以你得去和主討論我的事。我想跟祂討論總比跟鮑頓討論好。

不過她告訴了他某件事的眞相，而結果還算不錯。現在她就只需要揮開另一個念頭，亦即假如她聽話地嫁給了那第一個老人，朵兒也許還會活著。他很可能跟她們一樣無知。至少他對於最後的審判大概不會比她們知道的更多。那麼即使朵兒死了，萊拉也無須想像她全然驚愕而且羞愧地呆站著，穿著埋葬時——如果有人埋葬她——可能就穿著的破爛衣裳，因爲如果那個在穹蒼之上的聲音反正要說「有罪」，他們又何必費事去拉直她的背，抹去她臉上的疲憊？董恩就只不過是個無知的小偷，他的衣服全被自己的血弄髒了。法官說：「老兄，我猜你打輸了那條狗，看來牠狠狠咬了一口。你有什麼話好說嗎？」而他能說什麼呢？什麼也不說就是他僅剩的自尊。朵兒也有她的自尊，醜陋如她。她照顧了一個孩子。是的，她偷了那孩子——很可能讓那孩子免於死亡。免於孤單。而且她把那孩子養育成一個正正當當的女人，不害怕辛苦工作。她們從前一起歡笑的樣子！那勝過任何事。可是這一切都不算數，因爲朵兒刺傷了某個人，也許不止一次。所以她不能替自己說什麼話，完全不能。當萊拉在腦中想像，那幅畫面是一個牧師從穹蒼向下看，進行審判。對董恩來說那就已經是地獄了，不管接下來還會有什麼。

老是相同的念頭。牧師仍舊在他書房裡，而她想，若是在他床上躺下也許能讓她感到安心。的確如此。她用了他的枕頭，換了另一個給他，感覺起來更好。當他走進來，他想必以為她睡著了，因為他輕聲說：願上帝祝福你的心。他躺下來伸手環住她的腰，而她抓起他的手輕碰自己的唇。如果他認為那是一個吻，那是他的事。他朝她更貼近了一些，而那種感覺很好。

胎兒有了動靜是在十月。萊拉掐了幾枝常春藤的嫩枝，放進水杯裡讓它們長出根來，等長了根，她拿到墓園去給男孩約翰．艾姆斯和他的姊妹。清除墳上的落葉時，她感覺到腹中的孩子在動。她說：「嗨，孩子！我在等著你呢。」陽光溫和明亮。楓樹葉片即將熟透掉落，發出清脆的聲響，堅韌的橡樹葉片會緊抓著樹枝，直到一陣風把它們吹落，還有從田野傳來的氣味，生命在所有的農作物裡燃燒，直到像一場火般漸漸燒盡。那幾乎是煙的氣味。她說：「孩子，這座小鎮名叫基列，是《聖經》裡的名字。我們會待在這裡直到你出生，我想我們在這裡是安全的。之後我們再看看事情會怎樣。我說話會更小心一點，這是第一件事。」老人會很高興聽見她說她感覺到孩子在動，但她還不會告訴他。孩子活在她體內，認識她，如果她有擔憂、懊悔、憤怒或任何使她心情激動的情緒，孩子會知道她的念頭。

她已經忘了不是隻身一人是什麼感覺，在這一刻之前她仍然感到隻身一人，不管老人怎麼說或怎麼做，和善如他。她按著肚腹，說：「你爸爸是個牧師。他的哥哥和姊姊在這裡，他的父親和母親也在這裡，還有他的妻子和寶寶。全家人都一起躺在這裡。我們偶爾過來看看他們，因爲除了他們，我們還有誰呢？只有朵兒，而我不知道該去哪裡找她。也許有一天我會弄清楚。我要去弄些番紅花的球莖來。有些人引進了最好的玉米品種，可是說到種花，他們就一點用處也沒有。看看這四周，你就能看得出來。種點鳶尾花也會很不錯。」三個婦人沿著小路走上來。萊拉說：「我想她們會以爲我在自言自語。」她向她們點點頭，然後走下山坡，穿過傍晚時分的寧靜街道，走向牧師的屋子。在基列這種小鎮，狗兒在太陽下山之後會爲了夕陽的餘溫而睡在馬路上，經過那兒的少數車輛必須停下來按喇叭，直到那些狗兒決定站起來讓車子開過去。牠們由於被迫放棄的舒適而四肢僵硬，一跛一跛地走到路邊，之後會在先前的地方再度躺下。那簡直算不上是個小鎮。不管在哪兒幾乎都聽得見玉米田沙沙作響，它們是那麼接近，而且那地方是如此安靜。她說：「孩子，你會滿喜歡這裡的。暫時。」

老人走出來到門廊上，微微側頭向她微笑，有些事他不打算問她的時候就會這麼做，於是她說：「我們到墓園去了，去稍微整理一下。」她說「我們」，而他沒有問起，於是她說：「我和這孩子。看來我們是兩個人了，現在他會稍微動來動去了。」

「你們兩個，我想那我們就成了三個。我們三個大概該吃晚餐了。」說完就替她開了門。

朵兒會喜歡這間廚房。全漆成了白色，還有白色窗簾。早晨陽光會照進來。萊拉每天都把廚房擦亮，就像朵兒擦亮坦慕尼那間廚房一樣。說來奇怪，但萊拉若是假裝自己只是負責在這兒清掃，事情會容易一些。她懂得該怎麼清掃，而且不會再去想別人還會期望她做些什麼，好比：烹飪。她把在墓園看見的紅色天竺葵剪了幾枝帶回來，對肚裡的孩子說：「一下霜，它們反正都會死。沒理由白白浪費掉。我們可別浪費。」她把枝子插進玻璃杯，放在窗臺上讓它們長出根來，而它們的模樣是那麼美，於是她把《聖經》和拍紙簿拿到樓下，這樣她就能在廚房桌旁讀寫。

老人總是做烤乳酪三明治和罐頭湯給他們吃，又擔心她是否吃到該吃的東西。教會的太太們有時會送晚餐來，可見他大概提起過他的擔憂。有人留了本食譜在餐檯上，多半是葛拉罕太太，因爲她算得上是跟萊拉夠親近的朋友，同樣的事由其他人來幫忙，恐怕就冒犯了萊拉。嗯，她知道她並不眞的是萊拉的朋友，但有時候的確得有人幫忙，而葛拉罕太太接下了這個責任，她這樣做很好心。還是別咬指甲了吧，親愛的，這東西叫做金剛砂板，其實就只是一片砂紙，可以讓你的指甲不至於礙著什麼。

唉，誰會想到？還有小小的剪刀。在聖路易那兒，有個女孩幫她修剪了咬過的指甲，塗上顏色，另一個女孩用舊布綁起她的頭髮好弄捲。她們把她的眉毛幾乎拔光了，再用眉筆把眉毛畫回去。她們想到要用縫衣針替她鑽耳洞，想到了就動手，一直笑個不停。她們在她臉上搽粉，試圖遮住那些雀斑，還用了紫色的唇膏、粉紅的胭脂。她就只是坐在那兒任她們擺佈，因爲她是那麼年輕、那麼傻，也因爲她們在播放手搖式留聲機。她們喜歡那部留聲機。這些事最好全都忘掉。

去思索她眞正忘了的事很奇怪。你別管。這句話朵兒想必對她說過幾百次，而那只是令她納悶並且記住了放在心裡。你扔下我的那一次，你去了哪裡？你去到那裡花了多久的時間？你別管。萊拉想問是誰住在那間屋子裡，在那麼多年之後還在那裡。是她的母親嗎？她是在那兒出生的嗎？在她之後還有其他孩子出生嗎？但她知道朵兒會說什麼。萊拉知道朵兒一定是走投無路才會想到要帶她回去。也許她懷疑當初帶走萊拉是否做對了，既然想辦法活下去對她來說是這麼困難。別去想。她爲何要去想？當她感覺到寶寶在動，她憶起睡在朵兒懷裡，在朵兒臂彎裡那份溫暖和濕氣中不安地扭動，作著夢。

老人曾問：「爲什麼讀〈以西結書〉呢？我認爲這一章相當悲傷。我的意思是，這一章裡有許多悲傷的事。從這章讀起並不容易。」

她說：「因爲很有意思。它說到事情爲什麼發生。」唔，老人淸了淸嗓子說，那是個特殊情況。上帝跟以色列有種特殊的關係，有特定的期望。「並且我必使你在四圍的列國中，在經過的眾人眼前，成了荒涼和羞辱。這樣，我必以怒氣和忿怒，並烈怒的責備，向你施行審判。那時，你就在四圍的列國中成為羞辱、譏刺、警戒、驚駭。」[36]她把這一節經文抄寫了十次。她寫的字漸漸小了，也整齊些了。萊拉．艾姆斯。老人為了她偏偏去讀《聖經》的這一部分而憂心，於是她說她也看過〈耶利米書〉和〈耶利米哀歌〉，而她覺得還是比較喜歡〈以西結書〉。他點點頭。「那兩章也很難。」然後告訴她，重要的是要了解上帝愛以色列人，這幾章裡提到的人民。當他們對祂不忠，祂懲罰他們，因為他們的忠誠對全世界的整個歷史十分重要。一切都取決於此，他說。

好吧。她感興趣的主要只在於讀到那些人是荒涼與羞辱。她無須去問就知道這些字眼是什麼意思。在經過的眾人眼前。她討厭那些人，他們看著你，像是想說：一身破爛的你為何不滾出我的視線。你沒有一件事順利。生存不想要你。他們那伙人還在一起的時候，董恩會替她們去跟別人說話，而在那之後，朵兒再也無法隱藏她可憐的臉，別人會想弄清楚她臉上的印記是怎麼回事。一個傷痕，也許是個疤？那令他們感到驚異。他們沒有察覺到自己總是不由得盯著她看，而朵兒就只會站在那裡等他們看完，等到他們把目光從她臉上移開，說話時不看著她。然後她會試著兜售她僅剩的一點力氣，或是讓他們簡單拿些什麼來交換她僅剩的力氣。在那些日子裡，萊拉覺得她們兩個什麼也不是，而她們卻就在《聖經》裡。悲不悲傷無所謂，至少以西結知道某些事情是什麼感覺，知道穹蒼之上的那個聲音聽起來如何。無言無語。[37]但那仍舊是在問一個艱難的問題，關於他們要活得抬頭挺胸所遭到的困難，關於那股使他們無論如何仍舊抬頭挺胸的力量來自何處。

一天傍晚，老人說想聽一些那個曾照顧過她的女人的事。他一直在對她說他家族的故事。他祖父常在門廊上對耶穌說話，而他們全都得保持安靜，直到聽見他在前門說道：「主啊，我眞心感謝祢撥空過來！」他想試著讓她多跟他說些話，也許是想要人作伴。「我祖父是個相當瘋狂的老傢伙。他射殺過一個人，我認識的人。後來他去參戰，所以他也許還射殺過其他人。他是以軍中牧師的身分從軍，但是他有一把槍，而且隨身帶著。」人在傍晚時分的確想要有人作伴。

於是她說：「照顧過我的那個女人，她叫自己朵兒——你知道的，就像小孩玩的那種東西。[38]我從來不知道她的其他名字。一個老師給了我達爾這個姓，但那只是因爲她弄錯了。朵兒對某個人動刀，傷了他。我相信她很後悔，由於這件事替她惹來的麻煩。在我認識她的那段時間裡，她可以說是始終都在小心提防。而逮住她的倒不見得是法律。最後她不得不又做了一次，傷了某個人。沒什麼別的好說。她對我很好。」那比她原本打算告訴他的要多。「她給了我那把刀，我放在小木屋裡的那一把。」她爲什麼要說這個？「如果能夠，我想拿回來。」這只不過是事實。那是把很好的刀子。

「喔，對，你在那間小屋裡的東西全放在閣樓上的箱子裡。抱歉我忘了跟你說。我會替你拿下來。」

「我想念的就只有那把刀。既然我有了那本《聖經》。」她不在乎如果他短暫想起她是什麼人，但她也不想讓他太受驚。他看起來的確有點擔心。

「對，〈以西結書〉。你打算要抄寫那一整章嗎？」

「只抄我喜歡的部分。」

他點點頭。「有時候我很想知道你喜歡哪些部分。我不想干涉，當然。我只是會感興趣，從詮釋的角度來說。我很想知道你的想法。」

她說：「我還在想。等我想完，也許我會告訴你。」

他笑了。「我會很期待。可是你知道，也許你永遠也想不完。思考是沒完沒了的。」

「我的確是花時間慢慢地想。」

「不急。鮑頓和我一輩子或多或少都在爲同樣的老念頭煩惱。這當中也有許多樂趣。」

「嗯，我在想辦法弄懂一件事，想辦法做出決定。所以我會想要把這件事想完。」

過了片刻，他說：「我試著不要問你是什麼樣的事。你絕對有權利把你的念頭留在心裡。顯然你就是想這樣做，所以我不會問。」他笑了。「這是對我人格的眞正試煉。」

她聳聳肩。「就只是老朵兒。事情就是歸結到她身上。」

「我懂了。」

她說：「你知道『我見你滾在血中』[39]那一段嗎？是誰在說話？」

「是主，是上帝。而那個嬰兒是以色列。嗯，是耶路撒冷。這當然是個比喻。〈以西結書〉充滿了文學氣息。甚至超過《聖經》的其餘篇章。文學、寓言和幻象。」

她知道他很想幫忙她理解〈以西結書〉，甚至到了寢食難安的地步。他整篇重新讀過，只等著有機會告訴她那是文學。「現在活著的人幾乎沒有誰記得這個著名的日子和年代」[40]——這可以說是她唯一聽過的詩，所以她其實並不知道該怎麼看待他想給予的幫助。還有「簡陋的拱橋邊下河水流淌」[41]。「嗯，他說的事情是眞的。是我知道的事。」

「對。你說的完全正確。我的意思並不是說在一種更深刻的意義上那不是眞的，也不是說那並非在描述某件眞實的事。我沒有那個意思。」他搖搖頭，笑了。「噢，萊拉，請再多跟我說一些。」

她看著他。「是你要我說話的。你又笑我。」

「我沒有！我保證！」他用雙手握住她的手。「我知道你有事情要告訴我，也許有好幾百件，是我本來永遠也不會知道、永遠也不會了解的。也許你不明白這對我有多重要……不要當個……嗯，不要當個傻瓜，我想。我一輩子都在爲此努力。我知道我是個傻瓜，將來也是，可是當我看見能有辦法去理解……」

「所以你才娶了我嗎？」

他笑了。「這也許是部分原因。這會令你心煩嗎？」

「嗯，我只是不知道我該告訴你什麼。」

「我也不知道。你告訴我的每一件事都令我驚訝，一向都很有趣。」

「就像我想要那把刀？」

「我會找出來給你。明天一早。」

「那是朵兒的刀子。」

他點點頭，然後笑了。「有情感的價值。」

「我想是的。」

「唔，還給你之前，答應我一件事。答應我，你知道我永遠不會笑你。」

「你現在就在笑我。」

「只在某種意義上。」

「『某種意義上』，這又是什麼意思？聽聽你怎麼說話的！」

「我的意思只是……」他看著她。「萊拉．達爾，你在戲弄我！」

她笑了。「沒錯。」

「就這樣坐在那裡看著我傷腦筋！」

「我的確很享受。」

「嗯，很好！因爲你將會常常看到。」

他們笑了。

「不過我的確有件事想要問你。有個嬰兒被遺棄在野地裡，沒有原因的。是上帝拾起了她。那麼一開始，上帝爲什麼要讓人那樣把她扔掉呢？」

「噢，這個問題很難回答。你知道吧，這個故事算是個寓言。你知道《聖經》裡把主說成是牧羊人、葡萄園主人，或是父親。而在這個故事裡，祂就只是個好心人，剛好路過時發現了那個孩子。在這個寓言裡，祂並不是無所不能的那個上帝。」

「可是如果上帝眞的無所不能，祂爲什麼讓小孩子受到這種對待？他們有時候的確受到很糟的對待。這是眞的。」

「我知道，我見過。我自己也思索過千百次。大家總是用各種不同的問法問我這個問題，我通常能想出一些話來回答他們。可是對你，我希望能回答得更好一點，所以你得再多給我一點時間，幾天吧。我其實並不確定多個幾天會有幫助，但也可能有的。」他輕輕碰了一下她的手。「『因爲我愛你勝過我能言喻，若我知道如何表達，我就會告訴你。』[42]這是詩，但也是眞的。的確是的。」

「這首詩很美。」

「『風吹起時必定有其來處，樹葉腐爛必定有其原因。』[43]這其實有點悲傷。」

「我從來不在意悲傷。」

「我想我也一樣。在我們的傳統裡不替死者禱告，但我一直在替那個女人禱告。朵兒。而現在我有了她的名字。倒不是說這有什麼要緊，除了對我而言。」

「還有一個叫梅麗的女孩，她也許還活著。還有董恩，我不知道他後來怎麼樣了。」

「我也會記住他們。」

「但我主要擔心的是朵兒。」

「好。」

「嗯，你繼續禱告吧。這也許能讓我心裡輕鬆一點。」

而他說：「謝謝你，萊拉。我會的。」

他坐在她旁邊，直到室內暗下來。她在思索他想說什麼，而她又會說些什麼，如果她打開話匣子。她坐在那兒，雙手交疊在腿上，身上是那件從西爾斯郵購來的印花洋裝。在他們對面的牆上有面小鏡子，映照出傍晚的鮮豔藍天，在他們身後是蕾絲窗簾，還有透進窗戶的寒意，窗外是樹木、原野和風。一個男人坐在她身旁，這仍舊讓她感覺很怪，一個她喜歡而且算是信賴的男人，但不管怎麼說仍舊是個男人，穿著他從沒花腦筋去想的樸素深色男裝，身上帶點刮鬍水的氣味。她感覺得到他散發出的體溫，雖然沒有去碰觸他。她手上戴著他的戒指，肚子裡懷著他的孩子。世事的確難料。

她說：「對了，他們爲什麼要在嬰兒身上撒鹽？」

「嗯？我在《聖經》集注裡查過，上面寫這麼做是爲了使嬰兒的肌肉結實。太多鹽會讓肌肉過於結實。這是加爾文[44]說的。照他談起這件事的方式來看，人們在十六世紀想必都還這樣做。也就是在四百年前。」

「我甚至不知道他已經死了。我是說加爾文。聽你和鮑頓談起他的方式。」

他笑了。「欸，我們這兩個老牧師也許需要反省一下。不過，關於在嬰兒身上撒鹽這類的事，加爾文很能派上用場。」

「關於一個孩子爲什麼受到這麼糟的對待，他說過什麼嗎？」

「唔，基本上他說，人必須要受苦才能在神恩降臨時眞正看出神的恩典。我不知道該怎麼去想這件事。」

「那些從來沒被人發現的孩子呢？」

「這也正是我的疑問。爲了對加爾文公平起見，你該知道他只有一個孩子，而且那孩子還是嬰兒時就死了，是個小男孩。那令他非常傷心。對於傷心他懂的很多。」

「像《聖經》裡提到的那個嬰兒，剛剛出生，他不會感覺到有人拾起他是什麼感覺。或者說他不會記得夠清楚好知道其中的差別。所以那番受苦不會有任何意義。」

「這是眞的。但這是個寓言。上帝把以色列人從埃及的奴役中拯救出來，所以他們會知道其中的差別。受苦與神恩之間的差別。以西結說了很多關於被俘虜的事，事實上，他是在巴比倫被俘虜的時候寫下這些的，第二次被擄的時候。所以我明白加爾文的論點，如果以這種方式來看。我的意思是，《舊約聖經》確實相當仰賴這個概念，亦即以色列人會明白神恩的意義，因為他們曾經受過苦。」

「所以上帝讓他們在埃及受苦。而在那之後他們繼續受苦。」

他聳聳肩。「看來是這樣。你知道嗎，我覺得你讀〈以西結書〉的時候不妨也讀讀〈馬太福音〉。這只是個建議。」

她說：「我對我在讀的部分很感興趣，他談到很多關於行淫的事。也許接下來我會讀〈馬太福音〉。」

他笑了。「噢，萊拉！這一點我可以解釋。」他抱頭說道。「倒不是說這很容易解釋。我只希望不會弄得你不開心。」

「別擔心。我有我自己的想法。」然後她說：「順便提一下，我不會在別人面前用這個字眼。我知道這幾乎等於是說髒話，比那更糟。跟你說吧，我肯定沒想到會在《聖經》裡發現這個字眼。這很有意思。裡面有很多我沒想到會有的東西。」

他說：「這很有意思。我想我得把整本《聖經》再讀一次。令人驚奇的是我似乎老想著我最喜歡的那些篇章，而我喜歡的篇章很多。但《聖經》裡的確也有其他內容。」在黑暗中他們沉默了一會兒，然後他說：「我想我也受過苦，當然還搆不上以西結的標準，而且我也還會再有受苦的時候。以我這把年紀，肯定會有。但至少如今我已經受過足夠的苦，能讓我知道這是上帝的恩典。」他伸手越過沙發，從她背後輕撫她的頭髮。他還是這麼害羞。

她說：「嗯，這很有意思。」她忍不住去思索艾姆斯太太會怎麼想。那個可憐的女孩就只是想替他生個寶寶。「我會仔細想想這件事。」

如今她的肚子圓了起來，她要想心事的時候，會坐在她房間的桌旁，但他一離開屋子，她仍舊會把房門鎖上，爲了保有那份孤單。他從不曾進她的房間，從不曾用〈以西結書〉來講道，而且他沒再問起朵兒的事，就連把刀子還給她時也沒問。她提起那把刀的隔天早晨，刀子就擺在早餐桌上，在奶油罐和糖罐之間，刀刃收進了刀把，看起來沒有害處。她就讓它留在那兒。看來他也許想知道它放在哪裡，直到對她知道得更多一點。從前朵兒會把刀刃一直磨到有如剃刀般鋒利，也磨舊了一些，邊緣失去光澤。等家裡剩下萊拉一個人，她拉出了刀刃。朵兒的耐心和憂慮全都磨進了刀刃裡。她會朝磨刀石吐口水，刺耳的沙沙聲隨之響起，朵兒想著心事，磨著那把刀，盡可能磨得鋒利。你別管。後來在那一夜裡她說：「最好你拿去。洗乾淨，等有機會的時候藏起來。除非萬不得已，千萬別用。」

那是朵兒唯一能給她的東西，要丟掉太可惜，留著又太危險，可是她還能怎麼做呢？那把刀有個鹿角做的柄，形狀拿在手裡剛好，表面光滑，曾經拿過它的一隻隻手在上面留下汙痕。朵兒從來不是任何東西的第一個物主，也不會是最後一個，如果她有辦法的話。總是得去交換某件東西，就算只是交換某種協助，而且每一件東西得來都有一個故事：一個女人從某個男人那兒拿到，那人又從另一個女人那裡偷來，其實不算是偷，因爲她從來不用，而且他知道她是從一個死去的表兄家拿的，而那個表兄有兄弟，所以她並沒有權利拿走，但他還是覺得良心不安，所以就便宜賣了。

每一件東西都有汙痕，由於使用和意外而磨損，就跟一隻手或一張臉一樣。有些東西你就是必須要尊重，而那把刀就是其中之一。有時候某個陌生人會在火堆旁待下來，蹲坐在自己的腳後跟上，那是一般人方便隨時跑走時的坐法，而他們會打量著他，看看他背後有什麼，再看看他帶了什麼——他有可能什麼也沒帶，也可能帶著任何東西，就像風忽然轉向。有時候那人帶著那種「嘿，我連一隻蒼蠅都不會殺！」的表情，那會讓董恩朝亞瑟瞥一眼，接下來就是那椿漫長而謹慎的麻煩事兒，請那人走開，但不打算激怒對方，因爲那人看起來像是一有機會就會動怒的那種人。蛇、刀子、陌生人、漸暗的天色——有些東西你會用整個身體感覺到，感覺到它們意謂著什麼。有可能它們只是打算去別的地方作惡，而你只是看見它們經過，可是你又怎麼知道呢？也許有二十個人曾經擁有過那把刀，而只有一、兩個用它傷過人。一個傷口不會在一把刀上留下傷痕。一把刀不會隨著它曾有的用途而感到疲憊。儘管如此。

她很遺憾那條披肩連一根線也沒有留下。如果告訴那老人朵兒留了那條披肩給她，那會是件截然不同的事。董恩把那條披肩拿在火上，一下子就燒光了，有如魔術手法，在熱氣還沒碰到他的手之前就燒光了。那時它已經很破舊了，只是勉強連在一起的紗線，一眼就能看穿。披肩是灰色的，有些地方還帶著粉紅色，依稀顯示出曾有的玫瑰圖案。董恩不知道那是什麼，不知道她們爲什麼留著。除了讓她們拿來一起回憶往事，它毫無用處。沒有幾件事比失去那條披肩的感覺更糟。無言無語，也無聲音可聽。[45]事情的確是這樣。人們的確是這樣。這是眞的。於是那把刀擺在老人所放的地方，在廚房桌上的糖罐旁邊，糖罐少了蓋子和一隻把手，因爲當年其中一個孩子打破了，那個男孩約翰．艾姆斯。他的父母親還記得那一天。由於一場暴風雪，小孩都待在室內，全待在廚房裡，因爲那是整棟屋子裡最溫暖的地方。那天在烤麵包。那種日子使得孩子喧鬧不安，渴望出去到雪地裡玩。老人說他一向但願自己也記得那一天。並不是說在那之後不會再有暴風雪，不會再有待在廚房裡的日子。可是那種日子令他父親沉重，令他母親悲傷，那當中沒有多少喜悅。萊拉對肚裡的孩子說：「世界在這裡已經很久了，好像每一件東西都有意義。你要小心。這麼說吧，你永遠不知道你拿在手裡的是什麼東西。」她想：如果我們留在這裡，不久之後就會是你坐在這張桌前，還有我，也許吧，煮點吃的，雪花飄著，那老人非常高興我們在這兒，於是他會上樓去書房爲此祈禱。窗臺上還有天竺葵。紅色的。

別去渴望什麼東西。她對自己說。朵兒討厭下雪。

她主要還是想著〈以西結書〉。那人拾起了被扔在荒野上的嬰兒。「那時我用水洗你，洗淨你身上的血，又用油抹你。」[46]那血只是無人照顧你的羞恥。爲什麼這該是羞恥？孩子就只是孩子，對於發生或沒發生在身上的事無能爲力。在她們身後從木屋裡傳來的婦人的呼喊，可能只是萊拉的想像。她從來不能問。朵兒說，不會有人來找她。而有一段時間也的確沒人來找。想必是萊拉希望有個人會在她們身後呼喊，會因爲她走了而感到一絲難過。

這有什麼要緊？當朵兒把她當成孩子接納了，朵兒便洗去了她的羞恥，一部分羞恥。然後是那一夜。萊拉已經一整個月沒見到她，甚至不知道她在同一個鎮上，她全身是血地來找萊拉。朵兒變得愈加枯瘦，就花愈多時間在那把刀上，久久磨著它，直到鋒利無比。朵兒無法安睡的時候，萊拉會聽見磨刀聲，被那聲音吵醒。朵兒把露著刀刃的刀綁在腿上，必要時能毫不費力迅速抽出來用。當朵兒終於蒼白而顫抖地來找她，她清洗了很久才找到傷口。朵兒躲藏了一整天直到天黑，還鬆開了衣裳，免得乾掉的血把布料黏在傷口上。那些血不全是她的，很可能絕大部分都不是她的。這個可憐的老婦對於自己居然沒死似乎感到無比慚愧。她說：「孩子，我實在不想麻煩你。當他和我打起來，我以爲我八成要完蛋了。我想我可能會死在這個早晨，或是死在來這裡的路上。我不知道。」萊拉試著溫柔，朵兒試著勇敢，而每一件東西上全是血。隔天早上警長來了。他說：「我從沒想到會看見你這個年紀的女人跟別人用刀子打鬥。」而朵兒打起精神說：「他自己也不是少年郎。」警長笑了。「看來肯定是你打贏了。他輸了，毫無疑問。這事兒對你們兩個來說都太糟了。」他把這個古怪的事件當成消遣，而朵兒也知道。她的臉和手已經洗過，頭髮也梳過，染血的破布藏在床底下，所以一部分的狼狽已經看不見了。萊拉先前用那把髒兮兮的刀子割開了朵兒的衣服，再用別針把衣服在繃帶上面別住，所以她至少有衣服遮蔽。他們替她拿來了一副擔架。

警長說：「這是你母親嗎？」

萊拉說：「不是，我只是想幫忙。她到我門前來。」朵兒注視著她。也許萊拉只是累了，可是那時候她說出了最先浮現在腦海的該死的念頭，哪怕那念頭是眞的。

「她的刀在你這兒嗎？」

「我沒看見什麼刀子。我猜她沒有帶在身上。」

「哦，這一點我們得要確認一下。那玩意兒想必鋒利得要命。」

按照萊拉的作風，她本來會說：那個鬼東西就在我的長襪裡，貼著我的腿，密蘇里州任何一個女孩都會先把刀子藏在這兒，也是我預料你會檢查的第一個地方。她甚至也許會說：如果你不介意，我很樂意擺脫它。可是她費了工夫去撒謊，因爲朵兒正盯著她看。警長說：「誰去把擔架拿來，我想我們得送她進監獄。」朵兒閉上了眼睛，抿住嘴唇，交疊雙手，心滿意足。

她甚至沒有把頭歪向一邊來遮掩臉上的印記。她說：「他是活該。」她花了那許多時間來磨利刀刃，大概一邊想著最好割在哪裡，只割個一、兩刀，讓對方流血。一切都如她所願，除了對方並沒有也殺了她。至少沒有馬上殺了她。警方帶她到監獄去，萊拉把刀子從長襪裡拿出來，扔在一條巷子裡一個接雨水的桶子後面。朵兒來找她時一定會經過這條巷子，凡是想找這把刀的人就會看見。可是三個星期之後它仍然在那兒，那時朵兒已經走了，大家也不怎麼再談論她。於是萊拉又把刀子偷偷塞回長襪裡。

他們說朵兒非常虛弱，不適合接受審判。等她的傷好了一些，警長擺了張搖椅在他辦公室前面的人行道上，下午她就坐在那兒曬太陽，腿上蓋著毯子，穿著尺寸太大的褐色衣裳，是某個人替她找來的。眾人過來看著她，而她也看著他們，再冷靜不過，一個自豪的野蠻老婦，臉上那個印記就像她選擇不要洗掉的一片血跡。眾人保持著距離，雖然他們相當確定她的腳踝銬在椅子上。萊拉盡可能常來，而朵兒用同樣那種眼神看著她，唯一對她說過的話是「我不認識你」。後來有人忘了把鎖鍊綁上，也可能是想讓她知道法律實在下不定決心來處置她，於是有一個黃昏，在晚飯之後，她走掉了，拄著他們給的柺杖，消失在樹林或玉米田裡。他們說她不可能撐太久或走太遠，但他們沒有找到她，萊拉也沒有找到她。最後下雪了。

「我不認識你！」她為什麼那麼說？那一夜她們說了整夜的話。朵兒仍舊預期自己會死，所以告訴了她許多事。那麼，她為何那樣冷冷地看著萊拉？坐在那裡，在門廊的搖椅上搖著，萊拉帶給她的糖蜜餅乾就擱在手裡，彷彿她其實並未注意到那是什麼。關於這件事她但願能問問那老人，可是她必須告訴他整個故事，否則他不會明白。而如果她告訴了他，他會明白什麼呢？明白朵兒被逼急了的時候就像一隻老獾一樣狂野。被逼急了的時候，她沒有一絲基督徒的樣子。她最好先告訴他別的事，也許甚至告訴他朵兒如何從門口臺階上把萊拉偷走。何苦忠實地守住一個祕密？對任何人來說，現在這還有什麼要緊？向老人說起這事只不過就是順著一個念頭，亦即把幾件事大聲說給某個人聽會讓她心裡好過許多。也許她甚至得要告訴他，當她得知朵兒走了，她最先感到的遺憾是她沒有設法把那把刀還給她。她就那樣一個人走了，她會非常需要那把刀。唉，萊拉想，我要走去教堂見他，這樣我就能把頭靠在他肩膀上。他不會問我爲什麼，只會撫摸我的頭髮。

那是她第一次在黃昏時去教堂找他。而他就在那兒，穿著非傳道時穿的灰色外套和那件她重新熨過的白襯衫，因爲她比誰都熨得更好。當他看見她在門口，她看得出來他很感動，近乎悲傷。她心想：一個這麼老的人知道不會再有許多黃昏。她不能去想這些。於是她決定以後永遠都要來找他，陪他走路回家。倒不是說「永遠」這個字眼有多少意義。看見她在那兒他感到驚訝，先是感到擔心。他能從她臉上看出她的念頭。她說：「我想念你。」而他說：「噢，好吧。」他伸出手臂摟住她，一如她的預料，她就是想要他這麼做。她就和所有懷著憂傷來找他的人一樣，而這也很好。她不在意。他在替她祈福。他時時在替別人這麼做。他也把臉頰貼在她的臉頰上，而這與他對其他人所做的事不同。她感覺到他的呼吸在她耳邊。她是他的妻子。

有一個夢她作過無數次，而那一夜她又作了這個夢。這個夢使她醒來，之後仍舊揮之不去。頭髮就和衣裳的布料一樣僵硬，皺巴巴的沒有重量，凡是躺在戶外原野上過了一個冬天的東西都是這樣。而且原野上的東西寥寥無幾，這是冬天幹的好事，使萬物枯乾得只剩下外殼。也許有動物去啃過。你不敢去碰，一碰就會裂成碎片。她害怕去看那張臉，那張臉遮住了，由於暴躺在原野上的那份羞恥，或是因爲那張臉不想看見她。我不認識你。有一次，梅麗發現一條狗的殘骸。她從來忍不住不去動任何東西。她用一根棍子去推那具狗屍，牙齒落在那裡。萊拉心想：如果能作不同的夢會是如何。或是根本不作夢。嗯，他在替朶兒禱告。萊拉會說：我找了個眞正的牧師替你說話，替你向全能的上帝說話。而朶兒會說什麼呢？孩子，你幹麼做這種事！最好祂根本忘了我。她那樣躺在那裡，臉頰在泥濘中，頑固一如從前。萊拉會說：我還能做什麼呢？你從來沒讓我找到你。而朶兒會說：我在這裡藏得太好了，你那個全能的上帝根本找不到我。她會像是在笑。

萊拉心想：那個夢，又來了。彷彿我根本不能閉上眼睛。唉，但是如今她有了這個老人躺在身旁，而且他絲毫沒有流露出厭倦了她在身邊。男人撐不了太久。有個女人曾說，男人上了歲數之後就比小孩子更難養活。他們也許看起來好好的，然後有一天就突然倒下。在外頭收割的時候，萊拉自己也曾見過。而在這裡，有這個在呼吸的溫暖男人在她身邊，至少在目前，如果她一心想著的全是朵兒，她不會自覺像個傻瓜嗎？他老是擔心她也許累了或是覺得冷，不然就是感到悲傷。他帶了本字典給她，那很有意思。她甚至從來不知道她需要一本字典。此刻她把掌心按在他胸前，感覺到他的心跳，他銀白的柔軟胸毛。她要想個辦法對他更好一點。他喜歡看見那些天竺葵。「女人就會這麼做。」他說。嗯，她想，大概是吧。她對此所知不多。

她的錢還在那間小木屋裡，多半是的。她可以用那些錢買點東西送他，不需要花掉所有的錢。她只想把錢拿在手裡，確定還沒有別人住進那地方並且發現了她把錢藏在哪裡。天氣愈來愈冷，在野外生活會很辛苦，但這種事永遠說不準。如果有人發現了那筆錢，肯定認爲是自己的，也許不會想交出來。她想到可以把那把刀帶著，但想想還是算了。假如他看見刀子不見了，他會納悶。光是亮出一把刀就可能惹來麻煩，何況她懷孕了。她在想什麼呀。她根本沒理由帶把刀在身上。她甚至不該啃指甲。可是她心裡一直想著那筆錢，無法再入睡。她記得那本西爾斯郵購目錄放在廚房的架子上，不由得起床去翻閱。凡是你想得到的東西，裡面都有。

聽見他跟平日一樣醒來的動靜，她把目錄放回架子上，把早餐擺上桌。火腿、雞蛋、一壺咖啡。一點也不難。吐司和果醬。他下樓時吹著口哨，洗過臉，刮了鬍子，梳了頭髮。「啊，太好了！你們倆今天早上感覺如何？」

她說：「我猜你這個孩子不想讓我睡覺。也許是他不喜歡我作的夢吧。」

他替她拉開椅子。「你作了噩夢嗎？坐吧，我來倒咖啡。」他替她倒了一杯。「你想把你的夢告訴我嗎？」

「就只是個夢而已。你有時候一定也會作噩夢吧。也許你不會，因爲你是個牧師。」

他笑了。「我覺得我作過的噩夢超過我應得的份。」接著又說：「有時候能說出來的確比較好受。」用的是他向寡婦說話時那種低沉溫柔的聲音，而他也知道。

「這麼多年來你都向誰說呢？我想是老鮑頓吧。」

他點點頭。「對，鮑頓。」

「還有耶穌，我想。」

「對，耶穌。」

「你從來沒跟我說過你作的夢，一點也沒說過。」

「我想我已經好一陣子沒有作過値得一提的夢了。有個東西在追我，而我不知道該往哪邊跑，然後我就醒了。大多數的夢都只是這樣。我就只是拚命地跑，從我十歲以後就再也沒那樣跑過了。等我醒來，一顆心就怦怦地跳。」

「這就是你告訴耶穌的事。」

他笑了。「主很有耐心。這是我從我祖父那兒學到的。嗯，看著他而學到的事。小時候我常常納悶，主怎麼能夠聽他那樣一直說個不停。我懷疑祂遲早不會再到我們這兒來。我有點希望祂不會再來，有點怕祂。」

「也許你在夢裡是想從祂身邊逃走。」嘿，她爲什麼這麼說？

他聳聳肩。「好個想法。欸，這不是很耐人尋味嗎？」他把玩著叉子，思索著。

她說：「跟你說實話吧，我怕祂。我老是夢見朶兒努力躲著祂。這就是爲什麼她不想要墳墓，這樣祂就找不到她。」

「唔，這是個很悲哀的夢。我很抱歉。在你來到這裡聽我和鮑頓說話之前，你大概永遠也不會夢見這種事。」

「別擔心。我的夢本來就夠糟了，只不過夢見的事不同。像她那樣死去一點都不好，有沒有主都一樣。」

他看著她，點了點頭。

「我那樣說沒什麼意思。沒想要冒犯你。」

「不，不，我只是在思考。」

看來她什麼蠢話都準備說出口。「你有點像你祖父。你以爲主就住在這棟屋子裡。我會冒犯的也許是祂，但我不害怕你這麼想。就只是幾個夢而已。」

「唔，其實我對這些事情的想法和我祖父並不一樣。我想，應該說我的經驗和他不同。」

「但是我知道你還是認爲你可能會冒犯祂。耶穌。」

他點點頭。「的確如此。」

「我不知道我爲什麼說起這些。我不想再說了，眞的不想。」

「沒有關係。不過，我只想說一件事。如果主比我們任何人所能想像的更爲慈悲，而我有把握祂是慈悲的，那麼你的朶兒還有其他許多人都平安、溫暖而且非常快樂。說不定也有一點驚訝。如果沒有主，那麼事情就只是我們所看見的那樣。那實在令人更難以接受。我的意思是，那種感覺不對勁。一切應該不僅止於此，我這麼相信。」

「嗯，可是，那是因爲你想要這麼相信，對吧。」

「這並不表示那不是眞的。」

她想：別抱太多希望。讓我們看看這個孩子會怎麼樣，看看我能留住這個老人多久。一具身體所期望的實在不在常理之中，大多數時候。從來不長久。她說：「我也許會試著這麼想。這是個不錯的想法。」於是他作了謝飯禱告，而她低下了頭。她爲什麼這樣跟他說話？好讓她在一切結束時能夠說她一直知道一切將會結束。他親吻了她的臉頰，出發前往教堂，不久後她就穿上大衣，走路到店裡去，彷彿心裡想的就只是一塊乳酪和一盒脆餅，之後她就沿著那條路散步，出了小鎭，經過玉米莖已經乾枯的田地。她穿著一件好大衣，是新的，料子很厚，以這時的天氣來說太暖和了，因爲冬天來遲了一些，但她對自己說，如果不盡量穿一穿這件大衣是種浪費。大衣是漂亮的深藍色。

有時候能看見幾百隻鵜鶘。牠們停留的季節快結束了，但冬天也來遲了，所以她也許還能看見幾隻。大家會去河裡一塊寬闊的地方觀賞，所以如果有人問她要去哪裡，她就會說要去賞鳥。那些鳥她見過一輩子，從來不知道牠們叫什麼名字，因爲牠們跟過日子沒有一點關係。她從沒聽說過有人吃過一隻。鴨子當然有人吃，但從來不是鵜鶘。牠們一身純白，一起飛離水面，張開翅膀，寬得令人無法置信，然後又一起再度落在水面，滑翔。氣候一轉變，牠們就來了，然後就又走了，直到明年才會再來。是老人告訴了她這些鳥叫什麼名字。艾姆斯太太的墓碑上就刻著一隻。等萊拉在那間小木屋稍稍停留之後，她會沿著河岸繼續走，這樣她就能跟他說她去了哪裡而不必撒謊。

以前她從沒想過玉米田在入冬之際看起來多麼奇怪，玉米莖全枯死了，立在那裡。鄉下一向就只意謂著待做的工作。如今她看見陽光微微照在那些葉片上，玉米莖的頂端朝同一個方向彎折。風把它們吹彎了之後使它們維持僵直，已經撕破的殘葉低垂。彷彿它們全都聽見了一個聲音，也全都知道那意謂著什麼，或是害怕知道那意謂著什麼，而爲了確定，它們一個個都等待著再次聽見那聲音，一個個都仍在等待。她向肚裡的孩子說：「那不意謂著什麼。就只是風。」

見到小木屋了。屋前的原野長滿了與昔日相同的野草，枯黃了，吹倒了，或是在幾處地方突出來。她之前踩出的小徑幾乎又長滿了雜草。有人來過，來去的次數剛好足以把草踩傷。說不定人還在那裡。她知道開門去看並不明智。可能會捲進一場打鬥，速度快到甚至還不知道發生了什麼事。沒有什麼比小偷更難對付，一旦他認定你想要偷走他的東西。現在她得要考慮到肚裡的孩子。於是她站得遠遠的，拾起一塊石頭，朝著牆面扔過去。石頭結結實實地發出咚的一聲。沒有人從窗戶或門裡向外張望。她又找到兩塊石頭扔過去。沒有人。於是她認爲去木屋裡看看會是安全的。

從門口臺階上她能看見角落裡有條毯子。就只有這樣。還有幾個空罐。她存錢的罐子，空了。唉，她早該知道。爲了確定，她會掀開那塊鬆開的地板看一看。罐子看起來的確都差不多。可是地板下除了牧師那條沾了覆盆子汁液的手帕之外什麼也沒有。她抖掉手帕上的灰塵和蜘蛛網，塞進大衣口袋。她向肚裡的孩子說：「那一天眞美好。」他在原野上替她摘向日葵，那是在她跟他說了她不會嫁給他之後。也許有一天她會說：從前，還在愛荷華的時候，你爸爸替我摘花，從一片長滿野草的原野上。那時候你還根本沒有出生。她從沒想到一個牧師會這樣做。每天早上當他出門去教堂，她站在門廊上看著他沿著那條路往前走，而他會轉過身來向她揮手。如果她吻了她的手再舉起來——她見過有些女人這樣做，他會把帽子緊抓在胸前，頭一側，像電影裡熱戀中的男孩。而她會聽見自己在笑。假如能送他一件禮物會很好。那會令他驚喜。

她坐在門口臺階上曬太陽，就只一分鐘，想想事情。在寒涼的早晨，陽光曬在身上多麼舒服，昔日那股枯乾木頭的氣味多麼熟悉，在她曾經如此孤單的地方感到平靜是多麼奇怪，比在老人的屋裡還要平靜，雖然他一直那麼慈祥。她對著陽光敞開大衣，讓寶寶能感覺到陽光溫暖了她的腿。她甚至可能睡著了，因爲有個少年站在一段距離之外看著她，至少在那兒站了一會兒，而她沒有注意到，他看來侷促不安，把一小包東西從一隻手換到另一隻手，看得出來已經站了一會兒。她看著他，他移開了目光。她說：「早安。」

他說：「那是我的小木屋。我住在那兒。裡面有我的東西。」他個子矮小，但臉上有鬍子，那模樣像是在乾旱時節長出的東西，用盡全力開花，但永遠長不大。他的聲音帶著一絲悲傷或是擔憂，使得那像是男孩的嗓音，比他的樣子看來還要年輕。儘管如此，你永遠說不準。他看起來走投無路。最好是讓他拿走那些錢。

她說：「我只是在這裡坐個一分鐘，喘口氣。我本來是要去河邊看那些鳥的。」她站起來，找到她裝著食品的小袋子。「我要走了。我沒打算打擾你。」

他說：「大多數人不會到這裡來。」

「我知道。大半個夏天我住在這間小屋裡。」

「哦，你住過這裡。那你爲什麼回來？你有東西留在這兒？」

「這個。」她說，從口袋裡掏出那條手帕。「我知道這看起來不算什麼，但既然我路過這裡。」

他瞥向她站起來後的身形，移開了目光。「也許你不是在休息。我無所謂。我不需要這裡的東西，我反正有別的事要做。」他往後走了幾步。

「喔，我剛才有點累，所以休息了一下。我餓了。這兒有點乳酪和脆餅，夠我們兩個吃的，如果你願意跟我一起吃。」

「不，我最好不要。」

也許他以爲那是她僅有的食物。她說：「我眞的餓了，而我從來沒法讓別人看著我吃東西，所以我猜你是打算讓我挨餓。」

他笑了，朝她走近了幾步。她看得出來他希望她能說服他。

她說：「坐在這個臺階上吧。陽光很好。」沒必要說他看起來很冷。她把紙袋攤平，把乳酪放在上面，打開包裝紙，再打開一包脆餅。她掰下一塊乳酪，他走過來，近到能從她手上接過去。他的一雙手很髒，那雙手對他來說太大了，曬得黝黑，長了繭。他的長褲遮不住腳踝，鞋子壞了。他是從前董恩常跟他們說他們不是的那種人，那種不洗澡的人。朵兒總是拿著塊濕布追著她，免得她淪落成那一族，那些人從來不梳頭髮，後頸上總是有層汙垢，穿著未經修補的衣服，直到那些衣服從他們身上脫落。說不定他們就是她的族人，所以朵兒才那樣嚴密地盯著她，甚至從不曾說出她來自哪裡。你不會想要跟這種人混在一起。這是朵兒會說的話，如果碰到像這樣的少年。不要緊。他正在舔他髒兮兮的手指。她說：「多拿一點。」

而他說：「我不介意多拿一點。」他表現出的快樂超過他的原意，由於這些食物和善意。他在最矮的臺階上坐下，把那一小包東西放在旁邊的地上。

他從南邊某個地方流浪到這兒來，可能是密蘇里，也許是堪薩斯。「我猜我走錯方向了，在這個季節。我早該想到。」他笑了，瞥向她，在她面前感到害羞。「我不想走回頭路，這一點我很確定。所以，我不知道。我會看著辦。」他笑了，又說：「在南方那邊出了點麻煩，所以我想我不會回去。」他搖搖頭，但他抬起目光來看著她，彷彿並不太介意她問他出了什麼事。也許他只是為那件事感到驚訝，由於那件事而感到孤單，不習慣真會有任何重要的事發生在他身上。她想：他應該更謹慎。她是個陌生人，而在他心中她像個會聽他說話但不會太過責怪他的人。也許是像他的母親。

她說：「喔，聽起來你最好是別說出來，不管那是什麼事。」

「是啊。」他笑了。「我最好別說。」他隨即又說：「你養過狗嗎？我養過。後來牠去追一隻兔子還是什麼東西，就再也沒有回來。對了，你怎麼會住在這裡呢？」

「跟你一樣。流浪。後來有個男人想娶我，我答應了。」

「聽起來像是你編出來的。」

「我想也是。而且他是個牧師。」

那少年笑了。他也能從她的樣子看出一些事。

「我沒開玩笑。他是個高大的老牧師。」
「好吧，也許是的。你肚裡的孩子是他的嗎？」
「當然。」
「所以你過得不錯。」
「對。」
「我以爲你也許是回來找我發現的那筆錢。是你把錢藏在那裡的嗎？」
「那是我的錢。」
「那麼是多少錢呢？」
「將近四十五美元。三張五塊錢，很多張一塊錢，還有零錢。我把錢放在那個罐子裡，和那條手帕放在一起。你可以留著。」
他點點頭。「那差不多是我這輩子見過最多的一筆錢。」
「我在存錢。想著要去加州。」
「如果我給你一半，我也還有差不多二十塊錢。」
「沒關係，你可以全部留下。我只是想替我的老牧師買件禮物，可是他並不需要什麼。他自己也會這麼說。最好你留著。」
「我把錢藏在一個好地方。」

「我想過你大概會這麼做。」

「嗯，放在那裡比較安全，以免有人偷走。」他抬起目光看著她。他根本不知道自己渴望著別人的善意，而善意就在眼前。這使得他想流淚而且坐立難安，藉由假裝他藏起那筆錢有一部分是爲了她，他想要看起來像在報答這份善意。

她說：「小心一點總沒錯。」

「我一看見那塊鬆動的地板，第一件事就是去看看那下面有什麼。不管是誰都會這麼做。」她想：一到長鬍子的年紀，他們就自認爲懂得一切。他們從中得到很多快樂。

他望向原野，彷彿那兒有什麼東西可看似的。「對了，我認識一個人有一條獵狗。他叫牠幹啥牠就幹啥。任何事。」

她說：「你打算要養一條狗嗎？」他從沒修過鬍鬚，從沒刮過鬍子。鬍鬚尾端鬈曲泛紅，往上就是直的，稀稀疏疏的棕色鬍鬚。他的頭髮是紅色的，蓬亂有如羊毛，他會去搔它。而他的皮膚白得像牛奶。她見過這種膚色，彷彿陽光就是不像曬著大多數人一樣曬著他。他那雙大手擱在膝蓋上，掌心向上，他盯著手，彷彿從未眞正習慣過那雙手。

他抬起目光來看著她，也許打算要說：我長什麼樣子不關你的事，是你叫我坐在這裡的。而事情也的確是如此，於是她看向別處。他聳聳肩。「我想過要養一隻。」接著又說：「我在想也許我會把那錢給我爸。那他就會高興見到我了，這我很確定。」他笑了。「他老是對我說我太虛弱了，不值得養。嗯，不管怎樣，他會以爲錢是我偷來的，他也會爲了這件事而揍我。好像他自己從來沒偷過東西似的。但是他會高興有這筆錢。」

她說：「那麼我猜你要回去你來的地方。」

他說：「大概不會。我和我爸打架，用一根柴火打了他。我不確定……我可能把他打死了。如果他沒死，等他一醒過來就會把我打死。所以我就跑了。」他看著她。那張骯髒疲憊的孩子臉孔，那些鬍鬚黏在上面像個刻薄的玩笑。「我不知道我能去哪裡，連現在在哪裡也不知道！」他笑了。

「噢，你在愛荷華。這裡的冬天甚至比其他地方更糟，所以你最好別想著要待在這間小屋裡。你八成凍壞了。你肯定撐不到春天。」

他聳聳肩。「反正也許撐不過。也許我不想撐過。我大概有一半的時間都恨我爸，但是我肯定沒想到最後會殺了他。」

「也許他沒死。」

「我肯定是想殺了他。我打了他三、四下，使足了力氣。他光是躺在那兒。」眼淚從他臉頰上流下。「回想當時的情況，我想我一定是把他打死了。我還記得打中他的時候那種聲音。」他趴在膝上哭了起來。

過了一會兒她說：「嗯，你得有幾件保暖的衣服和一雙好鞋。牧師把這些東西放在箱子裡，收在某個地方。明天我可以把東西帶到這裡來，然後你用那筆錢去買張車票。」

他說：「在我對他做出那種事之後，我知道他反正不會讓我回去。」

「那你就想清楚你想去哪裡。」

「這是我第一次離開家，第一次。我連夜裡也幾乎沒法睡覺。」

「我想你最好要習慣。」

他笑了。「我不認爲我能習慣。」他看著她，一張臉涕淚縱橫，於是她給了他那條手帕。

「你有家人嗎？」

「我爸。就他一個，就這樣。」他聳聳肩，又凝視著那片原野，莫名地平靜下來，沒有其他理由，除了他哭完了。「你跟殺人凶手說過話嗎？」

「有過一個。是我認識的。她也眞的殺死了一個人，毫無疑問。」

「她爲什麼那麼做？」

「否則他就會殺了她。我就只知道這麼多。她打贏了他，所以他們就說她謀殺了他。我留著她用的那把刀，就擺在那老人的廚房桌上。」

「爲什麼？」

「她是我朋友，幾乎是我唯一的朋友。她把刀子給了我。」

「那牧師曉得那把刀嗎？」

「我跟他說了。」

他點點頭。「所以說，在她做了那件事之後，你也沒有討厭她。」

「我的確爲那件事感到遺憾。」

他沉默了一會兒，然後說：「我告訴你發生了什麼事吧。我爸喝醉了，沒來由地對我吼，爲了我做的一件小事，所以我說我要離家出走，離開他。他跟著我走到路上，罵著『飯桶！』，用棍子和石頭扔我，就像趕走一條狗一樣。後來我回到屋裡，而他躺在那裡睡著了，我就拿起一根柴火，大概這麼粗。」他比了個圓圈。「我一時昏了頭。」

「我猜想得到。」

他看著她。「所以現在我不知道我要做什麼。」

「嗯，你今晚留在這裡，明天我帶些衣服來給你，你去買張車票到哪個地方去。還有，你最好告訴自己你不知道你有沒有打死他，因爲你的確不知道。沒必要把事情想得更糟。而且你肯定最好別再跟陌生人說起這件事。」

他搖搖頭，非常輕柔、非常冷靜地說：「我想我大概還是會回去。去告訴他們我做了什麼。如果你確定你不介意，我想拿走這筆錢。拿走一部分，不管怎麼說，至少我會有點東西可以給他。如果他還活著的話。我會有這錢。」接著又問：「他們吊死了你那個朋友嗎？」

「沒有。他們也許想過要這麼做，但是她逃走了。」

「我反而有點希望他們吊死我。這樣我就解脫了。」

她按著他的肩膀說道：「你不該這樣說。你還半大不小，這絕對不是你該說的話。」。

他抬起頭向她微笑。「我想，如果連我自己的爸爸都覺得我沒用……我已經長大了。就只能長到這麼大，不怎麼樣。」

「這我不知道。你看起來像是一直在幹活。我敢說你該做的都做了。」

他聳聳肩。「我想我累了。」他爲了她的好心而微笑，又再看著他的手。「你知道，我只是但願自己那時候留在他身邊，說不定我能想個辦法救他。我甚至不知道我幹麼跑走，我根本沒有地方可去。我一直都知道。那麼多年裡我老是想著要走，從來沒走。現在我當然希望自己老早就走了。我想我是害怕離開。」

起風了，帶來了寒意。再過幾天就會眞正冷起來，寒冬將會降臨，而且會停留好幾個月。那少年環抱雙臂縮起身子。他身上那件外套完全無法禦寒，而且他那雙髒髒的腳踝可憐兮兮地裸露著。

她說：「你在這兒多久了？」

「我來到這裡……來到這個地方，是在幾天之前。」

「嗯，本來不該還這麼暖和的。天氣隨時會變，明天就有可能下雪。」

他點點頭。「夜裡我感覺得到。」

「這大概就是你睡不好的原因。」

「一大部分是的。」

「這樣吧，我想你最好到我家那老人的屋裡來。就只過一夜。他會替你找到幾件衣服，讓你吃點早餐。他有好幾個空房間。」

他搖搖頭。「他不會想要我待在他屋子裡。這你知道。」

「我要他做的事他都會做。總之他還沒跟我說過『不行』。」

「你要他做過什麼嗎？」

「你說得對，我幾乎沒要他做過什麼。」她笑了。「我的確要他跟我結婚。」

「因爲你有了這個寶寶？」

「不是。那時候我根本想都沒想過會有寶寶。」

「那麼……」他抬起目光，希望不會冒犯她。「我想我還是寧願待在這裡。」

事情就是這樣，她想。別跟人打交道。只要你能這麼做，你就會沒事。然後有人會在哪個角落裡發現你，而你根本聽不見他們說「眞可憐」。而那樣似乎還勝過於求助。她說：「我了解，眞的了解。我知道你在陌生人身邊是什麼感受，我也有同樣的感覺。所以你可以信賴我。」

「不。我的意思是，我信賴你，但儘管如此……」

「那我想你最好留著我的大衣。」

他看著她，吃驚而且受傷，笑了。「什麼？我可不能穿女人的大衣！」

她說：「我不是要你穿。我的意思是你可以當成毯子來用，蓋在身上睡覺。沒有人會看見。」

他搖搖頭。「不成。我可能會弄髒。你自己反正也需要這件大衣。」

「我明天來拿。」

他拿起那一小包東西。「你最好該走了。漸漸冷起來了，我也最好避開這陣風。」

她說：「那就是你藏錢的地方。綁在一塊布裡。」

「我喜歡帶在身邊。」

「這樣很好。」

「你確定你不想要一點嗎？」

「確定。」他站在那裡等著她走開，又瘦又髒，但仍然是個好孩子。沒人要的好孩子。「剩下的那些脆餅我也不要了。」她說。

「好吧。嗯，跟你談談很好。」他點點頭，從她身邊走開，然後看著她走上大路。

寒風刺骨。她扣上大衣鈕釦，豎起了衣領，大約已走到前往基列鎮的半途。然後她說「這樣不行」，便走回那間小木屋。小屋裡幾乎不比外面溫暖多少。那少年蜷曲在她以前睡覺的角落，那個尚稱完好、足以遮風蔽雨的角落，他就裹在那條可憐兮兮的破舊毯子裡，那個小包裹枕在頭下。他看著她，但是沒有移動。她脫下大衣，蓋在他身上。「就只用今天晚上，這樣也許你能稍微睡一會兒。」他什麼也沒說，只是在大衣下安頓下來。她把衣領拉到他耳邊，說：「感覺很舒服，對吧？」而他笑了。

之後她得走回基列鎮上，穿過明亮的白晝和凜冽的寒風。玉米莖上的僵硬葉片沙沙搖動，幾隻鶺鴒在上方滑翔、轉彎，雖然因爲風頂在喉頭上，她幾乎沒法抬頭去看。她心想，不知道她是否會冷到就連肚裡的孩子都能感覺到。她感覺到孩子在動。她說：「別擔心。你不會過這種生活。等我們到家就沒事了。」但她對自己說：這也許不是最聰明的作法。最好是想點別的事。但別去想那件事，別在雪地裡尋找朶兒，別在那片玉米田裡迷失。她是循著腳印走進玉米田的，那麼爲什麼不能再循著腳印走出去？可是那些腳印終止在雪地終止之處，在玉米田邊緣，再過去就只是冰凍的土地。誰都知道在一片玉米田裡容易迷失方向，而她在田裡穿過來穿過去，怕得要命，玉米莖又密又高，高過她的頭，她看不出自己在哪裡，最後總算回到路上純屬僥倖。一身灰塵和汗水。尋找朶兒時，她的頭腦想必不太正常。而若是找到了朶兒，她打算怎麼做呢？她想過要找東西把她蓋住，讓她保持溫暖，彷彿有任何東西能讓她保持溫暖。然後隔天下起了大雪，下了好幾個鐘頭，在那之後再要試圖找到她就沒有意義了。

曾經她們坐在火堆旁，臉上熱烘烘的，背部卻冷冰冰，那火嘶嘶作響，劈啪劈啪地冒煙，因爲柴火大多是潮濕多汁的松枝。萊拉有一碗煎玉米餅的殘渣，顏色很深，如她所喜歡的那樣，輪到朵兒負責做飯，總會把脆脆的幾片留給她。梅麗就在她旁邊，靠得很近，盯著那碗玉米餅，萊拉一次吃一小口。梅麗說：「我看見有個東西爬進那碗裡。我眞的看見了。牠的腳就像這樣……」她扭動指頭做出蜘蛛的樣子，使得萊拉的手臂和頭皮全起了雞皮疙瘩。萊拉說：「才沒有蜘蛛。」梅麗說：「我沒說那是蜘蛛，我只是說我看見了什麼。」然後又做了一次同樣動作。

萊拉說：「我要去跟董恩說。」

「爲什麼？你要告訴他什麼？」

「說你想讓我把我的晚餐扔進火堆裡。」

梅麗說：「沒必要這麼做。我從來不在乎蜘蛛。你反正可以吐出來。牠們的味道有點怪，而且你能感覺到牠們細細的腿，所以你會知道該吐掉。有一次我吞下去一隻，那也沒要了我的命。如果你不想要那碗玉米餅，我可以替你吃掉。」

於是萊拉就只是坐在那裡，碗擺在腿上，想著蜘蛛，而梅麗坐在她旁邊，看著，朝她臉上呼氣。朵兒看見萊拉沒吃晚餐，就跟她說如果不吃就會挨打，這只是要讓梅麗知道試圖說服萊拉不要吃是沒有用的。萊拉感覺到朵兒的手搭在她肩膀上，這意謂著：梅麗很聰明，但是有我在這兒守護你。

梅麗小聲說：「她老是說她要揍誰。但是她不會這麼做。」

朵兒說：「很可能我會揍你。」但是梅麗說的沒錯，朵兒絕不會這麼做。誰都知道她是個和善、安靜的女人。那把刀是她保守的一個祕密，要守住並不容易，也並不總是能守住，就像她臉上的印記。她只是忘了在萊拉面前隱藏這兩件東西，因爲她知道這女孩愛她。有一次董恩看見她用那把刀割短萊拉的頭髮，他停下來看著一綹綹頭髮落下，咻咻咻，而他說：「哇，眞想不到。」

此刻萊拉已經在回基列鎮的半途上。天空灰濛濛的，而那陣風表現得像是這地方全屬於它，捲起了樹木，那些樹全在呻吟。大家總以爲一天會接著下一天，今天天氣溫和表示明天也一樣，早晨有陽光就表示下午天氣也會不錯。然後在你意識到發生了什麼事之前，冬天會接管一切。冬天將會來臨，像是一覺醒來之後的世界，令人驚訝，而又不令人驚訝。不知道梅麗怎麼樣了？她有可能在任何地方做任何事情。有可能在牢裡。萊拉曾聽說戰時有婦女駕駛轟炸機飛越海洋，而她想到了梅麗。不管她在哪裡，就算是在牢裡，她會比任何人適應得更好，而且心裡只有她自己，對她所起的任何念頭比任何其他人都加倍感興趣。她可能過得還不錯。但是萊拉曾經多次看見小鳥如何孵出來，或是小牛如何誕生，沒有多久牠們就懂得不可能有誰教過牠們的事，牠們會站起來，搔著癢或是吸奶，眼睛閃閃發亮。世界是這麼美好。那是小孩子可以跟牠們玩的時候，因爲他們的眼睛也一樣閃閃發亮，而且他們正發現牠們有多聰明。然後要不了多久，動物就只是動物，只是家畜，而小孩子就只是努力活下去的一般人。有可能就連梅麗如今都只是某個地方的某個女人，眼神說著：我不想談這個。萊拉告訴肚裡的孩子：「你別擔心。我會盡我的能力去做，就像朵兒爲我所做的一樣。」說著她笑了。可憐的老朵兒。然後她想到那個介於男人和男孩之間的少年，蜷縮在她那件女用大衣下，八成還是冷得難受。他會寧可活活凍死也不讓任何人看見他穿著那件大衣。她應該要勉強他跟她一起來的。應該要想個辦法。不行。他的自尊心將會害死他。唉，她想，也還有比這更糟的事。

假如她分得了一些錢，就能買張票去看午場電影，也許買盒爆米花。她可以在戲院的黑暗中暖和起來，再看一次《碧血金沙》[47]，但至少是溫暖的。然後她可以再走路回家。她不想以這般悽慘的模樣走進老人在教堂的辦公室，知道這會令他擔憂。她曾和他一起看過那部電影。他讀過那本書，也在雜誌上讀過關於電影的報導，所以期待著電影上映。在戲院裡，在黑暗中，他會握住她的手。那是看電影這件事最大的好處。她心想：我沒必要看著衣服破爛的男人吃豆子，這我見得多了。雖然和他一起坐在那裡很舒服，當那些男人相互射殺彼此，電影終於收場，她還有點高興。她喜歡的電影是有人穿著漂亮衣裳跳踢躂舞，但那些電影他從來不會在雜誌裡讀到。

假如她分得了一些錢，她會去簡餐店點杯咖啡，吃一塊蘋果派。假如她分得了一些錢，她會走進那家廉價商店看看洋裝的式樣。沒有錢她反正也可以走進店裡，但她認爲別人看她這樣走在寒冷的戶外會特別多看幾眼，尤其任何頭腦淸楚的人都至少會穿上大衣。她差點忘了去擔憂可能會有人跟她說話，而那份擔憂又浮上心頭。如果她做得到，就不會讓這件事發生。這就和從前一樣。沒有錢，什麼也不能做，而別人注視著她。教堂也跟從前一樣就在那裡。可以走進去躲開壞天氣。她可以在一排長椅上坐下，等到不再打哆嗦，等到手指頭不再冷得作痛。然後她會去他辦公室找他，而他會邊說「噢，親愛的」，邊把他的大衣披在她肩上，然後他們會走路回家，做點晚餐，而她會跟他說她沒事，沒事。她只是出去散散步。

她太冷了，一時還無法停止打哆嗦，於是她把雙手夾在膝蓋間等待。腳趾頭冷得作痛。沒必要去想。這裡一向很安靜，聽得見這棟建築任何一處的任何搖動或咯吱聲，而當風像這樣吹著，教堂就像一座舊穀倉一樣奮力相抗，簡直能聽見釘子正在鬆動。儘管如此，卻還是安靜的。教堂裡也透著風，但那個少年可以躺在一張長椅上，蓋上一、兩床毯子，睡過這場暴風，有誰會介意呢？假如她知道天氣會變得多糟，她就會勉強他跟她一起來。

直到此刻她才想到老人可以請哪個有車的人開車出去帶他回鎭上。這件事她從來不習慣。他可以只說一句話，而不管需要做什麼就會有人去做，至少大多數時候是這樣。就算這表示鮑頓得發動他那輛 DeSoto。[48] 可是等她果眞去到他辦公室，他不在那裡。當然他不會是在躲她，但那是她的第一個念頭。那個房間給人的感覺就像是他應該在那兒。整座教堂都給人這種感覺。有房間或屋子可住的人不會懂。對他們來說這顯得自然而然。你也許會拿起屬於某人的一件東西，在片刻中感覺到這東西與那人多麼相屬，尤其是如果你夠討厭對方。可是當一整個房間充滿某人的生活、思緒和呼吸，他們對褪色的東西視而不見，對醜陋的東西滿不在乎，那些東西在他們的習慣中用舊，走進這樣的房間感覺很怪，你彷彿就只像吹進房間的一陣冷風。她但願至少能找到一種方式來告訴他那有多難，在寒冷的日子走進一個溫暖房間時所感覺到的痛。而她在這裡，爲了他人在別處而生他的氣，幾乎爲此而落淚。因爲他的整個人生都在這裡，而這和她沒有一點關係，除非他在她身旁說道：這是萊拉，萊拉．艾姆斯，我的妻子。

唔，她想，站在這裡煩惱這些沒什麼意義。他應該在家裡。而她避免去想的念頭是：我上一次感覺到胎兒在動是什麼時候？她認識的每個女人都知道一些故事，關於有些孩子流掉了或是生下來就不對勁，因爲孩子的母親某種東西吃多了，或是受到驚嚇，還是著了涼。可是除了繼續走回家沒有別的辦法。她說：「就只再走幾個街區，然後我們就到家了。」

他也不在家裡。屋子空蕩蕩的。可能有誰死了，或是快死了。好幾次他被喚去有人需要安慰的地方，做他還能做的事。上一次這種情況發生時，他在午夜之後進門，對著自己發牢騷。他說：「要求一個快死的人道歉，爲了他活著的時候令人徹底失望，這太過分了！」他摘下帽子。「所以我把那一家人拉到一邊，對他們說：如果你們不是基督徒，那我在這裡幹麼？而你們若是基督徒，你們最好表現得像個基督徒。我說的話差不多就是這個意思。」他看著她。「我知道我那樣說很嚴厲。可是那個可憐的老傢伙幾乎連呼吸都有困難，更別提替他自己辯護。他眼睛裡有淚水！」他把大衣掛起來。「我認識他一輩子了，他不會比一般人更糟。就算他比一般人更糟也無所謂。」然後他說：「你不該醒著等我的，萊拉。你們兩個需要睡眠。」他親吻了她的臉頰，上樓去書房祈禱，由於自己發了脾氣而感到懊悔。他說發怒是一直困擾著他的一項罪過，他總是為此而祈禱。當時她想：如果這是他最糟的罪過，那我就會沒事。

她還沒暖過來，於是決定上樓去他床上躺下，直到聽見他進門。她只需要脫掉鞋子，拉上被子等待。她認為這能安撫肚裡的孩子，可是身上的寒意填滿了身體在毯子下撐開的空間，有如一個冷穴。也許這就是孩子感覺到的她。在冬夜裡，朵兒會把她拉近自己，貼近自己的身軀，把被子拉起來蓋住她，用手臂摟住她，而萊拉就只會由於世上其他地方無處不在的寒冷而感到更加溫暖。當她把大衣給了那個少年，替他蓋好，也許她就是回想起這件事。而他笑了，就跟許多年前她也許笑了一樣，由於喜悅，那喜悅就像一份幸運，就像是耍了悲慘與不幸一次。現在她有了自己的孩子，而他也許感覺到冷，也許害怕自己會由一個無法信賴、無法給他安慰的女人生下。也許他會像那個少年，彷彿他體內的生命決定要及早終止以減少損失，當它才剛要開始讓他長成一個男人。她想：那麼我會把你偷走，我會帶你到沒有人認識我們的地方，我會藉由愛你來彌補所有的差別，在你現在的樣子和你可能成為的樣子之間。梅麗說：「她的腿站都站不穩。」而朵兒只是把她拉得更近，更加照料她。就連朵兒都說「要是你有點兒什麼就好了」，用別人的眼光看著她，因爲無法繼續在別人面前保護她。可是朵兒總是盡她所能地彌補那個差別。萊拉也會。而將不會有老人對她說：你對我的孩子所做的事我看見了。有一天老人反正不會在了。她縮起膝蓋，抱住肚子，而她感覺到孩子在動。

前門的聲音使她醒來。鮑頓在和他說話，她聽得出他們聲音裡的擔憂。每當可能發生什麼難以應付的事，鮑頓總是會來，如今大多拄著枴杖，但仍舊極其樂意幫一點忙。艾姆斯太太死去時他在場，牧師有事到別處去了。有一次，一整晚鮑頓都在談〈農村電氣化法〉[49]及其影響，而老人說：「他和她一起禱告，闔上了她的眼睛。」如此佳人奈何早亡，我們爲此而哭泣。「我們」，因爲鮑頓在場，就只是試圖幫忙。她聽見他說：「約翰，我會在這下面稍等一分鐘。」接著老人獨自走上樓梯。他們以爲出了什麼事？不，應該問「出了什麼事」。她做了某件不該做的事。她曉得事情的一半，而他大概會告訴她剩下的那一半。她站起來穿上鞋子，把頭髮和衣裳撫平。

一看見他走進房間，她心中湧起一股心安的感覺，使得她難以去做她本來打算做的事，亦即什麼也不做，站在那兒聽他把話說完。既然她把錢給了那個少年，她沒法離開，唔，如果她必須離開，她會想出辦法來的。她心想：要是他板起臉來跟我說話，我馬上就走，不管怎麼樣。而就在這天早晨她還感覺到如此安全。

他對著樓下說：「她在這兒。她沒事。」而鮑頓說：「那就明天見了。」說完就自己開門走了。老人說：「的確是這樣沒錯吧？你沒事？」

她說：「就我所知是的。」

他點點頭。「我也沒事。就我所知。」他在床緣坐下。「也許呼吸有點急促。」他用雙手掩住了臉。過了一會兒，他拍拍身側的床鋪，說：「來吧，坐下吧。」他清清喉嚨以穩定嗓音。他說：「這樣吧。我會告訴你我這一天是怎麼過的，如果你告訴我你這一天是怎麼過的。」

她聳聳肩，在他身旁坐下。「我出去散步了。」

「我也這麼想。」過了半晌，他又說：「有人經過我辦公室，跟我說他看見你在那間小木屋那兒。他提起這件事是因爲天氣變了。所以我請鮑頓開車載我過去，免得你得走路回家。可是不知怎的，我們錯過你了。」

她說：「是誰告訴你的？」

「喬治．彼得森。他不是教會的人。現在他們都曉得不該這麼做了。」都曉得不該跟他說她去了哪裡。這件事她得想一想。

他說：「你不在那裡，可是你的大衣在那兒，而且有個人躺在大衣底下。當我看見那件大衣，我以爲也許是你躺在下面。我喊了你的名字，但沒有回應，於是我把大衣掀開，那個人跳了起來，手裡拿著一把刀。」他笑了，揉揉眼睛。「我從來沒受過這麼大的驚嚇。也從沒這樣大大鬆了一口氣。我以爲鮑頓也許會當場嚇死。然後那人從我們旁邊擠過去，跑走了，我們愣在那兒，就只能你看我、我看你。我們開始擔心你在哪裡，而他又是怎麼拿到你的大衣的。我們也沒辦法去問他，所以就回來這裡。」他笑了。「一路上鮑頓想必都開到時速四十英里。他是那麼怕那部車，老是把兩個輪子開進水溝裡，不過這個傍晚他就像是賽車手巴尼·歐菲爾德。[50]」

她說：「喔，我只是在這裡休息。」

「我看得出來。但是也許你可以把事情稍微澄清一下。我感到好奇，而且我覺得我似乎該讓鮑頓知道這是怎麼回事。當然，這事並不急。」

「有一會兒我坐在教堂裡，想讓身體稍微暖和起來。」

他點點頭。「我猜就是這樣我們才錯過了你。」

「而且那件大衣是我給他的。借給他用，就只用一個晚上。我從沒想到你會到那兒去。」

他點點頭。「你那樣做很慷慨。」

「欸，我不知道天氣會變得那麼冷。」

「我相信他很高興有那件大衣，很高興能借用一下。所以你沒穿大衣在寒風裡走路回家。」

「我替他感到難過，那樣的男孩。他可憐到甚至夜裡沒法睡覺。他以爲那是因爲他殺了人，但我想那也許只是因爲他睡得不舒服。至少部分原因是這樣。」

「喔，他殺了人。」

「他以爲他可能殺了人。在我聽起來他是殺了人，但是他不想覺得那是眞的。那人就只是他爸。我的意思是，他並不是出去隨便殺人。我想他沒有控制住他的脾氣。」

他笑了。「是會發生這種事。」

「他不會傷害任何人。他只想回去他老家，讓他們吊死他。」

「我懂了。我當然不可能知道這件事，對吧。你可以想像得到我發現你的大衣在那裡時會怎麼想。而且他看起來相當粗野，從我看到的來判斷。這些日子我回想起許多事，作了好些噩夢。我跟鮑頓談起這件事，而他說他也作了噩夢。所以碰上這種情況，我們沒辦法非常通情達理。假如我們心裡不是懷著那麼多擔憂，也許我們可以跟他談談。萊拉，我本來並不想提這件事，但是如果你能夠多小心自己，我會很感激。只是讓兩個老人少點折騰。」

她說：「我會考慮一下。」

他笑了。「對。你考慮一下，爲了我的緣故。啊，我受到了好大的驚嚇。」他向後躺在床上，手臂交疊在臉上。

過了一會兒她說：「他有那麼一小包東西。他跑走的時候有帶著嗎？」

「是有那麼個東西在地板上。我們留在那兒了。爲什麼？」

「喔，他可能會回去拿。」也許她不該這麼說。「如果他看見你沒有去追他，說不定他已經回去過又走了。」

「我想你並不打算把這件事告訴警長。」

「那樣做沒什麼意義。」

他笑了。「如果你這麼說。」

「我不怎麼喜歡跟警長說話，這是事實。可是如果他去自首，也許他們不會吊死他。如果是哪個警察抓到他，他們就八成會吊死他。他要回家就需要那筆錢。他連一雙像樣的鞋子都沒有。」

「你哭了。」

「我只是累了。我本來想也許我們可以帶他到這兒來，讓他今晚睡在教堂裡。那是在他跑走之前。」

他把自己的手帕遞給她。「唔，萊拉，我再去跟鮑頓講一下。我想我們可以再回那裡去，這一次也許跟他講講話。你可以留在家裡。」他坐起來，接著站起來，就像世間最疲憊的人，倚著床柱站穩。她知道她應該跟他說不要費這個事。

「我最好一起去。他不會怕我。他絕不會跟我們一起走，絕不會跟我們上那部車。但是我們可以帶點東西給他，如果我們動作快一點。」

「好吧。那麼你收拾點東西，我去找鮑頓來。」

於是她把襪子、長袖內衣和一件法蘭絨襯衫塞進一個枕頭套裡，再加上牧師的一雙舊鞋。沒有一件東西穿在那少年身上會合身，但總比沒有好。她用蠟紙包起一片火腿，跟其他東西裝在一起，還有幾顆蘋果，再從櫥子裡拿出兩條毯子。見到那件藍色大衣披在欄杆柱上，她便穿上了，出門走向那輛DeSoto。鮑頓悶悶不樂地說：「據說這叫做協助犯罪與教唆犯罪。我知道人們是這麼說的。」又說：「誰也不必下車。我會按一下喇叭，把車開到門口臺階前，我們就把所有的東西從車窗扔出去。我會讓車子維持發動。」

他們停在那間小木屋前面，萊拉下了車，喊道：「嘿，你在那兒嗎？我們帶了一些衣服和毯子給你。我會把東西放進屋裡，免得碰上下雪。」牧師也下了車，遞了個手電筒給她，拿起那包東西，攙著她的手臂。他說：「我進去。」

「不，我進去。他的確很敏感，但是他不怕我。我們不要逼他，免得他替自己惹來更糟的麻煩。」

他笑了。「我們不能這麼做，對吧。你說了算。只是我們要快一點。」

她把東西放進門內，再用手電筒在屋內掃視了一遍。她說：「他的錢還在那裡。他沒有回來拿。」

「嗯，只要我們還在這裡，他就不會回來。幸好他還沒有回來，這樣他就會發現你留給他的東西。」

「喔，也許吧。我不知道，不知道。」老人的聲音如此低沉疲憊。回家途中他們一路上沉默無言。她感覺得到在兩個老人之間來來去去的心思，他們的友誼就和他們一樣老。鮑頓：約翰，她會惹來一大堆麻煩。牧師：讓我們先聽聽她怎麼說再做評斷。鮑頓：老年人可能做出愚蠢的決定。牧師：這件事我們以後再談。鮑頓：不管發生什麼事，我都會在你身邊。牧師：你會，你一向都會，就算我沒有都在你身邊。儘管如此，這件事他想得愈久，心情就愈凝重。那一夜她躺在他身旁，懷疑他是否能睡著。他沒有握住她的手，她也不敢握住他的手。但是肚裡的孩子在那兒。她感覺得到壓在她肋骨下的想必是他的頭，抵在她腰間的則是他的腳。她想：你應該要強壯，看來你也會夠強壯。

隔天早晨，牧師穿著星期天的裝束下樓來。有時候她仍會忘了去注意每一天是星期幾，但她相當有把握那天是星期四。他曾經說過，他的牧師服裝有助於他提醒自己，有助於提醒他克制自己的脾氣。所以說他是在提醒自己，在他甚至還沒吃早餐之前。他說：「早安。」

「早。」她只能等他說出心裡的話，除此之外什麼也不能做。她把咖啡倒進他杯裡，於是他坐下來。

接著有人敲門，而他去開門。她聽見他跟某個人說話。等他回到廚房，他說：「那是鮑頓的兒子泰迪。他已經去過那間小木屋，留下幾件尺寸可能比較合適的衣物。鮑頓自己在早晨身體太不舒服，做不了什麼事，而且泰迪反正想去看看，因爲他算是個準醫師了。他想那人說不定需要幫助。可是沒有那孩子的蹤跡，所有的東西都跟我們離開時一樣。」又說：「我很抱歉。抱歉我們把他嚇跑了。」

她說：「不是誰的錯。」

他站在那兒，雙手按著椅背，看著她，神情疲倦而嚴肅。她幾乎能看出他年輕時是什麼模樣。他說：「有些人你第一次見到就覺得好像認識他們，另一些人你也許相處了一輩子卻不曾眞正認識他們。你第一次走進教堂的那一天，那個下雨的星期天，我覺得我不知怎的認出了你。那是個驚人的經驗。確實如此。」

「可是你其實一點也不認識我。」她說，既然他自己說不出口。她即將再一次聽到那句話：我不認識你。

他說：「欸，在某種意義上也許是這樣。」

「我會說的確是這樣。」她不會站在那裡等那句話。

「我並不認爲這有什麼要緊。而且這一點現在也不重要，萊拉。並不眞的重要。」

「我想這是好事，因爲能說的不多。我不知道我的家人是誰，也不知道自己姓什麼。」

「這我明白。這對我來說沒有差別，一點也沒有。」

「嗯，如果你還有什麼事想問我，你不妨就問吧。」

「好的。」然後他說：「你看得出來，這令我不自在。可是我覺得我好像需要知道……現在究竟是個什麼情況。我忍不住要納悶你爲什麼回那裡去，去那裡做什麼。」

「我只是要去河邊看鵜鶘。經過那間小木屋讓我想起我還藏了一點錢在一塊地板下面。我看得出來那裡沒人，就去找那些錢，而錢不見了。我想反正稍微休息一下也好，所以就坐在門口臺階上曬太陽，而我大概睡著了。等我醒來，那個男孩就站在那裡看著我。」

「你根本不認識他。」

「這輩子從沒見過他。這是事實。」

「是的，當然。」然後他說：「萊拉，我討厭像是在質問你。可是當我聽見你去了那裡，我以爲那也許表示你不快樂。你知道的，在這裡，和我在一起。我從一開始就知道事情也許不會容易，而我以爲不管發生了什麼事我都能接受。可是我從來沒想過可能會有個孩子。我以爲我學到了不要對任何事抱著渴望，但是我發現自己常常在想這個孩子。所以，想到你也許會想離開……這個念頭讓我很難、很難接受。」

「我沒有要離開。想都沒想過。」如果這話不全是眞的，也夠眞了。「我只是去看鵜鶘，結果每一件事都變得一團亂。我不知道。我那時在想，我不妨去把那些錢拿來用一用。那是我花了一整個夏天才存下來的。」

「我這麼問只是因爲如果我能做任何事使你願意留下來……」

「我的孩子會有一個高大的老牧師當爸爸，而且住在一棟溫暖的好房子裡，每個星期吃三次火腿蛋。還有，他會熟記所有的聖歌。你看著吧。」

「喔，那就太好了。太好了。」然後他坐下來吃早餐，顫抖著雙手喃喃說出謝飯禱告。如果能告訴他，她是打算要用她的錢替他買件禮物，那就好了，可是那聽起來會像個謊話，之後他就不會如他所希望地那麼信賴她。

她說：「小木屋裡那個男孩就只是個又醜又髒而又孤單的小傢伙，嚇得半死。而我心想他可能是任何一個沒人要、沒人照料的孩子。」

他看著她，然後輕輕地說：「我的確認識你。」他的眼睛盈滿了淚水。

「這是好事，我想。」她聳聳肩，轉過身去。「也許我並不像有些人一樣難以認識，沒什麼理由難以認識。再加點咖啡嗎？」她沒法用他向她說話的方式跟他說話。小木屋裡那個男孩懂她。結了婚？嫁給一個牧師？聽起來像是你編的。你肚子裡的孩子是他的嗎？他沒有惡意，不知道有更好的問法。當她說她不認識那個男孩，那簡直像是在對牧師說謊。那麼多年裡，這男孩一直都在她心中：孤苦零丁，他的全部人生就只是一丁點殘餘的自尊，他用這一點自尊來避開所有的刻薄與善意，還有那種受傷的恐懼，任何人都可能對你做出最糟的傷害，就只是用他們看著你的那種方式。這個老人英俊仁慈而且非常有耐性，她想，而他若是用那種方式看著我，我說不定會因此而死。唉，但是眼前他是我的，如果我想要碰他就可以碰他。所以當她端來他的咖啡，她伸出手臂摟住他的脖子，親吻他的頭髮。不妨趁著你還能夠的時候享受喜悅。

他撫摸她的手。然後他說：「萊拉，我在想……以我的年紀，實在沒法指望改派到另一個教會去，但也許我們可以搬到另一棟屋子去住。教會可以把這棟房子租出去，來負擔那筆開銷。這可以讓我們有個新的開始。我們可以擺脫掉這裡一些我已經看了太久的東西，就只是重新開始。」

她說：「嗯，告訴你一件事。那會是我最後一次出去看鵜鶘。」

「所以你住在這裡沒問題？」

「我很好。」

「你不介意東西上那些刮痕？不介意留下這些刮痕的那些已逝的靈魂？如果主出現在客廳裡你也不介意？」

「我想少了這些我會感到寂寞。」

他說：「我想你這樣說是出於好心，但我會讓你這麼做。我相當確定我會想念這些東西。」

「你當然會。」她的臉頰貼著他的髮。她想：孩子也會知道這個，不是只知道我有時感到的憂慮、有時感到的寒冷。

他想著的也許是艾姆斯太太。他從沒說出過她的名字。如此佳人。在他書房裡有張結婚照，他從沒拿給她看過，也從來沒藏著不讓她看見。照片上的他豎起了衣領，旁邊是個漂亮女孩，穿著一件老式的衣裳，一隻手挽著他的臂彎，另一隻手拿著一束玫瑰。前面那間他留給客人住的大臥室從沒有客人來住過，那大概是他們孕育出那個孩子的地方，也是那個難以想像的年輕鮑頓站著邊哭泣邊祈禱的地方，用手蘸水去碰那個小小的頭。兩個年輕人在那個房間裡，其中一個是耶穌。其中一人幾乎不知道該想什麼，另一個知道，任由鮑頓去找到他能找到的話語。唔，這是她不了解的事。可是鮑頓拾起了那個孩子，當她還在血中，抱著她，打從心底祝福她；而這一點她的確了解。她但願自己能替小木屋裡那個男孩做同樣的事，以正確的方式待他，骯髒如他，由於想到自己這個人而顫抖。泰迪去外面找過他，獨自一人走在空蕩蕩的樹林裡，免得那男孩因為害怕被找到而躲著。泰迪就只有一天的時間，因為他在讀書，準備成為醫生，只是回家來看看他母親和老鮑頓。懷著肚裡這個孩子，萊拉沒法出去在寒天裡徘徊。所以那男孩會是孤零零的。

她上樓到擺著她那本《聖經》的臥室去，在窗邊的搖椅上坐下。衣櫃上只有少許灰塵，可是一旦她注意到了，就感到心煩，於是她找了塊布把灰塵擦掉。冬天來了，在戶外可做的事不多，她稍微整理了房子，雖然教會裡幾個太太每隔一、兩個星期就會來打理一下，她們這樣做已經許多年了，因爲之前他是一個人，而現在她們仍然這樣做，因爲她們在照顧他的妻兒，把所有粗重的家事都做了，希望能保護他。但灰塵總是更多，從某個地方飄過來。

她跟老人說她也許會開始讀〈約伯記〉，她把約伯念成了「賈伯」，完全是按照這個字的拼法[51]，而他拚命忍笑，忍著擦去眼角的淚水。他告訴她，那是一個人的名字，所以發音不同，這使得她對這一章頓時失去了不少興趣。但她必須要去讀，這樣他才能假裝她起初不是只犯了一個無知的錯誤，雖然他很清楚她的確是犯了個無知的錯誤。他說：「對一個剛開始讀的人來說，你就是有辦法找到最難讀的篇章。其實對任何人也是。不過沒有關係，這也是《聖經》的一部分。」說完，他容許自己微微一笑，那想必是種解脫。

於是她打算坐在窗邊這張搖椅上，把〈約伯記〉在膝上攤開，看看能理解多少。她的確納悶灰塵爲何落得如此均勻，更像雨而不像雪，因爲風會把雪吹成一堆一堆的。嗯，在一棟好屋子裡，空氣是那般靜止。時鐘滴滴答答地走，再平穩不過，時間流逝，沒有跡象顯示出有任何事發生，可是兩天之後就又出現了些許灰塵，在你剛好瞥過的任何一角。她把灰塵擦掉，房間有了片刻的完美，然後她陷入思索。搖著搖椅，聽著它發出的聲響，一邊思索。

時鐘敲響了十一下。他一向回家來吃午餐。如果她在門口迎接，他會伸出手臂摟住她。即使他身上有雨，他仍然不會等到先脫掉大衣之後才去親吻她的額頭或臉頰，而她喜歡那股涼氣和好聞的氣味。他從來不問她上午做了些什麼，但偶爾她會告訴他。讀了一會兒書，想想事情。她感覺很好。寶寶動得更厲害了，彷彿感覺得到手肘和膝蓋。老人會端詳她的臉，尋找悲傷或疲倦的跡象，而她會把臉轉開，因爲說不準他會看出什麼，她的念頭是什麼樣子就是什麼樣子。她曾經想過，人們就等於自己的身體，而身體是根本不能信賴的。她自己的身體由於勞動而強壯，不管這是好是壞。從小她就知道怕痛沒有用。她一直告訴老人，女人本來就會生孩子，沒什麼理由我做不到。但他們倆都知道事情可能會出差錯。事實如此。到時候可憐的老鮑頓又會在場，如果這一次他還爬得動樓梯，耶穌也會在，仍舊不說出祂的念頭。而她會想：這是我的身體在逐漸死去，雖然我幾乎答應過他不會讓這件事發生。這也許會讓她相信她存在於她的身體之外，但這又有什麼用？如果她反正會離開人間，而世上將沒有任何東西能夠安慰他。她不願想到他會爲了她而感到哀傷，這樣看來，她想她的確是和他結了婚。這甚至也許會讓他放棄禱告。若是這樣，他就幾乎不再是他自己了。

別想了。「烏斯地有一個人名叫約伯；那人完全正直，敬畏上帝，遠離惡事。」嗯。「他生了七個兒子，三個女兒。」[52]但她繼續想：當一個人不再是自己之後會發生什麼事呢？我似乎漸漸習慣了才幾個月之前還根本不知道的事。不再去想接下來我到底要做什麼，這是一件。也許有一天那老人喜歡我的某一點將會消失，而我甚至不會知道那是什麼。她察覺自己在想，她反正也許會留下來。她想她會永遠喜歡有他在身邊的感覺，大概永遠會喜歡溜上床躺在他身旁。他似乎並不介意。

那個少年從來沒打算要殺死父親，他盯著自己的手，像是希望能擺脫那雙手。能擺脫他自己。很多時候她也有過這種感覺。那天夜裡或是清晨，當她試著清除所有的血跡，朵兒當時心神也許有點恍惚，說道：「我很有把握他不是你爸。也許是你堂哥之類的，或是叔叔。」而那人的血沾滿了萊拉的雙手和衣服，有些沾在她頭髮上。她把一綹頭髮從眼前撥開，而那綹頭髮又落下來，又濕又重。那麼多血，所以她知道那人死了，不管他是誰。而不管他是誰，他帶走了這個祕密。這個祕密隨著他的身體死去。朵兒說：「他們就只是記仇罷了。都這麼多年了，他們應該要放過我的。」

萊拉說：「他叫什麼名字？」

「哪一個？他們人那麼多。」她給了萊拉一個眼神，困惑、害怕，而且厭倦了一切。她轉動著眼珠，太老也太疲憊，抬不起頭來，仍在估量著什麼，計畫接下來該怎麼做。

和她打起來的那人的名字。

「你以爲我會知道嗎？他們想必有十幾個。一個比一個更壞。我是你唯一有過的媽。像他們那樣待你，你有可能死掉。」

萊拉知道。她記得。可是他們姓什麼？

「有那麼一個⋯⋯我割斷了他的腳筋。那是在很多年前。我以爲那也許會解決他替我惹來的所有麻煩，可是那讓他瘸了腿，瘸得很厲害，這下子把他的兄弟全得罪了，結果我要擔心的事更多了。他那些堂兄弟以爲要抓到我很容易，一個臉上有疤的女人帶著個孩子。」她笑了。「我猜那畢竟沒有那麼容易。」

住在那間小屋裡的那一家人？

「這不重要。他們不是你的家人。你只是被寄放在那裡。你爸那樣子扔下你，竟然還以爲能把你從我這兒帶回去。後來他們那一伙人全都在找我，只要他們當中有誰能抽出空來。當你瘦巴巴、光著身子的時候，他們在哪裡？人們喜歡記仇。就只是這樣。」

萊拉說儘管如此，她不介意知道他們姓什麼。

「幹麼？你要去找他們嗎？」

不。那樣做沒有意義。

「這是事實，他們反正差不多把你忘了。我把那傢伙弄瘸了才是他們在乎的事，我想是因爲他還那麼年輕。哼，他們不該派他來找我的。他們就只是想要報仇，最後這一個從沒問過你在哪裡。倒不是說我給了他機會去問。」

所以說那人有可能是她爸。

「他不是你爸。看起來不像，就我看來。過了那麼久了，當時很暗。」於是萊拉身上沾滿了那血，那是她第一次聽到有關她爸的事。而朵兒在這裡，可能快死了。有好幾個月的時間，萊拉有個像樣的房間，在一家店裡當店員，就在那一天，她還在想幸好朶兒讓她學會了讀寫和計算。現在這一切都完了。她愈是努力把血洗掉，那血就愈多。血浸濕了抹布，弄髒了地板。她但願每一件事都一了百了，該死的每一件事。但願她能擺脫她自己。會有人發現她這副樣子。可是朶兒需要照顧。她把自己的另一件衣裳撕成碎布來用，根本還沒去想自己身上這一件弄得多髒。噢，接下來該怎麼辦？接下來這該死的一小時要怎麼活過去？最糟的感覺想必也不過如此。她厭惡自己任何事都能忍受下來。是她的身體在繼續活下去。她的身體、她的雙手，記得朶兒從前如何撫慰了她。

她不該去想這些。看看我，在嚇唬這個孩子。她說：「你爸爸很快就回家了。他是這麼愛你。」當她抱住自己的肚子，孩子也許會感覺到她用手臂摟著他，也許會感到安全。她說：「嘿，你要把這本書從我腿上踢掉嗎？你爸爸會怎麼說呢？」現在她有個孩子，在這個上午，不管會發生什麼事。她有個丈夫。也許她遲早能夠克服孤單，如果事情夠順利。在門口臺階那一夜是朶兒第一次把她抱在臂彎裡，而她仍舊記得那感覺有多好。那些微不足道的小禮物，用不值一提的東西做成。那個布娃娃。朶兒本可以用那條披肩讓自己在夜裡保持溫暖，但是她進屋時把披肩蓋在萊拉身上，直到破曉之前要出門時才再拿走。要不是她決心留住她偷走的這個孩子，也許她根本不會那麼凶悍。她可能感覺得到生命逐漸注入日日夜夜睡在臂彎裡的這孩子身上，而這孩子也感覺得到。如今母性強行進入萊拉的乳房，令它們作痛。

這會兒她又在想了。看書吧。這個約伯是個好人，過著好日子，然後他失去了一切。「不料，有狂風從曠野颳來，擊打房屋的四角，房屋倒塌在少年人身上，他們就都死了。」[53]她聽說過這種事，聽過很多次。一陣風可以橫掃一座像基列這樣的小鎮，只留下木棍和殘株。你會以為像約伯這麼謹慎的人應該有個防風的地窖。曾經，當天空布滿了綠光，董恩就會找個地勢較低的地方，讓他們在風勢大起來的時候能臥倒在地面。穀倉若是被風掃過，就只成了飛舞的木板和釘子。房屋倒塌在少年人身上，而他們就都死了。任何一棵樹都可能倒下，樹枝會斷裂飛起，就連最粗大的樹枝也一樣。有一次風挾著雨和雷聲而來，把他們嚇得半死。地面搖動，處處閃電。樹葉、屋頂板、窗簾從他們頭上飛過，落在四周。梅麗為了觀看而仰躺著，所以萊拉就也這麼做，把骯髒的雨水從眼睛上擦掉。有些本來絕對不會飛起來的東西被風捲起，書籍、鞋子、雞群、洗衣板，彷彿終於逃脫了，逃脫了它們原本所在的地方。有時候雨下得太大，遮蔽了她的視線，而事後他們全都抱怨了一下那股寒冷和那片泥濘。董恩用手指梳掉瑪雪兒頭髮上的樹葉和泥巴，他們倆笑了，以那段日子裡他們慣有的那種方式，當他們躲過了可能更糟的情況。可是接下來那幾天，他們聽說有農莊被整個掃平，連同小孩子和所有的東西，於是有一段時間他們比平常更聽董恩的話。碰上這種慘事，誰也不知道該說什麼。這活物往來奔走，好像電光一閃。[54]她從沒料到會發現這麼多她已經知道的事被寫進一本書裡。

於是約伯身上長滿了毒瘡。狗兒去舔他。這種事的確可能。有時候狗兒會想要照顧你。也許蒼蠅也會，誰也不知道。說也奇怪，這故事裡沒提到蒼蠅，而那人明明坐在糞堆上。她見過一匹馬磨破的皮上長了蛆，董恩說那有助於皮膚痊癒。可是單是看著就頭皮發麻。馬兒一輩子都在努力趕走蒼蠅，牠們拍打尾巴，抖動皮膚，瞇起眼睛。假如蒼蠅有任何好處，馬兒應該知道才對。

朵兒滿身是血來找她的那一天，蒼蠅也來煩她。你會以爲那股寒冷大概已經凍死了牠們，就連家蠅也一樣，可是牠們就是出現了。那些汙血驚動了牠們，而牠們在抹布的汙血上摩擦口鼻，攀在她裙子上。就算趕走，馬上又再回來。她有件大衣，長度足以遮住身上衣裳最髒的部分，於是她穿上那件大衣，把僅有的錢揣進口袋，到位於後巷的二手商店去，有個婦人在那裡出售便宜的衣服。警長已經帶走了朵兒。和他同來的幾個人去找擔架花了一點時間，於是他說了聲「去他的」，就一把抱起了朵兒。「還沒有一隻貓重」，他說。朵兒交握雙手，對這一切似乎微微感到心滿意足，看著天空。

那時還早，萊拉得用力去敲店門。她急於脫下身上那件衣裳，不在乎能在店裡找到什麼衣服，只要她付得起。後來那婦人看了她一眼，試著看清她的臉，對她說：出了什麼事？你生了個寶寶？萊拉說：不，我沒有。那婦人斜著眼打量她，看見她大衣下襬露出沾血的裙邊，還有她鞋子上的血，便自以爲更清楚眞相，說道：沒關係，不關我的事。說完遞給她一件衣裳，說尺寸大概剛好。還不太舊，要賣三美元。萊拉把錢給了她，再多給了一分錢買一小塊乾掉的肥皂，正準備離開，因爲她無法試穿那件衣裳而不脫掉大衣。那婦人說「等一下」，在紙片上寫了些什麼，遞給了她，說道：在聖路易有位女士收容惹上麻煩的女孩；你看起來像是需要幫忙。萊拉曉得那是怎麼回事，但還是把紙片塞進口袋，心想：我想我知道接下來會發生什麼事了。倒不是說朵兒還活著的時候她能上哪兒去。但她思索了一分鐘，隨即走回店裡，問：「那麼，我要怎麼到聖路易去呢？」她通常不會直視別人，因爲朵兒從來不這麼做。那婦人花了點時間揣度她，但隨即打開錢箱，遞給她一張十美元的鈔票。「等你把車票拿來給我看，我就會給你一個皮箱，也許再放幾件東西進去。」萊拉心想：也許我能替老朵兒做一點好事，說不定還能想個辦法把朵兒弄上巴士。如果她將來把錢還了，就不算是偷竊。這是她當時的想法。

再過不久她就會聽見老人走到前門。他將走進來，帶著由寒冷而來的乾淨氣味，他會有冷冷的臉頰和冷冷的嘴唇。如果她把臉貼在他的大衣衣領上，會感覺到那股涼意，但如果她把手滑到他的大衣衣領下，就會摸到他漿過的襯衫和他的體溫，還有他的心跳。她剛才想起自己把那件血汙的衣裳盡可能藏在大衣底下，即使在寒冷中也一身是汗，心知凡是看見她的人都會和那婦人有相同的想法，認爲她犯了世間最悲哀的罪行。沒有人會驚訝她口袋裡有那張紙片。古老的羞恥籠罩在她身上，那份羞恥曾經被在她之前的許多女人穿得破爛不堪。她幾乎能忘了那羞恥並不眞屬於她，一如沒有哪個孩子屬於她，就連一個被拋棄而滾在血中的孩子也沒有，願上帝祝福他——嗯，這種說話方式是她從老人那兒學來的，使你想像你能夠安慰某個根本無法安慰的人，一個甚至不曾存在過的孩子。願上帝祝福他。假如她做了那婦人以爲她做了的事，她希望那會使她心碎，但是在那段日子裡她心腸很硬。也許沒有硬到不去選擇把他留在教堂臺階上。那婦人怎麼知道那孩子不是在她房間裡，裹在一條毛巾裡哭著喊她，等待著她的聲音、她的氣味和她的胸脯，她的心跳聲？願上帝祝福他。而她多麼想要給他安慰，渴望給他安慰。爲了他而感到害怕，只因看見如此多的渴望使一個小小的身體脹紅了，臉色變深幾近藍色。也許那就是「滾在血中」的意思。

一起出去散步的那一次，她對老人說她在思索關於生存的事，而他沒笑她。假如她從未聽過這個字眼，她會有這些念頭嗎？「生存的奧祕」。從他的講道中聽見。每個星期他想必至少提到一次。她但願自己更早些知道，或是至少知道它有個名字。她曾經擔心自己是世上唯一一個弄不懂事情的人。爲什麼那份羞恥平空落在她身上。也許是因爲至少有這麼一次她覺得自己像個有故事可說的人：一個女孩遇上如此司空見慣的麻煩，以至於有人替她準備好一張車票、一個皮箱、一個可去的地方，因爲沒有別的地方可去。知道接下來要怎麼做，就算那是朵兒警告過她不要去做的事，千萬不該去做的事。「你以爲我的臉一直都是這個樣子嗎？」反正大半時間萊拉都把她的臉藏著。她的臉沒啥可看的，就算有個疤又有什麼關係。那就是她當時的感受，口袋裡揣著那張紙片，在這世上無親無故，除了可憐的老朵兒，而她可能就快死了。假如牧師看見了當時的她會怎麼樣？嗯，她會穿過馬路，確保這事不會發生。她會用手遮住臉，而他會跟在她後面，光是他碰觸她衣袖的方式，就能減去幾分她的羞恥。「萊拉，如果我可以這樣稱呼你。」想像他在那裡很奇怪，在那麼多年前，在那個可悲的鬼地方。那時她是年輕的，而他還不老。他會穿著牧師服，當時還比較新，他的鞋子會爲了她而擦亮，而他會明白她衣服上的血漬只意謂著她必須行善。她甚至無須告訴他。而他會走在她身旁，她的手挽著他的臂彎。假如她當時能夠知道什麼樣的安慰將會來臨，她就會稍微愛惜自己一點。你可以對自己說：我只是一具會思考、會說話、似乎想要活下去的身體，想再多活一天。你不需要知道爲什麼。是啊，如果你的身體不把你留住，什麼也不可能改變，就算你不知道你在等待什麼，甚至根本不知道你在等待。就只是在月光中坐在臺階上舔去眼淚。

她記得那天早上的感受。她從牢房旁邊走過，只是去看看能否查出朵兒情況如何，而朵兒就在那兒，裹在一條印第安毯子裡，在警長替她擺在辦公室外面的那張搖椅上搖著，看著那些樹木。風吹掉了最後幾片葉子。有一小群人盯著她，因爲她是個稀奇事物，幾個男子氣呼呼地看著她安然自在地坐在那裡，不過，朵兒在陌生人面前向來就不會表現出有任何事困擾著她。警長站在臺階上和那幾名男子談話，已經被他們惹惱了。

其中一名男子吼道：「你應該要吊死她！」

「恐怕辦不到。她一點重量也沒有。」

「那就槍斃她。」

警長笑了。「開槍射殺一個老太太？這也並非我受的教養。」

「我很樂意替你動手。」

警長說：「聽著，要射殺像你這麼個大塊頭，我可是一點問題也沒有。而且你的塊頭正好適合絞刑。這兩種方式要用哪一種我都不介意。你不妨記住。」

「這個鎮把整個國家的臉都丟光了，就這麼回事！你不配戴那個該死的警徽！我一輩子沒聽過這種事！讓一個殺人凶手坐在外面，讓她搖著搖椅看著路人走過，就像他媽的哪家的老奶奶。天底下還有比這更過分的事嗎？何況她犯的罪還不止這一樁。」他瞥向萊拉。「她偷走了我們的小女孩，就那樣帶走了她，純粹只是出於惡意。這麼多年來我們一直在找她們兩個。」

警長聳聳肩。「這件事我沒聽過。她的麻煩夠大了，不需要再加上別的罪。只不過現在她在養足體力來接受審判，這是法官的命令。必須要審判她，你知道的。現在說什麼絞刑是言之過早了。」

「法官告訴你不要把她關起來？」

「法官才不在乎。」

「哼，這件事不會這樣了結。差得遠。」那人說。

「我也從來沒說事情了結了。」

那些男人當中，不時會有一人瞥向萊拉，雖然朵兒從不看著她，就連萊拉走過去把那塊糖蜜餅乾放在她腿上時也一樣。她只說了「我不認識你」，就讓那塊餅乾擱在手邊。所以萊拉想不透那些男人怎麼曉得要盯著她。也許是她長得像她的家人，一個星期前她還從未聽說過的家人。他們看著她，彷彿在問她要站在誰那一邊，問她打算要怎麼做？他們甚至懶得把他們的名字告訴她，連聲招呼也沒有。他們判斷她不會幫助他們向朵兒報仇，不會告訴警長她小時候被朵兒給偷走了，便帶著一種輕蔑看著她，甚至相視而笑，彷彿無法相信那場打鬥竟然就只是為了這個。誰都能夠讓你心裡難受，只要他們想這麼做，這實在令人驚奇。而她穿著那件她看也沒看就買下的衣裳，肩膀太緊。那件衣裳有心形的紅色口袋，周圍飾有花邊，布料是像桌布一樣的格子布。她仍舊穿著大衣，儘管如此。就在別人想來侮辱你的時候，為什麼你得站在那裡感到自己的可笑，鞋子上還帶著一點血漬，而這件事絲毫不是你的錯，也不是你的選擇？這就是她不懂的事。因為你自作自受。她何必在乎那些人怎麼想她？一分鐘都不必在乎。也不必在乎他們竟然從沒跟她說話。她記得一股熱燙燙的感覺，像是生氣，但更像是該死的舊日羞恥。

然後幾個人回來了，和另外兩個人抬著一個松木箱，放在街上，就在朵兒所坐之處的正前方。他們掀開箱蓋，讓警長和眾人都能看見裡面裝著什麼：是那個老人，裹在被單裡，蒼白有如月亮。其中一人直勾勾地盯著萊拉說：「你看看她對他做了什麼。她把他像隻豬一樣殺了。」朵兒只是繼續搖著搖椅，看著那些樹木。萊拉的確往那箱子裡瞥了一眼，因為大家都這麼做，而她不想與衆不同，免得引人注目——想必這就是爲什麼朶兒一副從沒見過她的樣子，不跟她有目光接觸。也許有人會注意到。一份怨恨可以從一個人傳給另一個人，只因爲它尚未燒盡。所以你不會想要站得離它太近。這一切都不需要有任何道理。萊拉的確有那把刀，現在她打算把刀子留著。那個死人的嘴唇無比蒼白，鼻弓也一樣。無論如何，那一幕永遠留在她心中，想著他是她父親，雖然這超出她所知。她也還有另一個念頭，想著對朶兒來說，那份怨恨也許勝過他是萊拉的父親這件事實，而朶兒不接觸她的目光是因爲感到羞恥。唉，算了。

而他就在那個箱子裡，躺在路上，那些躁動的男人大剌剌站在周圍，雙臂抱胸，擺出威脅的姿態。警長說：「他死了，好吧，你們是有點道理。他肯定該去趕火車了。」朶兒的頭還搆不到搖椅的頂端，但她坐在那兒，驕傲得像個受俘的印第安老酋長，而警長顯然對她有點好感。他說：「等審判的日期確定了，會用郵件通知你們。」於是那些男子知道他們不如蓋上箱蓋。他們抬走了箱子準備運送回家，不管那個家是在哪裡，讓那個老人長眠在親人所在之處，不管他的親人是誰。朶兒朝他們的背影瞥了一眼，然後就閉上了眼睛。

聖路易那房子裡的那個女人問萊拉想給自己取什麼名字，因爲她們都不用眞名。她說：「就用『朶兒』吧。」那女人從鼻子裡哼了一聲，那是她笑的方式。她說：「我們這兒已經有個朶兒了。在幾個月前甚至有兩個，其中一個跟推銷員跑了。要不了多久就會再回來，我本來還以爲她的腦子會更淸楚一點。所以你不能叫朶兒。目前我們這兒沒有人叫蘿絲。把你的頭髮稍微染一下——蘿絲這個名字可以用。或是叫露比。我們再想想。」她的指節很大，戒指鬆鬆地戴在指骨上。她總是把戒指推到應有的位置，但由於寶石的重量，它們待不住。鮮紅、鮮綠的寶石，像水果軟糖一樣大。從前萊拉和梅麗會保留在路上發現的碎玻璃，把它們稱爲珠寶。她爲什麼想起這些事？那一天在那間客廳裡，她是那麼害怕，厚厚的窗簾在中午時分緊閉，還有那個討厭的克雷丹莎矮櫃[55]，上面擺著那個花瓶，插著沾滿灰塵的羽毛。那櫃子看起來像具棺材。她的心臟下方動了一下，於是她對肚裡的孩子說：「關於那個地方，我一個字也不會對你說，但我猜想你可能反正會知道。因爲那份恐懼從不曾離開過我的身體，只是藏在我身體裡，等待著。你也許會感覺到，在你可憐的小小骨頭裡。願上帝祝福它們。」

她聽見牧師到了門口，便下樓去迎接。他抬起頭來對她微笑，彷彿仍未忘卻發現她的那份驚喜，他的妻子，從樓梯上走下來，捧著肚子，讓他知道爲了孩子的緣故她很小心。然後他伸手摟住她，臉頰貼在她髮上。「嗯，你們兩個好嗎？」

「很好，我想。早上的時間差不多被我們給浪費掉了，作了些白日夢。我一直試著去讀《聖經》，可是我的心思老是跑到別的地方去。你不會想知道是跑到哪裡。不會想知道我發現自己在想什麼，尤其《聖經》就攤開在我腿上。」

「唔，你知道我一向感興趣。如果你有什麼事想談。」他把帽子和大衣掛起來。

「的確有。你認爲這孩子會知道我在想什麼嗎？我是說，以他讓我感覺到的方式？你認爲他有可能感到害怕之類的嗎？感到悲傷？因爲有時候我的確擔心。」

他端詳她的臉，頓時嚴肅起來。

「你對我一無所知。」她說，因爲這是他努力不要去想的事。「我有些感受，我不知道該怎麼稱呼。很可能它們也沒有名稱，很可能從沒有別人有這些感受。跟你說吧，就算是一條蛇我也不會希望牠有這些感受。」

「欸。」他清了清嗓子。「我能做些什麼嗎？」

「不能。你連午餐都還沒吃。」

他聳聳肩。「午餐不急。」然後盡可能溫柔地說：「萊拉，我知道這些話我說過很多次了。可是大家的確會跟我談談，聊各種事情。有時候有點幫助，至少他們是這樣跟我說的。」

「然後在他們這一輩子，你都會想到這件事。每一次你看見他們的時候，甚至是聽見他們名字的時候。」

「的確。」

「是啊，我想的確會是這樣，對吧。事情愈糟，你就記得愈牢。也許我不希望你那樣看我。」

「好吧，你說了算。」

「我不知道那些人怎麼能夠繼續跟你生活在同一個鎮上。」

「有些人的確離開了教會。也許是因爲他們跟我說多了。我猜想那是部分原因，對某幾個人而言。」

「現在你看著我，很可能把那件事想得比實際上更糟。說不定糟糕透頂。」

他笑了。「我不知道這是怎麼搞的。我才進門，似乎就惹上了一堆麻煩。」

「欸，不談這個。我來給你做個三明治。」

「太好了。」他在桌旁坐下，拿起早餐時讀的報紙，稍微瀏覽了一下，然後說：「萊拉，我喜歡看著你。萊拉，我的妻子。對我來說這當中有許多喜悅。當然，我也喜歡跟你說話。」

「喔，這大概是因爲我啥都沒告訴過你。」她想，應該要說『什麼事』都沒告訴過你。我可以好好說話，我猜我只是不想。

「你告訴過我一些事。我不認爲這對我們有什麼壞處。」

她幾乎要說出「我有過一個男人」。爲什麼有時候她感到這麼刻薄？他會說：噢，對，當然，我想是。喔，我當然曉得……然後他會因爲說了這話而臉紅。他眼裡會有淚水，這個可憐的老傢伙。不然他還能說什麼呢？他冒然娶了她，現在只好隨遇而安。但她感覺到那些話在她嘴邊，她的心怦怦跳動。她可能還會說出別的話，說不定更糟。有過一個孩子。她從未對他說過謊，他也知道，所以有些事她千萬不要告訴他，她永遠說不出口的事。她想靠在他肩頭，可是他又在看報了。她可以拉張椅子到他旁邊，而他很可能會伸手摟著她。於是她走過去站在他身旁，貼近他，撫摸他的頭髮。「在那麼多年裡，我甚至從沒想過要把心裡的事告訴別人，沒想過告訴朵兒，或著告訴其他任何人。我甚至不認爲我認識有誰會這樣做。」

「我把我的每一件事都告訴你了嗎？我想是吧。可說的實在不多。」

「喔，你從來沒跟我說過你害怕什麼。你老是做那麼多禱告，一定是害怕著什麼。」

他笑了。「你大概猜得到。」他抬起目光來看著她。「我擔心得要命，怕哪個你以前認識的好青年會出現在門口，而你就去打包行李。只打包你帶來的東西。而你會留張紙條給我，說：再見了，牧師，我不會再回來。」

「我走的時候會帶走你媽媽的鎖盒墜子嗎？」

「不會。但是你得請那個年輕人幫你解開鉤子。等我看到它被留下來，我就會明白。明白你跟某個人走了。」

她搖搖頭。「我多半會帶走它。」

「如果你這麼做，我會很感激。」

「嗯，我想你會的。你實在是個奇怪透頂的人。我猜這些事最好都發生在寶寶出生之後？」

「我想是吧。」

「我會不得不這麼做。我從沒認識過哪個男人願意接納另一個男人的孩子。我的意思是，就算在孩子還沒出生之前。之後我猜他反正會要我把孩子留在這裡。」

「我希望他會。我的意思是，我希望你會把孩子留給我。我會想出個辦法來，雇個婦人來照顧他。大家都會幫忙，我們會沒事的。」

過了一會兒，她說：「欸，我還沒替你做那個三明治呢。」但她在桌旁坐下，坐在他對面。他們的目光相遇。「你一定是一直想著這件事。」她聽見自己的聲音變了。

「我得要相信這件事不會讓我活不下去。爲了這孩子的緣故，也爲了你的緣故，假如有一天你還想回來。但我的確覺得一個孩子應該要有個活著的父親，如果我這個老傢伙辦得到。讓孩子有個人可依靠，能有多久算多久。」他聳聳肩。「我習慣先把事情想個透澈。這讓我冷靜。否則我就不能依自己想做到的去好好應對。」

他們結婚有一年了，不，快一年半了，而他仍舊跟以前一樣孤單，這令她害怕。所以她說：「你很好心，還以爲在什麼地方會有哪個男人費事到這兒來找我。牧師先生，這事完全不可能。我全是你的。如果這是你想要的。」

「我想我是太想要了，不敢相信這是眞的。」

「我也這麼覺得。」

他點點頭。「現在我知道了，這樣很好。」

「我肯定從來沒想過我會住在一棟像這樣的屋子裡。我的意思是，我是這棟屋主的太太，而且有人在乎我會留下或是離開。」

他點點頭。「我希望有時候你能夠……更有在家的感覺，萊拉。我希望有時候你願意挪動一下屋裡的東西。我母親掛上去的這些老照片……有些我大概有五十年沒去看了，大多數都只是她從雜誌裡剪下來的。嗯，從照片褪色的樣子你就看得出來。我祖父做了那些相框，我想那主要是我母親要他別待在廚房裡而用的辦法。他總是想做點什麼。我要說的是，這些東西沒必要維持原狀，如果你想做點改變。」

她說：「你聽說過克雷丹莎矮櫃這種東西嗎？」

他笑了。「克雷丹莎矮櫃。我想我在哪裡讀到過這個字眼，不太確定是否清楚那是什麼。」

「欸，如果你不知道，我會很高興。」

他點點頭。「樂於從命。」

「那是我永遠不想放在這裡的東西。」

「在愛荷華州可能很難找到，這是件好事。因爲這是你的房子，萊拉，永遠不會有克雷丹莎矮櫃進這個家門！」

「你在笑我。」

「我立下過莊嚴的承諾！我答應過你不會笑。我再認眞不過了。」他在碗櫥旁邊翻找。「有時候我發笑只是因爲感到驚訝。不過，我最好吃點午餐，胃裡空空的，我脾氣就不好。可不能冒險讓哪個可憐的罪人鼓不起勇氣說話，你永遠不知道什麼時候會有一個上門來。只要吃個花生醬果醬三明治就能讓我更爲稱職，至少能撐到晚餐之前。」

「我本來要做三明治的，結果我們說起話來。」

「我很高興。我們能夠說說話，我一向感到高興。我要學的事有那麼多。我本來有可能哪一天就帶著克雷丹莎矮櫃進屋裡來，而且原本一點惡意也沒有……」然後他看著她。「對不起！」

「不要緊。」她用手遮住了臉。「我只是在想事情。」

他站著看著她。「嗯，你何不跟我一起到教堂去呢。今天那裡很安靜。有幾個人從第蒙市來找我討論一場葬禮。那個人我其實並不認識，只是剛好在這裡過世，而我在葬禮上得要能說些關於他的事。你可以在聖堂等我，在那兒想你的心事。」

她搖搖頭說：「不是想那種事。」又說：「這件事剛好掛在心上，所以我不妨就把它想完。這裡是那麼不同，讓我想起我待過的其他地方。我想我必須把事情想清楚。我覺得我甚至不認識我自己，每一件事都這麼不同。」

「好吧。那麼，我能抽身的時候就會回家。除非你下午想要獨處。」

「我會去找你，跟平常一樣。」

「好的。」他親吻她的前額。「那就五點鐘見。」

他還沒有把門在身後關上，那個念頭就朝她襲來，想起聖路易那間屋子。那就只是全然的悲慘。悲慘想必就是她當時尋找的東西，因爲走進那扇門的那一刻她就感覺到了悲慘。客廳的昏暗光線讓她覺得彷彿睜著眼睛走進了深水之中，呼吸變得困難，應該已經聽見的聲音在又一次心跳之後才進入耳中。她幾乎無法言語。一切都跟在日光下不同，但那個地方有它自己一套規矩，而你會習慣。就像死亡，如果在死亡之後還有什麼。在那裡的第一天，幾個女孩爲了一把髮刷而爭吵。夫人從椅子上站起來，走過去從她們那兒把髮刷拿走，放進了那個克雷丹莎矮櫃。看見她走過來，她們全嚇得退開來，看著她。等她回到萊拉身邊，她說：「聽著，只要守規矩，你就有個安全的地方可待。只要惹出一點麻煩，你就得走人。我不喜歡有人喝酒或大吵大鬧，也不希望你到街上去。這是個正派的地方，安安靜靜。紳士們喜歡這樣。」她稱呼那些男人爲紳士。而那些女孩就該是淑女。

可是她們老是爲了某件東西爭吵，一雙鞋或一截緞帶。而夫人會賞她們耳光或是扯她們的頭髮。那些男士會帶酒來，她們不必從櫃子裡偷拿，除非她們故意想這麼做。夫人有時候會去拜訪妹妹，留下她們喚爲珮格的女人掌管那地方，只要女孩們接受她的頤指氣使，她就容許她們喝酒。她們會爲了芝麻綠豆大的事爭吵，哭著喊著母親，說要離開那個地方和那種生活，再也不回頭，而那些男士會說：「那是當然囉，親愛的。只不過不是今晚。」但她們從不打開帷幔或踏出門外，也從來不去碰那個克雷丹莎矮櫃。她們會很高興夫人回來。她會爲了她們的狂歡痛飲而對她們咆哮，說要把她們全趕出去，還會把酒錢加進她聲稱她們欠她的債務裡，可她們就只是高興她回來了，安安靜靜、小心翼翼地聽她的話，最後她總會冷靜下來。她們會央求她讓她們替她梳頭髮。她們當中有幾個幾乎從還是孩子時就住在那裡，有一、兩個可能智能不足，還有兩、三個則跟萊拉一樣，不比她好也不比她差。她們全擠在兩間房裡，睡在行軍床上，好讓其他房間維持得漂漂亮亮的來接待客人。

如果有人生病，她們就全都會生病，或是自稱生病了，夫人就會闔上百葉窗，關掉每一盞燈，說是讓那些男士明白她們不能接客，但她其實只是把一切弄得有夠悲慘來報復她們，因爲她們竟然膽敢裝病。當一棟屋子在夏日的白天裡這樣深鎖，從每一道縫隙裡透進來的日光就像刀鋒一樣銳利。一鍋馬鈴薯湯從早煮到晚，那股蒸氣帶出地毯、沙發還有窗簾裡的菸草味和酒酸味。夫人還會把紙牌、棋盤以及能夠打發時間的東西都收進那個該死的克雷丹莎矮櫃。在那麼暗的房裡，她們其實也看不清紙牌的花色。一、兩天之後她們就會說她們好些了，問能不能把窗戶打開一條縫。單是那片黑暗就令一些女孩哭泣。等她點亮了幾盞燈，開了一、兩扇窗戶，而她們把那地方回復了原狀，她就會打開那個克雷丹莎矮櫃，分發她之前收進去的東西，諸如蛋形織補托架和口琴，而她們會很高興拿了回來，彷彿她做了善事。克雷丹莎矮櫃就像副棺材，有小小的櫃腳，正面有淺色木頭雕花，有些正在剝落，有些已經掉了，只剩下黏膠。這櫃子總是鎖著。隨便哪個女孩都能想出辦法撬開，但她們從來不這麼做。有一次夫人發現了幾封信，屬於一個她們叫她莎兒的女孩，夫人把那些信鎖起來，說是替她保管。那個女孩一直央求要回那些信，最後終於放棄，而夫人就在那時候允許她暫時把信拿回去。萊拉把她的刀子藏在一個衣櫥底板的縫隙之間。那個角落上疊著幾個箱子，刀子就壓在箱子底下，所以她認爲那是安全的。她沒有什麼重要的東西能讓夫人拿去鎖起來。

萊拉後來被叫做蘿西，因爲沒有別的女孩叫蘿西，而那件粉紅衣裳她穿來還算合身。[56] 莎兒和提莉教她如何用碎布綁住頭髮，把頭髮弄捲。她們先用指甲花染料洗過她的頭髮。夫人要她付二十五分錢買染料，再付五塊錢買一雙粉紅色高跟鞋，那雙鞋都快磨壞了，但她絕對找不到更便宜的鞋子。那件衣裳她可以每星期付兩塊錢租用，買下來會讓她負債太多。她就這樣欠下了七美元又二十五分錢。她坐在那兒，頭髮捲在碎布裡，她們正打算用一根針替她穿耳洞。除此之外還有膳宿費用，但夫人說那可以等到她開始工作之後再說，「等你帶來一些常客」。萊拉就只是聽著這些話，試著不去做心算。當時她應該要馬上離開，但是其他那些女孩留在那裡並且忍受了那個該死的克雷丹莎矮櫃、那些醜陋的男士和一切。過了一段時間以後，她成了她們當中年紀較長的一個，如果有年輕女孩傷心地來找她，她就只會說她們全都會說的話：不要哭著來找我，你到這兒來的時候以爲會是怎樣？然後萊拉會拍拍那女孩的手，或是用髮捲把女孩的頭髮捲起來夾住，只爲了讓她冷靜下來。沒有工作或是不爭吵的時候，她們通常都在替彼此弄頭髮。

那一天夫人問她：「你有什麼寶貝的小東西想放在安全的地方嗎？有什麼東西想交給我嗎？」

而萊拉說：「我有一把刀，就只有這一件東西。我在想，要把我的刀子給你。」這些話就在嘴邊，而她說了出來，而且這也是她的眞心話。

「拿來給我吧，親愛的，讓我替你保管。我們可不想隨便放一把刀在屋子裡。」

於是萊拉去那個衣櫥找，刀子仍然藏在那裡，便拿了出來，交了出去，心裡感到驚愕，心想：就這樣了，現在我走不了了，這就是我未來的生活。夫人就只是看著刀躺在她手裡，彷彿那是件醜陋的東西。於是萊拉說：「有人用這把刀殺死了我父親。」然後，因爲她不想對這個女人說謊，又說：「他有可能是我父親。」夫人露出一絲笑容，說：「我懂了。」於是萊拉看著她把刀鎖進櫃子裡。唉，現在她困住我了。而這又有什麼意義。但那是她的感受，而且那給了她一種心安的感覺。

站在那個克雷丹莎矮櫃旁，鑰匙還拿在手裡，夫人打量著萊拉，彷彿以前從未見過她似的，說：「你不是個漂亮女孩，蘿西，但你可以試著微笑。」

「是的，太太。好，我會的。」像那樣跟她說話，喊她太太。這事萊拉想起來就會臉紅。她給了那女人多重要的東西。朶兒的刀子。可是她難道不能不要再當萊拉・達爾？換成另一個捏造的名字，慶幸每一分鐘都有人告訴她該做什麼，不管她是否厭惡這麼做。她可以微笑，如果非笑不可。人們是會微笑。在她試穿那件粉紅色衣裳的時候，夫人把叫做露西的女孩叫進來，拿走了她原本穿著的衣裳和鞋子，只留給她一件舊的法蘭絨睡衣。露西說：「你現在哪兒也去不了了。」想起來就臉紅，當時她心裡多麼難過，想到夫人認爲她可能會跑走。她想：我把刀子給了她，這世上唯一屬於我的一件東西，她鎖了起來。但她很樂於把刀子交了出去，不必等夫人發現了再從她身邊拿走，像拿走那個女孩的信件一樣。萊拉試著想出她能給夫人的任何其他東西。等她賺進一點錢。我的鎖盒墜子。她在想什麼呀？這鎖盒墜子是那老人的，她住在那間屋子裡時還根本沒有它。但是假如她有……她臉紅了，想到她會請夫人幫忙解開鉤子，會很高興感覺到她把鍊墜從她頸子上拎起來，躺進那隻爪子般的手裡。她是那麼愛它。萊拉大聲說出來：「你這個可憐的孩子，你母親是個瘋子。」

她們給她穿的那件衣裳有裙撐，像細細的鐵絲網，上半身就只遮住了必須遮住的部分，其餘裸露著。那雙粉紅色的鞋子，她穿上後幾乎無法走路。珮格會唱著「你正盛裝打扮去作夢[57]」，然後大笑。那樣做很刻薄，因爲有些女孩就是喜歡那首歌。她就只能打著赤腳，穿著破爛的舊睡衣，除非有男士在場。夫人根本從來不正眼看她，待她有如空氣。萊拉試著微笑。

那些男士一進門，她們會盡量打扮漂亮，隨著留聲機的音樂跳舞。他們一個比一個醜陋，卻全自認爲富有，因爲他們買得起一個晚上。那些女孩害怕其中一個，因爲他總是喝醉酒發脾氣，說他會想辦法讓她們全死在牢裡，說有一次有人偷了他的皮夾，等他查淸楚是誰幹的，他發誓會把她揍得半死不活。夫人從來沒趕他走，她把十美元看得那麼重。如果有誰把他推出門外，那會是其他的男士，因爲其中有些人喜歡聊聊天。

連她自己都不了解的事，該如何告訴老人？先是朶兒說「我不認識你」。然後是那個箱子，裡面躺著可能是她父親的人，還有那些對她不理不睬的堂兄弟還是什麼人，彷彿有人跟他們開了個蹩腳的玩笑，因爲她就只是她。然後是到處去找朶兒，甚至偷偷穿過一扇又一扇地窖門，希望她說不定躲過了寒冷的天氣；然後又再走進那些玉米田去找，人總是能躲在玉米田裡，或是在裡面迷路，直到被兀鷹發現。

有個她們喊他麥克的人。他這個人並沒有什麼地方不對勁，但他喜歡過來，那些女孩也喜歡有他在，因爲他會逗她們，帶巧克力給她們，而且她們認爲他像個就算不付錢也願意讓他待在身邊的男人。他總是笑，或是彷彿要笑，而他這樣做是否有點卑鄙也無關緊要。看得出來他是個做工的人，但是他懂得跳些交際舞，華爾滋和狐步，所以她們會打開留聲機，他會和每一個女孩跳舞，甚至包括萊拉。那間客廳不夠大，只能容納三對舞伴，但是她們會把椅子往後推，跳得氣喘吁吁。莎兒有一次說：「人生就該是這樣！」她們都愛麥克，但他偏愛某個女孩，矮矮胖胖、她們叫她蜜西的那一個。過了一會兒之後，他會走上樓梯，而她會跟在他後面，因爲事情就是這樣。

萊拉要命地愛上了這個男人。人沒辦法永遠什麼都不想地活下去，而他有張好看的臉和那種笑容，況且這又有什麼壞處，既然她連去看著他都做不到。可是不知怎的他看得出來，開始爲此而逗她。他會說「蘿西，蘿西，給我一個微笑」。而她根本沒法微笑，因爲她只想遮住自己的臉。「蘿西，在我臉上親一下，親一下下就好」，把她當成個笑話，而她在這世上唯一在乎的就是他，他似乎也知道。只有少數幾個男士上門的時候，萊拉總是被留下乾坐，麥克若是看見她，就會說：「這個蘿西是男人會想娶回家的那種女孩。有些女孩可以一起玩樂，有些女孩你會想帶回家。」

蜜西會說：「呸，她粗壯得像頭騾子。如果你有田地要種，你也許會帶她回家。」

而他說：「男人會想要別的傢伙不會追求的女孩。」

蜜西說：「喔，那我猜就是老蘿西了，好吧。肯定不會有人來追求她。」

可是他這些話弄得蜜西嫉妒起來。有一次，蜜西沒來由地撲向萊拉，亂扯她的頭髮，把髮夾都弄掉了，而其他女孩大笑，彷彿那是她們自己也一直想做卻還沒機會去做的事。

萊拉從不知道世人可以如此刻薄。她也刻薄，因爲那屋子裡的悲傷就像一場夢，使得每一件事都怪異而錯亂。麥克會用手指劃過她的臉頰，而她會感覺到臉頰隨著愈來愈熱。有時他會碰碰她的後頸，每一次都使她流淚，不管還有誰在看。那種情況很要命，但她主要就是爲了這個而活。其他的女孩笑她，並且感到嫉妒，因爲他居然給她這種關注。所以她有了個計畫。每天在日出之前，有個老頭應該要來替煤爐添煤。有時候他會來，有時候就只是想來的時候才來。而她們最痛恨的莫過於起床時屋裡冷冰冰的。萊拉喜歡這種粗活遠勝於她當時所做或嘗試去做的事。她每天都欠夫人更多錢，而她想不通自己爲什麼還被留著，除了讓其他人自覺比較優越。她穿著那些鞋子沒法走路，而且她放不下「那種表情」。有幾次夫人爲此而賞她耳光，但那也沒有用。有一次，麥克用指尖輕觸她的眼淚，再用濡濕的指尖去碰她的嘴唇。「她是個可愛的女孩，蜜西，你看見了嗎？像個小孩。」她沒法看著他，甚至沒法呼吸。而他在那兒看著她，帶著微笑。

於是隔天早晨，她穿著睡衣、打著赤腳走下地窖，站在最漆黑的黑暗中，背倚著煤爐取暖。如果她太早添煤，夫人會爲了浪費掉的煤炭而責怪她，而她若是等得太久，那老頭也許會來添煤。她打定主意，如果他果眞來了，她會拿起鐵鍬對著他揮舞幾下，骨瘦如柴的他大概就會逃之夭夭。夫人必須要付他一點錢，但萊拉會是用工作來還債，所以夫人會看出最好是由著她去。之後她會把早該刷洗的廚房刷乾淨。那些地毯也早就該拿出去撣掉灰塵了。

單是那樣站在黑暗中就讓她覺得舒服。煤灰把她弄得又黑又髒，等她上樓，誰曉得她們會說些什麼，但那也無所謂，因爲她有這段時間可以安靜獨處。有多久了，她站在那兒，閉著眼睛背倚著那份溫暖，眼前浮現鮮明的夢境，夢見她在黎明之前醒來，枕著朵兒的手臂，聽見火堆燃燒的聲音，還有董恩跟哪個最先醒來的人說話。生火的人總是董恩，然後亞瑟會煮咖啡，如果他們有咖啡的話。朵兒會哄她醒來。他們有什麼就煎什麼，旭日升起，鳥兒鳴唱。萬物都沾著露水，在蜘蛛網上結成水珠，如果弄破一個，感覺上像一絲小雨。然後朵兒看著她說：「你站在堆煤炭的洞口。」不，這話想必是萊拉說的。她開始自言自語，她們爲此取笑她。她對什麼都一竅不通，除了田野上的工作和找零錢，還有操持家務，那是她在坦慕尼那段時間學會的。當她還住在朵兒沒被吊死的那座鎮上，她在某家店裡工作，有時她會在夜裡出門散步，因爲那個時候可以望進別人屋裡。她在那裡工作時，帳目總是分毫不差，沒少過一分錢。她也存了一點錢。在室內工作沒什麼不好，如果那地方像那家店一樣乾淨，還有好聞的氣味：火腿、咖啡、乳酪、蘋果、麵粉，一軸軸的緞帶，一捆捆的美麗布料。她會看著那些婦女如何穿著打扮，如何弄頭髮，聆聽她們說話的方式。她是眞心想知道那些事。嗯，最近她是學到了一些東西，這一點毫無疑問。

「你站在黑暗中，在一個髒兮兮的舊地窖裡。」

我喜歡待在這下面。這又是她在自言自語。我不適合這種生活。

朵兒說：「我試過要告訴你。我沒告訴你嗎？」

不，你沒有。你只說要離妓女院遠一點，只說你有了那個疤。不管怎麼樣，我本來有一份正當的工作，然後你來了，弄得到處都是血，弄髒了那個地方。

她點點頭。「我是有點欠考慮。可是我的刀子在哪兒？你爲什麼讓那個女人拿走我的刀子？」

那是我唯一能給她的東西。

這話講不通。這樣說的人是萊拉。可是朶兒也會這麼說。假如萊拉有那把刀和一個金表加表鍊，她也會全交給那個女人，看著東西躺在她手中，但願自己還有別的能給她。夫人幾乎不再爲她傷什麼腦筋，這使她感到心酸。夫人不再在她臉上塗抹胭脂，也不再叫她試著微笑。那些紳士到這兒來是想度過一段好時光，你看著他們的表情像是你討厭他們。

她的確討厭他們，這是事實。他們是這整個該死的處境中最糟的一部分。是他們讓她有時想要拿回那把刀。不，因爲只要那把刀還鎖著，她就哪兒也去不了。被保管著。那裡有珮格姊姊的一張照片，而夫人只偶爾讓珮格看一眼。她會說：珮格，我本來想讓你看那張照片的，可是你最近的表現……然後珮格會說：求求你，我很抱歉，如果你告訴我我做錯了什麼，我就不會再犯。而夫人會說：好像你不知道似的！下一次我會把照片扔進火裡。央求只在某些時候有用，幾乎從來沒用，但她們反正會央求，直到她爲此甩她們耳光。

萊拉說：「我從來不知道有這種地方。」

而朶兒說：「我不是警告過你。」不，你沒有。但我猜你想必跟我說過些什麼，否則我怎麼會曉得要到這兒來？純粹只因爲厭惡我的生活，厭惡我生活中的一切，我該死的身體、該死的臉、我心中那份該死的悲慘，因爲我沒有可關心的東西。那個麥克怎麼用那種方式來戲弄我，我對他可沒有一絲惡意。她想：假如我也能夠恨他，事情就會容易一些。而她知道什麼也不會容易一些。有一次，夫人不在的時候，有人忘了鎖門，結果一個牧師走了進來。在她們把他推出門之前，他說了幾句關於地獄的話。以前她反正也聽過，在一場野外佈道會上。也許就因爲這樣她才曉得要到這兒來，想著這也許是她該待的地方。可是時間太長了。一天糟過一天，因爲每一天都一樣。那沒有了結任何事。她開始偶爾會想起陽光，想起空氣的氣味。樹木的氣味。她想：我這樣做只是在戲弄我自己。

唔，她最好是開始鏟煤。以前她只習慣用木柴生火，所以她得要小心，不要添得太多太快。把煤炭攪動一下，讓火生起來，讓她能看見她在做的事。她知道萬一出了差錯，鍋爐若是變得過熱或是加熱得太快，就有可能爆炸，到時候煤炭就會四處飛散，這整棟該死的房子都會燒掉，大概會吧。她可以把煤添滿，只留下足夠的空間讓她爬進去，再把門關上。轟！她會飛起來，一塊著火的身體擊中那個叫做珮格的女孩的臉，另一塊飛到麗塔的腿上，她總是拔指甲拔到流血，再有一塊飛進沒有男士上門時她們存放漂亮衣服的房間。麥克會看見她滿身火焰，而他很可能會笑，以爲這是他做的好事。他會輕碰她的臉頰，火焰會落在他手上，而他也許會把它舔掉，會說：嘿，這是男人會想要娶回家的女孩！把這個該死的謊話再說一次，只想看看她是否能燒得比火還燙。

朵兒說：「你站在地窖裡，光著腳站在黑暗中自言自語。我可不是這樣把你帶大的。」

萊拉說：我有個計畫，打算把這個地方打理一下。

「你知道我臉上的疤是怎麼來的嗎？一個跟你差不多瘋的女孩燒熱了一個平底鐵鍋，燒得奇燙無比，等我走進廚房，她就用那個鍋子來打我。打斷了我臉上的骨頭，誰曉得還打斷了什麼。有很長一段時間我就跟死了沒兩樣，等我醒來，我這一輩子就得帶著這張臉。」

萊拉心想：我怎麼會知道？她跟我說過嗎？

「你小時候老是生病，而我會跟你說些老故事，因爲我的聲音能夠安慰你。你還記得吧。」

我在對自己說話。在黑暗中看見東西。恍惚失神。也許這不要緊。

朵兒說：「好了，我跟你說，假如我還活著，我不會浪費時間站在地窖裡但願自己死了。這種事你肯定不是從我身上學到的。我很驚訝你還能抬頭挺胸。」

大多數時候我不能。

不管怎樣還是要抬頭挺胸。那是她說話的方式。

她又在想念朵兒了。有那麼多年，她曾經屬於某個人。母牛和她的小牛。那無所謂，因爲朵兒想要她在身邊。她們曾經一起歡笑，之所以好笑，半是因爲別人不會知道哪裡好笑。如今她有了這個牧師，他也許是世上最和善的人，而她完全不知道該如何對待他。而且她有了這個孩子，而要如何養大他的孩子，她又知道些什麼？她在讀《聖經》，心想她或許會了解他有時在說些什麼，了解他和老鮑頓在笑些什麼，爭論些什麼，但她的心思會自行溜走，而她又回到那間地窖，比任何時候更為遙遠。或是她會抱著那孩子溜走，對著孩子的耳朵低語，臉頰貼著那孩子的頭髮，告訴她路邊長著什麼，哪些是可以吃的，哪些可以療瘡，她們會一起低語一起歡笑，當她們得以躲過一場雨，一起唱著老歌，那些歌人人會唱，可是當你教一個孩子這些歌曲時，仍然覺得它們像是祕密。有時候他們會唱起歌來，而歌詞你也知道。我們將要聚集河邊。

這一切她都想過，偷走一個孩子，在聖路易那棟屋子裡。她從地窖裡出來的第一個早晨，全身髒兮兮的，就那樣直接走進廚房，動手刷洗。每件東西都油膩膩的，曾有食物在煮鍋跟平底鍋上燒焦，所以每一次放上爐子就會冒煙。每一件東西都被舊日的煙熏黑了。夫人走進來，看著她在做的事看了幾分鐘。萊拉在她臉上看見了預料中的那種狡猾神情，彷彿這整件事是她的主意。有個清潔婦偶爾會來，就只是稍微擦一擦，因為夫人幾乎沒付她什麼錢。但萊拉工作是為了還債，所以夫人多少還是能夠省下一點錢。「地板需要拖一下。」夫人說，表示對萊拉所做的事沒有意見。幾天之後，萊拉決定去衣櫥和抽屜裡找出自己舊日的衣裳，在那之後她就可以去外面撢地毯。這份工作使得東西更為整潔，所以這當中有種愉悅。

她做起這種工作還不到一個月，就聽見她們說蜜西懷了孩子。「她太胖了，連自己懷孕了也不知道。」笑聲響起，當然。「昨天她哭叫了一整天，夫人生她的氣。她不肯說她姊姊在哪裡，所以夫人得把孩子弄走，而她一點也不高興！」

「我猜我們會有一陣子見不到麥克了。」

「她就只好把孩子交給那些修女。」

「你見過那些修女嗎？我從沒見過一個。」

「最好別去納悶。以前會有個老頭在半夜的時候過來。」

「然後他把孩子帶去給那些修女。」

「不能說他沒這麼做。但我不會想拿錢來打賭。」

「不然他還能拿嬰兒做什麼？笨蛋。」

「哼，你愛怎麼想就怎麼想，笨蛋。」

另外那個女孩就哭了起來。這種刻薄沒有終止的時候。

就在那個時候，萊拉想到她不妨也去偷個孩子。沒人會介意。她可以抱起孩子走出門去，她們不會在乎。只要她等到天黑，並且從後門離開。世人不喜歡想到有嬰兒從這樣一棟屋子裡出來，所以她會小心，等到街上無人的時候。那些男士完全不想聽到有關嬰兒的事，而這只會使事情更加容易。夫人會認爲那是她自己的主意，這能替她省掉麻煩，也許能省下一點錢。所以這能抵銷萊拉還欠她的錢。而且那孩子將永遠不會是個孤兒，因爲萊拉會永遠照顧她，把她留在身邊。她不會有打結的頭髮和虛弱的雙腿，不會咒罵。想到這些，她夜裡幾乎無法成眠。

她會再度接受風吹雨打，把嬰兒抱在大衣底下，等待孩子會笑的那一刻，看著她玩弄一個乳草豆莢，玩一截繩子。要取悅一個孩子不費什麼力氣，如果那是你想做的事。如果蜜西湊巧發現孩子後來怎麼樣了，她會高興萊拉帶走了她，因爲萊拉會給她看她想得到的每一件好東西。朶兒曾給她看每一件她想像得到的好東西。她會教孩子如何活下去。沒有那麼難，只要你識得幾個字並且懂得如何找零。忽然之間，萊拉待在那屋子裡就只是等著離開，等著帶一個孩子出去，進入美好的寒夜，把月亮和星星指給她看。或是走進雨中。那不重要。忽然之間，對她來說唯一重要的就只是那個孩子，而所有的悲傷與刻薄都不是她的生活。她可以就這樣走開，離開這種生活，只帶走一件東西，那東西使這種生活最糟的部分都變得値得。這一切出人意料，令她笑了。她想：欸，我上一次笑是什麼時候？

萊拉曾想過有自己的孩子會怎麼樣，但這事從未發生。想必是有哪裡不太對勁，而她的身體就是懷不了孩子。也許是因爲她自己當年就是個虛弱的孩子，她的身體不希望任何人再有那種生命。也可能是由於那些辛苦的勞動。有一次，在那段舊日時光，梅麗對亞瑟的兒子德克變得十分好奇，於是萊拉也對他好奇。董恩叫他別再招惹那兩個女孩，實際的意思是叫那兩個女孩別再招惹他。朶兒發現了她們在幹麼，就告訴她們跟男孩子亂搞會惹來一堆麻煩。那時梅麗已經弄清楚了她想知道的事，不管那是什麼，轉而去嘗試演奏某個人給她的舊小提琴。萊拉花了比較長的時間。但是她們兩個都沒有惹上什麼麻煩。也許是因爲董恩終結了這件事，也許是因爲萊拉沒法惹上這種麻煩，就算她想。

沒關係，要得到一個孩子還有別的辦法。如果那孩子剛好沒有別人想要，那麼抱起他、照顧他就是件好事。這一點有誰比她更清楚？當她想著這件事，盤算著，她壓根沒想到這種事會寫在任何一本書裡。關於《聖經》，她所知道的就只是在她偶爾會去的佈道會上所聽見的那些。那是在朵兒叫她自己出去生活的那段日子裡，而她是那麼孤單，以至於佈道會上的群眾和歌唱對她是種安慰。她只是勉強忍受講道和祈禱，因爲她喜歡佈道會的其餘部分。那是拿一袋爆米花的最好時機。在那樣的聚會上，她遇到了兩個也是獨自生活的女孩，於是她們三個結伴流浪了一段時間，去找工作，有時會找到，分享她們有的東西，去看午場電影，去跳舞。這當中有種孤單的興奮，因爲她們知道這只會持續一段時間。後來其中一人和男人要好起來，嫁給了他，另一個在麵包店裡找到夜間工作，萊拉則當起店員。她們或多或少如願以償，而那也就是事情的尾聲了。

朵兒想必是設法跟隨著她從一個地方到另一個地方，雖然就連萊拉也不知道自己隔天會在哪裡。朵兒不會想要萊拉看見她行乞，但很難想像除此之外她要怎麼活下去。也可能朵兒只是剛好在那個鎮上看見了她，注意到她住在哪裡。也可能是朵兒和那個老傢伙剛好在那裡持刀打起架來，離萊拉的住處夠近，讓朵兒在必要時可以去找她。也可能那個或許是萊拉父親的人想要找到萊拉，而朵兒把空殼般的身體撲向他，擲出她可怕的刀子，以確保他不會得逞。他可能會對萊拉說什麼呢？她只能想像他如同躺在那箱子裡一般蒼白，鼻梁骨更白。他會站在那兒，關節鬆垮像個僵屍，由於死透了而表情呆滯，囁囁嚅嚅了一會兒，對於他沒法把他要告訴她的事說出來，她會感到大爲遺憾，又大大鬆了一口氣。電影裡總有這種事。她的那個想法大概就是這麼來的。他也許想對她說，他和她可憐的母親並沒有打算離開她很久，卻出事了。他們正在去找她的途中，結果……他能說什麼呢？火車掉下了懸崖，他們摔斷了胳膊和腿，等他們恢復知覺，他們就連自己的名字都忘了，在醫院裡住了好幾年。而當他向她訴說著這種故事，朵兒會從不知何處飛出來再刺他一刀。考慮到她都得想些什麼事，也難怪她會有古怪的念頭。

可是只要她一心想著蜜西的寶寶，她就全心感到快樂。她記憶中所有美好的事情成爲她所期待的整個夢。於是，當她揮開的記憶又再浮現，憶起某個愉快的日子，甚至是苜蓿花的味道或是晚風的氣味，那份愉悅是股衝擊，而她若是忘了自己不該大聲說話，她會說「太好了，太好了」，彷彿時間可以被哄勸得向前移動。她在那屋子後面闢了個小菜園，種了一排豆子和一排胡蘿蔔，又在前門臺階上種了些金盞花。那兒的陽光並不充足，建築物彼此太過接近，可是她手上想要感覺到眞實的泥土，而不只是她天天要處理的汙垢和髒亂。泥土會掃除汙垢的感覺和氣味。她走了很長一段路才找到賣種子的店，那是自從她來到夫人這兒之後去過最遠的地方。這令她感到暈眩。夫人說起要吸引更高級的顧客，既然這地方有了一點格調。大多數時候，夫人任由萊拉做她想做的事，假裝是自己的主意。其他女孩甚至不會走到街口去買條麵包，因為她們認為別人會盯著她們看，而萊拉其實並不在乎這些。在鎮上，她總是感到不自在，但那沒有關係。那讓她想起從前她和梅麗會從商店櫥窗上偷偷看一眼自己的映象，如果覺得沒有別人在看，她們會揮動手臂，做出鬼臉，對著自己笑著的影像笑，就只在她們的自尊允許她們冒這個險的那一分鐘，然後就繼續走，想著她們做了一件誰都會注意到或想一想的事，並且大笑。有時候萊拉走得離那棟屋子愈來愈遠，彷彿她不妨就繼續走，走過一個又一個街區，想像她將會真正離開的那一夜。然後她會轉身再走回那棟屋子，不是因為夫人，而只是等待著那個嬰兒出生。

她討厭去回想當時她是多麼投入，若是有人知道她在想什麼，在他們眼中她會是多麼可笑。這種生活的好處之一是沒人能了解你，如果你不讓他們了解。嗯，女孩們注意到她的舉止不同，試圖猜出原因，猜測她怎麼可能會有男朋友，尤其她是如此粗壯憔悴，而且從來不捲頭髮，畢竟她現在只是個清潔婦。你別管。他是街上哪個老流浪漢。不關你的事。說不定她是在他翻找垃圾桶的時候發現他的。她們反正就只是刻薄，所以她根本不去聽。

萊拉把時間用來等待，在別人能看見的時候工作，但其實只是在打發時間。有時候，當蜜西不想下樓，萊拉會從廚房帶晚餐給她。蜜西並不因此而更喜歡她，但那也無所謂。蜜西心裡難過，什麼也不喜歡，不管是東西還是人。麥克沒有來，而她從不提起他。她知道根本不該信賴他，但他寵愛了她很長一段時間，她一定想念他。到最後，萊拉得找來最大件的睡衣，把縫線拆開，再把裙邊別起來，因爲蜜西的個子不比小孩高多少。她會帶盆水來讓蜜西泡腳，心想凡是能安慰蜜西的東西或許也能安慰那孩子。她盡量淺睡，以便能聽見或許意謂著孩子即將出生的任何聲音，在那屋子裡夜間慣有的喧鬧之外。然後有一天早晨，她從地窖上來，看見蜜西披著一件她從未見過的大衣，拿著一個氈製提包，和一個矮小圓胖的女子站在門口，那女子一手按住門把，另一隻手攙扶著蜜西的手肘。「我姊姊，我們要走了。我們不想再跟這地方有任何關係。」

她姊姊說：「那我們就走吧，伊迪絲，天快亮了。」

但蜜西只是站在那兒，看著那個克雷丹莎矮櫃。萊拉說：「你有東西在裡面嗎？」櫃門的底邊比櫃子的底層低了一英寸左右。她可以去拉它，把門扯開。她曾多次試著把櫃門擦亮，因此知道那門又乾燥又破舊。於是她就去拉，櫃門開了。「是你的東西，你就拿走吧。」她看見蜜西爲了那些可憐兮兮的零星雜物而猶豫，然後拿了至少一半的東西，甚至拿了朵兒的刀子。萊拉說：「喔！那把刀子不是你的。其他的東西我就不知道了。」

她姊姊說：「她什麼都不要。放回去，伊迪絲，你不想要這個鬼地方的任何東西，一件都不要。」

萊拉說：「你們要去哪裡？」

「不關你的事。」她姊姊說。「反正是離這裡很遠的地方。」於是蜜西走了，沒帶走令她戀戀不捨的東西，不管那是什麼，而朵兒的刀子又回到萊拉手裡，刀子的形狀和重量是如此熟悉，彷彿一直都在她手裡。等夫人看見那個櫃子出了什麼事，她會大吼大叫。門鎖的鎖舌被拉得穿透了木板，木板裂開了。但萊拉就只是站在那兒想著：我永遠不會見到那個嬰兒。我幾乎感覺到她在我臂彎裡，幾乎對著她唱歌，而我將永遠不會見到她。我憑什麼那麼確定蜜西會在這裡生下孩子？憑什麼那麼確定她絕不會告訴任何人上哪兒去找她該死的姊姊？我甚至從來不相信她有個姊姊。我爲什麼自以爲知道事情會怎麼發生？那是因爲時間即將把她帶回舊日的生活，在那種生活中需要她做的事她似乎能夠做到。有時候她會夢見自己在一條路上跑，朵兒在她前面等著她，而她就那樣跑進朵兒臂彎裡，想著：現在事情過去了，我不再迷路了。那個夢就像一個和煦的夏日一樣甜美。假如在夢裡能聞到氣味，那會是最輕柔的微風飄來的乾草味，是陽光曬熱田野的氣味。她想著那將是等待著她的生活，甚至從不曾停下來，爲自己那樣想而感到納悶。她說：我已經瘋了很久了。

蜜西離開的那個早晨，萊拉在衣櫥裡找到一只皮箱，放了幾件東西進去，一把髮刷、一條毛巾、一件睡衣，把刀子塞進長襪，離開了那棟屋子。她一直走到太陽出來，一直走到街道上有了行人。那座城市簡直沒有盡頭。於是她走進一家旅館，問是否需要清潔婦。之後時間就一年一年地過去。她並不怎麼在乎。那就只是工作。沒必要對你再也不會見到的人微笑。其他的清潔婦會叫她放輕鬆一點。一旦你這麼做，他們就會期望你這麼做。萊拉聽見她們談論她，而且故意要她聽見：她幹完這裡的活之後不必再去幹另一份活；她沒有小孩需要照顧。沒有人會揪著她的裙子，吵著要吃晚飯。

可是如果一滴汗都不流，工作中就沒有愉悅。在田野上有一絲微風你也能感覺到。你知道風要來，聽見它在樹林間，幾乎等不及它來，然後它來了，像一口清涼的水。算了，掃完了該掃的房間，萊拉會去幫忙另一個清潔婦打掃。她不認爲那是幫忙，只是打發時間的一種方式。她會聽她們說起自己的母親和小孩，於是她盡可能不與人來往。有個清潔婦給了她一罐乳霜搽手，而萊拉甚至連謝謝也說不出口。她想過要道謝，但是沒多久，對方送她乳霜已經是好一陣子前的事了，再去提起可能顯得奇怪。她對肚裡的孩子說：有一段時間我根本不說話。我會過上一天，一個星期，一句話也不說，除了自言自語，偶爾對朵兒說話。現在我大概就是在自言自語。不，有你在，我感覺得到你在。

她在一間出租公寓的三樓有個房間，有一扇臨街的窗戶，傍晚時分她會看著路人經過。她注意到小寶寶何時開始走路，老人何時拄起枴杖。起初街上有一頭背脊凹陷的騾子，拉著一輛堆著雜物的車子走在街上，那個買賣破爛的人在每一個街口放下車子的尾板，讓大家看看他都賣些什麼，騾子則有耐性地站著。第二年冬天快結束時，他們不見了。有人開了賣三明治的商店。偶爾有一輛新車沿街駛來。人行道上總是飄著紙屑，幾個男人在街燈下談話抽菸。街上也有醉漢，大多在夜裡。有時她會聽見笑聲叫聲或歌聲直到清晨，而她並不介意。就只是世人做著他們會做的事。

她去看電影。每次發工資，她就把一星期去看兩場電影的錢先留下來，再用扣掉房租之後剩餘的錢過日子。那些女人說的沒錯，她沒有嗷嗷待哺的小孩。她吃什麼幾乎都能活下去，但如果有小孩，就得替孩子弄些營養的東西。所以她至少總有一部電影可想。當她在戲院裡坐在黑暗中，有時候觀眾很多，其他人的手臂或膝蓋會碰到她的手臂或膝蓋。她作著某個陌生人的夢，戲院裡的每個人一起作著同一個夢。或者他們全是聚在黑暗中的鬼魂，注視著這個世界，看著那些陰謀和謀殺而無話可說，隨著那些孤兒哭泣卻不能替他們做些什麼。還有那些舞蹈和親吻，所有的鬼魂都飄浮在那裡，距離一張巨大而美麗的臉只有幾寸，看著那張臉上浮現喜悅。就像麻雀注視著太陽升起，即使那日光跟牠們沒有多大關係，牠們全都頓時歡喜起來。總歸不過又是吃蟲子的一天。也說不定牠們吃蟲子是爲了注視另一次日出。那些電影很美，即使它們嚇著了她。在正片開始之前演奏的音樂讓人覺得好像有某件極爲重要的事情即將發生，使她在椅子上幾乎坐不住。她可以整天看著那隻獅子吼叫[58]。之後是電影。就算電影不是很好看，有一、兩個鐘頭乃至一、兩個星期的時間，那仍舊是唯一在她心上的事。她看起來也許像是在幹活，或是坐在窗前，但她會在心裡重新編出一個故事。假如他們決定不要殺死那個老人，只是開走他的車。他們可以事後再把車還給他。她把大多數的打打殺殺從電影中移除，留下舞蹈和婚禮。不過，最好的部分一向是坐在戲院的黑暗中，看著她從不曾在任何地方見過的事物，而且大多數時候相信那是真的。如果她曾是個看著董恩和瑪雪兒的鬼魂，近到能看見他們注視彼此時眼神的改變，那麼這些事就肯定是有的。她替他們想像出一場婚禮，他們兩個都還年輕，瑪雪兒捧著滿手的玫瑰。要替朵兒想像些什麼呢？想像她從不曾用刀子刺那個老人，想像她從不曾拿過一把刀或是往磨刀石上吐口水，想像她披著一條新披肩，其實就是舊的那一條，在最先擁有它的人剛買下它的那一天。她沒法希望朵兒沒有那個疤，也沒法希望朵兒不會在萊拉之外的任何人面前遮掩她的臉。鬼魂沒法眞正成爲那個夢的一部分。萊拉只能在那兒，如此接近，看著那張溫柔醜陋的臉。就只有她。其他人根本不會想作這種夢。

有很長一段時間那就是她全部的生活。三個耶誕節過去了。有一晚她幫忙在旅館大廳掛上一些花圈，然後是一年之後，再一年之後。花圈，亮片，每一件東西都有名字。其他每個人都知道這些名字，如果你不知道，他們就認爲你很笨。不要緊。第三個耶誕節過去了，然後是冬天令人討厭的部分，接著是春天和夏天。一天下午，當她走路要回房間，頭髮還盤起來包在一塊布裡，想著可以梳洗一下，再買個熱狗，散步到河邊去吹吹風，這時她看見兩個男子從卡車後面卸下幾個箱子，而其中一人是麥克。他也看見了她，笑了，跟另一個男子說了些什麼，那人瞥向她，然後搖搖頭，不想參與某件刻薄事的人就會那樣搖頭。她以爲麥克跟在她身後走了

一、兩步，以爲她也聽見了他說「萊拉」，雖然他從來不知道她的眞名。她怎麼會從來沒把她的名字告訴過他呢？她在耳鳴，幾乎以爲感覺到他的指尖在她後頸的一側。這整件事最糟之處在於她並沒有那麼笨。他逗她只是要讓蜜西吃醋。可是她感覺到血湧上該死的臉頰，甚至感覺到眼中該死的刺痛。從他身邊走開就像是頂著一陣強風而行，或是在河裡逆流而上，而她多麼希望他看不出這對她來說有多難，如果他剛好看著她。而最糟的是，就算他沒在看，他還是會知道。她以爲聽見他在笑。大概是爲了別的事，他大概已經差不多忘了曾遇見她。

於是她離開了聖路易。不僅是由於那一件事，而是由於整個生活。她會對自己說她去看電影只是去看別人生活，因爲她感到好奇。她或多或少認定自己錯過了人生，所以頂多只能看別人生活。而且那也並不太糟。一起工作的那些婦人會說起她們的孩子，說他們小時候是那麼可愛，現在他們卻寧可喝酒而不要吃飯，男生女生都一樣，而且老是想把手伸進母親的皮包裡。在《格雷的畫像》[59]那部電影裡，當那個人的畫像由於他的種種惡行而變得醜陋，畫像裡的長褲也變得鬆垮，她會想那是多麼奇怪，不太明白那是什麼意思。電影中有一半的人穿得像佛雷亞斯坦[60]，另一半看起來就像一輩子都穿著衣服睡覺。那個人去到貧民區，他變得邪惡，最後看起來就像是他一直穿著他的衣服睡覺。他愈常去那裡，情況就愈糟，全身長滿了疣。也許有人偷走了他的帽子和其他東西，跟他交換了衣服。這的確有可能。或是有人看見他被扒光了衣服因而憐憫他，因爲他住的那個鎭上總是濕漉漉的。她在想什麼呀？改變了的是畫像。她記不得那人死的時候是否穿著他的好衣服，而只有他的其餘部分是醜陋的。他躺在那兒，其他人嘖嘖稱奇。他剛好有把刀來自殺實在太糟了。之後他死透了，沒法用那把刀來阻止人們盯著他看，實在可惜。看見麥克那天，她帶著朵兒的刀，夾在吊襪帶裡，但她大概不會用它，就算用它不表示得接近他，不表示也許得看著他的臉。那張該死的臉。唉，她的人生才要展開，而在她甚至還不清楚發生了什麼事之前，她就走開了，拚命避免愚弄自己，她聽見自己的心跳。她曾經認定她永遠不會有的人生一直都在那裡，受困而且憤怒，而那一刻她知道，如果她應該憎恨的一個男人對她說一句好話，說不準她會做什麼。來吧，蘿西，對我笑一個，來吧。他忘了他曾看見她，而她在樓上她的房間裡，拉了下百葉簾，把所有的東西塞進皮箱。

她走到巴士站，去看看以手邊有的錢能去哪裡。不管去哪裡，等她抵達時，商店和出租公寓都打烊了。離開這座城市會花掉她所有的錢，到時候她就沒有地方過夜，也沒有晚飯可吃。她走出去坐在長凳上考慮。一輛汽車停在路邊，駕駛是個年輕女子，喊了她一聲，問她要去哪裡。萊拉說：「愛荷華。」而那女子說：「我也是！」彷彿她就是希望聽見這幾個字。「上車吧。我看見你帶著皮箱坐在那兒，而我想，能有個人作伴肯定很好。所以我特意經過這裡，到這兒來其實並不順路。」萊拉不確定該怎麼想，要在某個人旁邊坐上幾個鐘頭，對方也許會期望她說話，或是期望她付她付不起的車資。但那女子說：「這能省下你買車票的錢。我要開一整夜的車，寧可有個人作伴。」她是個模樣整潔、長著雀斑的嬌小女子，頭髮挽成了髮髻，穿著漿過的白襯衫，想必花了一小時去熨燙，熨得那麼完美。看電影的時候誰都可能坐在你旁邊，一個鞋子擦得晶亮、長褲熨出褶痕的男人，一個手上戴著戒指、緊緊抱著錢包的女人。他們手上裝爆米花的袋子也許會朝她這邊傾斜，她會聽見他們的呼吸和嘆息，彷彿他們和她共用一個枕頭。有時候她感覺得到他們看她，但她從不去看他們的臉，也從不對他們說話。她就只等著電影開始，讓他們能忘了彼此。如今她也許會坐在這個陌生人旁邊好幾小時，沒有辦法不去想她，這表示也沒有辦法不去想著自己。儘管如此，這能讓某些事情容易一點。

那女子說：「你要去哪裡？」

萊拉想著也許可以試著去坦慕尼，但那女子從沒聽過這個地方，於是當她問那地方是否在第蒙市附近，萊拉說是，心想那想必是女子要去的地方。結果她是要去一個名叫馬其頓的小鎮，在那些玉米田當中的某處，於是她讓萊拉在印第安諾拉鎮的加油站下車，那裡離第蒙市不遠。萊拉沒有理由待在第蒙市。事實上，她不想待在任何一個大到誰都知道在哪裡的城鎮。她心裡想的是一條鄉村道路旁的無名小鎮，一家商店、一座教堂、一個有升降機的大穀倉。這種小鎮想必有上千個，全都很相像，鎮外是一片片農田。但那女子一路把她從聖路易載到這兒來，所以她很慶幸能有十二個鐘頭坐在車上。車子經常停頓，也經常慢下來，每次爬坡都是一次考驗。那女子說她很高興有人陪著說說話，因為開車使她想睡，可是要說話她又太緊張了。她不時會說她怕車子拋錨，而她肯定不想獨自一人坐在哪個不知名的地方。她這樣說是一番好意，讓萊拉覺得自在些，但那也是實話。她緊挨著方向盤，看著路面，彷彿有些幫助。

萊拉很高興能再度看見鄉間，原野在黃昏的光線裡顯得那般翠綠。在獨立紀念日左右，草會長到膝蓋那麼高，所以這時想必是六月。每一間農舍都隱身在如雲的樹木之間。下雨之前，樹木會以某種方式搖動，彷彿感覺到那份沉重。一切就這樣綿延下去，美利堅合眾國。你很容易就會忘了這世界大部分是玉米田。

那女子說：「我媽病了，家裡沒人幫她。我得趕緊過去。」這是她第一次駕車這麼長的距離。「我收到她一封信。她從來沒提過什麼麻煩，從來不想讓我擔心。她沒有電話，所以我想我最好開車去，萬一我需要去找醫生。等我到了那裡，這車子也許根本跑不動了。如果我到得了的話。這輛車是我昨天才買的。賣車給我的人是個可惡的小偷，我真想把他臭罵一頓。」下雨了。她不敢停車，害怕車子一停下就無法再發動，於是車子走了一整夜，除了有一次她們需要加油。加油站的人還得幫忙把車推到路上。那裡有個夠長的斜坡，足以讓引擎發動，而她們就繼續上路。除了車頭燈之外沒有一點燈光，而車燈照出的也只有雨。那女子說：「假如我是你的話，我想我會害怕，把你的性命這樣交在我手中。」而萊拉說：「我不太在乎會發生什麼事。」接著她在黑暗中感覺到有一分鐘那女子對她感到好奇，想要問她一個問題，但又改變了主意。萊拉想：也許她疑心我是那種會在吊襪帶裡藏把刀子的女人，疑心我也許會穿著衣服睡覺。那女子說：「你聽見了嗎？」有個輕輕的砰砰聲。「是從引擎發出來的嗎？」

「聽起來沒什麼。」

「你懂車子嗎？」

「懂一點。」她知道車子有四個輪子和一個登車踏板，也知道她不習慣坐在一輛車上。可是沒必要擔心，她們甚至無法停下來看看車子是否有毛病；就算停下來，她們也不會知道該檢查哪裡。三更半夜，就連一根能借光的紙火柴都沒有。何況雨水也會把火柴澆熄。

「我沒有備胎。行李箱裡本來有一個，可是我爲了汽油錢而賣了。」

「你的輪胎沒有問題。」萊拉心想那女子需要別人稍加安慰。她這麼好心載萊拉一程，就算她這樣做有自己的理由。假如要在路邊攔便車，她可能要花好幾天才能走到她們在一天之內就抵達的遙遠地方。如果這輛車拋錨了，她就會再去攔便車，而那正是她起初的打算。

那女子說：「你這麼安靜，有時候我以爲你在睡覺。還是在禱告。」

「沒。我只是很清醒地坐在這裡。」

「那好。其實也無所謂，如果你累了的話。但我的確覺得最好是……」

「當然。」然後萊拉說：「你看過《雙重保險》61那部電影嗎？像這樣在黑暗中開車讓我想起那部電影。」她說這話就只是爲了說點什麼。

「我不能去看電影。那違反我的信仰。」

「喔。」這又是一件她不曉得的事。

「我不該把那個人叫做小偷。我不該說可惡。」

「說可惡有什麼不對嗎？」

「喔，那幾乎等於是罵髒話。誰都知道你眞正的意思是什麼。」

萊拉說：「我甚至不知道有『等於是罵髒話』這種事。」

「在我的教會裡有。拿撒勒派教會。我們相當嚴格。」

這正是萊拉不跟別人打交道的原因。她想：幸好我沒有機會帶走那個孩子。關於如何生活，我什麼也無法教他。不要說沒必要的謊話，不要拿不屬於你的東西。

那女子說：「不准喝酒，不准抽菸，不准跳舞，不准化妝，不准戴珠寶。他們不怎麼喜歡女人開車。也不准偷竊或殺人，但那不是他們通常會談的事。我並不介意。我就是這樣長大的。」

「你給他們錢嗎？」

那女子笑了。「一美元給十分錢。通常是這麼多。什一奉獻。一點小錢的十分之一。可是每過一段時間我們就有一次愉快的聚餐，每個人各帶一道菜。我們盡量互相照顧，這要比買保險便宜。你有教會嗎？」

「沒。」

「你可以去幾間教會拜訪一下，探頭進去看看也無妨。如果你離開了家人生活，教會可以是種幫助。」

「我沒有離開家人生活。」

過了片刻，那女子說：「我們是個佈道教會，所以我應該要試著帶你認識耶穌。可是如果你不想，我就算了。我的意思是，就不去嘗試。有時候我這麼做會惹得別人很煩。我猜我並不擅長做這件事。」

萊拉說：「我不介意談點別的。」

「當然。沒問題。」她們沉默了一會兒。「所以說，你有家人在聖路易？」

「不，我沒有。」她誤解了萊拉先前說那句話的意思。萊拉感覺得出對方的納悶，而她差點要說：我之前在妓女院工作，因爲在我小時候把我偷走的那個女人弄得我全身衣服都是血，她動刀子打鬥殺了我父親之後到我房間去。她的刀現在就塞在我的吊襪帶裡。我本來打算也去偷一個小孩，可是我錯過了機會。我受不了那份失望，所以就去一家旅館找了一份清潔打掃的工作。你不能說可惡，也不能去看電影，這會兒你看看坐在你旁邊好幾個鐘頭的是個什麼樣的人，看看你把半個火腿三明治分給了什麼人。她笑了起來，那女子瞥了她一眼。於是她說：「如果你想的話，你可以試著帶我認識耶穌。這也許能打發時間。」

那女子沉默了一會兒。雨刷在呻吟，雨水重重地敲在窗玻璃上。她說：「我看還是算了。我最好專心看路。你必須懷著正確的心態來接觸耶穌，否則那就只是爲了說話而說話，爲了打發時間。我這樣說也許是在找藉口。如果我是在找藉口，求主原諒我，而你給我的印象是個心裡有許多辛酸的女人。我這樣說並不是想冒犯你。我可能只會把事情弄得更糟。」

萊拉說：「我懷疑你能把事情弄得更糟。」那女子居然看得清楚路在哪裡，這令萊拉感到驚訝。一聽見碎石的聲音她就會把車子駛離路肩。

「我是個速記員。」那女子由於緊張而提高了嗓音。「我在夜校學會了速記，學得相當不錯——其他的事我就不擅長了。」

「喔，你很幸運能有擅長的事。」她毫無概念什麼是速記。

「我媽要我把高中讀完。當時我很生她的氣，現在我想我很慶幸她那麼做。那時候我打算休學結婚，對方比我大五歲。我媽說：如果他愛你，他就會等。結果他沒有等，所以他應該並不愛我吧。他去從軍，回來時帶了個在英國認識的女孩。當時我很傷心，不停大哭。你結婚了嗎？」

「沒。」我擅長砍雜草，挺會換床單，不擅長當妓女。萊拉什麼也沒說，但差點就說了。她爲什麼要這麼做？那女子沒有惡意。不管她說了什麼，那女子也不會把她扔在路邊。假如她掀起裙子露出那把刀，情況也許就不同了。她想著：我瘋了。並且笑了。她想：我必須離人們遠遠的。

那女子繼續說：「我一直以爲我會有小孩，生個一打。可是現在看看我。我媽會說，等戰爭結束，那些男生回家，我就會找到對象。現在她也還在跟我說我會找到對象。我已經不太相信了。」

萊拉說：「我就只想要那一個孩子。我沒料到……」接著她打住了。但反正她已經說了，她揉了揉眼睛。那女子瞥向她，說：「噢，願上帝保佑！」

就只是因爲置身於那廣大甜蜜的無名之地，使她回想起往事。偶爾她們會看見一道燈光，大多數時候就只是一片漆黑和雨水。但她不需要看見就能知道。她能聞得到。車窗無法搖到頂，所以夜風咻咻地吹進來，帶著一點雨，但她哪裡會在意。那女子爲她從不曾有過的那個孩子感到遺憾。萊拉曾想：那會是同一個孩子，並非我衣裳沾滿血的原因的那個孩子，沒有讓我口袋裡揣著一張紙片到聖路易去，沒有讓我藏在大衣底下帶進祕密的黑夜，不會在晨光和小鳥的歌唱中醒來。

不想了，此刻她在那牧師的安靜屋子裡，那個善良的老人盡力使她感到平靜而安全。她捧著自己的肚子。「我在等你，孩子，這一次你要對你可憐的媽媽好一點。別從我這兒溜走，你可別溜走啊。」

在聖路易的巴士站，那個嬌小的女子把車停在路邊，搖下車窗，問她要去哪裡。那是件好事。之後她在印第安諾拉鎮的加油站才待了一個鐘頭左右，就有個人表示願意用小卡車載她一程。那是個害羞的男子，皮膚粗糙，咳得很厲害，希望有人作伴。也許是他的女朋友離開了他，而他就只想要有人在他身旁，不管是誰都好，因爲他根本沒說話。有時候有個人作伴的確能使人鎮定下來。他們不需要知道關於你的任何事，只要你坐在那裡。

他在車子駛離大馬路的地方讓她下車，而她步行了一段路，直到就快累得再也走不動。沒有一輛車子經過。她看見那間破舊的小木屋立在雜草叢生的土地上。好事連著發生了三次，這裡有個地方能讓她脫下鞋子，放下皮箱和鋪蓋捲。那條路旁是一條河流，所以什麼也不缺了。她可以洗掉身上的灰塵，喝口水。

在頭幾天裡，她清理那間小木屋，在河裡洗滌，找到還在生長的蒲公英綠葉和蕨類，還有野生胡蘿蔔，也找到一個兔子洞。在春天裡生活很辛苦，儘管如此，那一切感覺上就像是她渴望已極的東西。她發現一塊地上長著盛開的紫羅蘭，在那兒躺下，吃掉每一朵花，一朵接一朵，就像梅麗從前那樣。梅麗像個印第安人坐著，舌尖上一朵花，像隻蟾蜍用舌尖捲住一隻蝴蝶，心裡想著別的事，盤算著接下來十分鐘要做什麼。有一次，當她臉上又帶著那種表情，瑪雪兒說：「不知道她這會兒又想幹麼了？」而董恩說：「她只是再多孵幾顆雀斑罷了。」萊拉對肚裡的孩子說：「我想那時候我是眞的有點瘋了，因爲我記得的事感覺上是那麼眞實。我對這件事並不覺得奇怪，只希望沒有人看見我那番舉動。」曾經，當她坐在車窗搖下了一條縫的那輛車裡，聞著漆黑潮濕的原野，她想著等到她有機會，也許她會就在哪個孤寂的地方躺在泥土地上，讓這個世界取走她的生命。看見那些紫羅蘭，她想起了舊日時光，她就有那種感覺，而她的確躺了下來，只不過後來螞蟻開始煩她。總是有個東西來煩你，而你得去搔抓，把身體翻來翻去。這世界不想要你，只要你身上還有一絲生命。

而一個像小木屋這樣的地方，就只是等待著，除非有人來說這地方是他的。除了一個角落，她讓那些瓶瓶罐罐留在原處，讓情況看起來不像是她打算侵占這個地方，畢竟她沒有這個權利。但她的確把鋪蓋捲攤開躺了下來，等她再次醒來，清晨將近。她聽得見小鳥歌唱。當天空仍然黑暗，牠們知道了什麼呢？梅麗說只要有隻鳥看見了一點光亮，牠就會叫醒其他小鳥，然後牠們就全都卯足了勁唱起來，確保沒有一隻還在睡。每次當梅麗第一個醒來，她也會這麼做，不管時間有多早。嗯哼哼，我只想知道他們把火柴放在哪裡，應該就在這附近吧。嗯哼哼，我想我要開始弄早餐了。她會在萊拉的腳上絆倒一、兩次。一點光亮會是什麼樣子？一顆星星？如果是這樣，那些小鳥就根本永遠不會睡覺了。梅麗會說：沒關係，我知道就是知道。

有幾天她以爲自己一定是到了生命的盡頭，因爲那感覺上就像生命的開端。她在等待某件事發生，而什麼事也沒有發生。然後她又想起那些電影，直到擔心起對它們感到厭倦，擔心把它們耗盡，以後就不再能去回想。後來她決定去看看先前經過的那個小鎮。嗯，她身上還有沒買車票省下來的錢，可以走到鎮上去買幾樣東西。

她注意到那裡有家戲院，以這個鎮的大小來說，其實出人意料。她走過去看看正在上映哪部片子。《逃亡》。[62]她已經看過了。這就是小鎮生活的壞處。算了，要不了多久她就根本不會知道某部片子已經在城市裡上映了多久。倒不是說目前她該把錢花在電影上。她買了釣魚線、釣魚鉤、一個鍋子、玉米粉、一些火柴。櫃檯那人看著她，像是在說：咦，我從來沒在這地方見過你。那意思是想表示一點友善，而她看著他，像是在說：你少管閒事。後來在婚禮上，那人送了她一大罐丁香當作結婚禮物，用一張白紙包著。「可以減輕牙疼。」他說。他是三壘手，而牧師是投手，在很久很久以前。起初她只是討厭必須和每個人打交道，後來她習慣了去看看那些園圃長得如何。偶爾別人會在她經過時向她點點頭。她在心裡決定哪棟屋子最漂亮。那並不是她停下來詢問是否需要幫手的那一家——那時葛拉罕太太在園子裡工作，而萊拉看見她，心想不妨去問看看。有些女人以行善爲傲，一有機會就迫不及待，她們的眼神因此閃閃發亮，你不注意到都不行。這種女人你能避開就避開，但是有時候她們的確能派上用場。有時候你會想要一碗湯。她會說：「喔，是啊，我的確需要！沒錯，我正需要幫手呢！」就像這樣。她沒有花一分鐘就決定了。萊拉心想：我應該要提起我吊襪帶裡的那把刀，看看到時候她怎麼說。但那只是她對自己開的一個玩笑。她說：「我做過家事和農場的活。我很會種東西。」

「喔，太好了！」那女人在圍裙上抹了抹手。「我早該除草了！我本來希望昨天或今天會下點雨，可是沒下，所以我想我還是乾脆動手吧！如果你能幫忙弄弄那些洋蔥就太好了。」她說得倉促，彷彿她可能會錯過一個機會。所以說，也許至少有扇門會爲萊拉而開，至少有個人知道她的名字。那婦人刻意不去打量她，因此萊拉看得出她對她有什麼想法。「萊拉！這名字眞好聽！」

那是個漂亮的園圃。一片園圃若是由你來照顧，它就不屬於別人。土壤肥沃，植物散發出好聞的氣味。單只是和一株株番茄擦身而過，沾到那股麝香氣味，就使她的衣服顯得乾淨。她仍在等待別人說出這地方的名字。這名字漆在水塔上，到鎮上來時，她經過水塔，抬頭看著那個字，納悶該怎麼發音。那當然是出自《聖經》。老人會告訴她。

她對肚裡的孩子說：「如今我在基列待了很久了，比我預料中要久得多。而你將會在這裡出生。如果我離開，我一定帶你一起走，但是我會告訴你這個地方的名字。這是無論如何都該知道的事。還有你父親的名字。也有可能我永遠不會離開，那老人也許不會給我離開的理由。」想到這裡她差點笑了，因爲她知道他永遠不會給她理由。她說：「那老人愛我。我得想清楚該怎麼辦。」

首先，她再也沒有不去教堂。那仍舊讓她想起第一次，她坐在那裡，雨水從頭髮滴下，流到脖子上，冷冷的雨浸濕了鞋子，而她希望他不會注意到她。他繼續談著洗禮。出生、死亡和結婚，他說。用水碰一下，這些孩子就有了完整的生命。聖禮提醒著我們。她正在想這有什麼道理，而他的目光從那些教衆身上掃過，停在她臉上，彷彿以爲她會明白他這話的意思，並且說：對，這是眞的。明白他這話的意思，就算不是明白他能找到的話語。他說：耶穌從我們的杯子裡喝，分享我們的洗禮，這表示祂跟每個人一樣受苦並死去。而她心想：他們對著某個跟人們一樣活著並死去的人唱歌，這是多麼奇怪。朵兒會說：事情就是這樣。他們也同樣可以唱著關於朵兒的歌。然後她想到在聖路易的時候女孩們喜歡的那首歌，好一個作夢的夜晚，而他的目光又飄回她身上，看著她，直到他想起別再去看。事後回想，她知道在他低頭去看稿子、再看著他面前那些人之前，她頂多只能數到五。但儘管如此。

如今她是他的妻子，每當他提到某件他們或許曾經談過的事，他就會看著她，讓她知道他想著她問過他的那些問題，或是她知道他問過自己的問題。有時他會在講道之前把講道辭先拿給她讀。一天早上吃早餐時，他把夜裡所寫的東西讀給她聽。「還很粗糙，有一半被我畫掉了。而這本來應該是清稿。」他清了清嗓子。「好。『我們看不見事情發生的原因，完全看不見，如果我們認爲它們一定源自於過去發生的事，源自我們的罪過或功勞，而非認爲它們來自上帝在祂的自由中所提供給我們的未來。』在這裡我想說的是，你實在沒辦法用過去發生的事來解釋現在發生的事，無論如何不能以你對過去的理解來解釋，你對過去的理解與過去本身很可能十分不同。如果有『過去本身』這種東西。『對上帝的眞正理解來自服從』，這是加爾文說的，『而服從必須時時專注於隨著服從而來的要求，專注於一個就當下而言永遠是又新又特別的情況』。沒錯。『於是事情發生的原因仍舊隱而未顯，但它們是藏在上帝的奧祕之中。』我都看不懂自己寫的字了。沒關係。『當然，不幸開啟了通往神恩的道路，是你從未想過能期望的。如果不幸發生在你年輕的時候，在你尚未受傷、仍舊天眞無邪的時候，你不會甘願將之理解爲神恩。到了未來，我們總是已經改變了。』所以這是天意的一部分，照我的看法，從一段時間到另一段時間，神恩或幸福的意義會十分不同。『這並不是說快樂乃是補償損失，而是說快樂與損失這兩者各有其存在的權利，而且必須各自得到認可。憂傷很眞實，而損失感覺上無法挽回。世間的生活困難而沉重，而且奇妙。我們的經驗是支離破碎的。這些碎片拼湊起來沒有道理可言，甚至不屬於同一番計算。有時候很難相信它們全是同一件東西的部分。什麼也沒有道理，除非我們能理解經驗並不會像金錢、記憶、歲月或弱點一樣累積，而是由上帝所賜，祂對過去沒有任何義務，除了在祂自願的永恆不變當中。』因爲我無意暗示經驗是隨意或偶然的，你明白吧。『當我說生存的大部分是我們不可知的，因爲它操之於不可知的上帝，我就承認祂的恩典，祂允許我們感覺自己知道生存最微小的部分。因此，我們無法去調和生存的喜樂憂傷，因爲它們完全不是出於必要而給予我們的東西，除了上帝維持著我們身爲能認識自己的生物的這份恩典。』我們能認識自己，我一向覺得這一點很驚人，我們不得不認識自己。『所以快樂可以是快樂，憂傷可以是憂傷，兩者既不會照亮彼此，也不會在彼此身上投下暗影。』」

他坐在她對面朗讀，穿著睡袍拖鞋，頭髮蓬亂，眼鏡沒擦亮，下顎上一層銀灰鬍碴，他不時抬起目光來看著她。他說：「還只是草稿。我在半夜裡有了個想法，而我必須起床寫下來。

大多時候，我以這種方式寫下的東西在隔天早晨看來毫無意義。日光具有使人淸醒的效果。但我覺得這一篇還是有點道理。總之，這似乎是顯而易見的。我這麼認爲。當然這還言之過早。」

「嗯，就我看來，你是想要調和事物，用的辦法是說它們無法被調和。我猜我知道你說調和是什麼意思。」

他笑了。「是的，你顯然知道。而且我明白你的論點，這是個很好的論點。」他對她感到滿意。他會去向鮑頓提起。

她說：「你是在擔心艾姆斯太太。」那個可憐的女孩。

「是的。對，我是在擔心。我曾經認爲我會對她永遠忠實。我這樣對她說過。在許多年裡，那對我很重要。『我幼年所娶的妻』[63]，這類的概念。過了一段時間以後，我也許是忠實於我的忠實。但是我盡力而爲了。」

「然後我來了。」

「對，你來了。感謝主。」

「假如你認爲死了就是死了，那你就不必擔心這些。」

「我猜這是眞話。這可能是眞的。不過，當我跟不信教的人說話，我常常驚訝於他們告訴我的事。我不確定曾經有人跟我說過死了就是死了。他們也是忠實的。不是像我那樣，但我那種忠實是罕見的。我想我也許對此感到自豪。」

「你仍然是忠實的。你整夜醒著寫東西給她。」

「嗯，是的，就某一方面來說我想這是眞的。我也是寫給你。是你問了我那個問題。」

「不要緊。她想必是個可愛的女孩。」

他點點頭說：「她是的，她是的。所以你在她墳上種滿了玫瑰。那是件很美妙的事。」

她聳聳肩。「我沒有自己的家人。」

「我沒法告訴你，看見那些玫瑰的時候，我心中有什麼樣的感覺。我不認爲這種感覺是言語能形容的。」

「你並不知道那就只是我做的。」

「就只是你。假如那是個奇蹟，假如是天使做的，那麼就沒有人在黃昏時分陪我散步，那個舊鎖盒就沒有人可給。」

「就沒有人偷偷溜上你的床。」

他笑了，而且臉紅了。「的確如此。」

「就不會有寶寶。」

「這話也是眞的。」

他們沉默了一會兒。然後他說：「上帝是善良的。」

「唔，有時候。」

「所有的時候。」

「我曾經跟不信神的人一起流浪。就我所知，他們就跟任何人一樣善良。他們肯定不該下地獄被火燒。」

他笑了。「嗯，你提到的那個嬰兒，被拋棄了，滾在她的血中，主拾起了她。祂照顧那些漂泊的人，給予特別的照顧。那個故事是個寓言，說的是祂向耶路撒冷做出承諾，當祂對她說『活下去』。那就像是一樁婚姻，甚至超乎於上。」

「然後她開始行淫。」

「那表示她崇拜了錯誤的神。崇拜偶像。而祂仍舊對她忠實，對他們的婚姻忠實。這是很重要的一點。因爲在《聖經》裡，婚姻——我曾經以爲那應該是永恆的，就像上帝的忠實。」

「現在你怎麼想呢？」

他靜默了片刻。「現在我想我和萊拉這個人結婚了，實實在在結婚了。而且盡我所能地忠實。倒不是說這能有多大意義，我都這麼老了。等我走了，你會想要替自己創造另一段人生。我會希望你這麼做。尤其是如果有了孩子。」他搖搖頭。「因爲將會有個孩子。」

「不，我就只會有一個丈夫。」一個已經超出了她的任何期望。

「唔，你這樣說很好心，但是做出承諾並不見得是件明智的事。要信守承諾所牽涉到的，可能比做出承諾時看起來要多得多。」

「這不是承諾。就只是事實。」

他笑了。「那更好。」

然後他上樓去整頓儀容，成爲那個體面的老牧師，那麼多人一生當中每天都在街上從他身旁走過，看著他改變卻從來沒去想這件事，因爲他的生活從來沒變，而在那許多年裡，她在一個又一個地方想盡辦法活下去。她的人生全寫在她身上，她不必看也知道，因爲在她所認識的那些女人身上都是這樣。而不知怎的，她找到了路，去到這世上唯一看不出這一點的那個男人面前。也可能他以自己的方式看到了，因爲他讀過那個寓言還是詩之類的。〈以西結書〉。《聖經》對他來說比生命更爲眞實，所以他的想法自然而然取自《聖經》。也許那從來就不是尋常的想法，因爲在他一生中，這棟屋子裡住著好幾個牧師，他們爲了宗教而爭吵，並且和耶穌交談。

有可能《聖經》中最狂野、最奇特的，是描寫到大地的內容。董恩曾說他見過一道龍捲風渡河。它移動時捲起了河水，越過乾燥的地面，就像一片雲一樣白，像雪一樣白。那種景象只會持續一分鐘，但是它讓你看見什麼樣的事可能發生。它會抖落那些水，捲起樹葉和樹枝，還有貓和狗，如果它想，它也能捲起母牛和成年男子，而它會改變人們自以爲認識的每一件東西。在聖路易的那些女人，她們走進一個看起來就跟任何老屋子沒有兩樣的地方，而夫人在那兒，還有那個該死的克雷丹莎矮櫃，聞起來有汗味及陳年香水味的華麗衣裳。你得要做的就只是穿耳洞、塗胭脂，假裝你沒那麼討厭那些男士，沒有超過他們能夠忍耐的限度。就彷彿那棟屋子曾被一片烏雲捲起，轉了一圈，再落回原地。屋裡的東西都還在，但是改變了，不對勁了，而從那時起，屋裡的每個人都太清楚最糟的事可能發生，就算她們說不出那是什麼。那麼，有可能他覺得她彷彿直接自《聖經》裡走出來，知道一切可能發生卻無人能用言語述說的事。「我觀看，見狂風從北方颳來，隨著有一朵包括閃爍火的大雲，周圍有光輝；從其中的火內發出好像光耀的精金。」64 經文裡就說了，就連火焰也沒熱到足以讓人明白。

耶誕節快到了。教堂門上掛上一個大花環。下雪了。人們帶著一盤盤餅乾到這屋子來，在客廳裡坐上十五分鐘，聊著可有可無的話。萊拉的肚子一天比一天更圓。那些太太跟她說，因爲她的肚子挺得高，大概會生男孩。這跟她想像的不一樣，但是沒有關係。有個太太帶給她兩件打褶的孕婦裝，一紅一綠，兩件的口袋都有花邊，讓她想起當年自認爲便宜買下的那件衣裳。她心想，不知道按照夫人的計算，她離開時還欠著多少錢。那女人會連幾毛錢都算得清清楚楚。

教會執事帶來一棵松樹，豎立起來，於是她用他們妻子前一天帶來的餅乾來招待，他們在客廳裡坐了十五分鐘。牧師從閣樓拿下來一個收著裝飾品的盒子。他說：「已經有……我不知道有多少年了！」教堂裡有一棵樹，在他獨自一人的那些年裡，他就也只需要那一棵。他花了一個鐘頭解開纏在一起的串串燈泡，再插上電，燈泡並未亮起，他一個個檢查，找出壞掉的燈泡。他說：「在我年輕而沒有耐性的時候，這種事大大減少了耶誕節的興致。」燈泡總算亮起，他把燈泡串繞在樹上，關掉了電燈。「我都差點忘了。」他說。那房間看起來的確很漂亮。「明年家裡會多一口人來陪我們欣賞。」在那個盒子的最下層放著由線軸、色紙、核桃殼做成的飾品。是那些孩子的傑作。「這些東西我們都用不上。明天我會去雜貨店一趟。」接著他就把盒子又捧回閣樓。

她只是看著。他在想著明年，敢於大聲說出他們將把一個新生的小基督徒帶到世上，他將會用他的嬰兒眼睛把這些東西看進眼裡，相信這就是事情應有的樣子。「因今天在大衛的城裡，爲你們生了救主。」[65]在這麼久以前的一天。誰是大衛？什麼是救主？他也許從不會想到要問。他會覺得他從一開始就知道了這一切。這就是爲什麼我們要在所有的東西上掛上燈泡和金銀絲彩帶。這就是爲什麼我們唱那些歌。在某些方面那令人愉快。會有人來到門前唱歌。美以美教派信徒和天主教徒還有路德教派信徒，那些他們不認識的人。

在聖路易時，幾個男士有時會站在外面唱歌，唱的並不像是耶誕歌曲。夫人在這個節日關起店門，說是出於尊重，但也是因爲她認爲倘若不這麼做，有可能得永遠關門大吉。她拉上帷幔關了燈，維持這種狀態，以免有人上門來。她讓那些女孩吃冷豆子和乳酪三明治，免得烹煮食物的氣味飄到街上。她把收音機拿到自己房裡，把音量轉得很低，她們幾乎聽不見。那些男人知道他們可以把她戲弄個半死，而她甚至沒法開門去對他們咆哮。所以對那些女孩來說，耶誕節就只是在放下窗簾的昏暗光線裡玩紙牌，等到太陽下山，她們就吵架、哭泣，說起人人聽過但無人相信的老故事，只有那些簡單的故事除外。珮格會跟著唱那些她們有時能聽見從街上傳來的淫穢歌曲，假裝她也參與了那個玩笑。關於耶誕節，董恩從沒說過一句話，朵兒也沒說過。他們總是在某個地方努力度過寒冬。對萊拉來說，在旅館工作的那段時間情況比較好，但她從未眞正喜歡過耶誕節。如今她和一個老人在一起，他夢想著他的寶寶並且哼著〈平安夜〉，快樂得超出他的本意。有人帶著一盤餅乾來敲門，他拿進來，說：「是薑餅人！」彷彿這對她來說應該具有某種意義。餅乾上加了糖霜做的鈕釦、衣領、微笑的嘴巴，彷彿孩子已經跟他們在一起。

她一直想著：等待。別抱希望，只是等待。她忍不住去想，假如最後沒有孩子，要他再去做同樣這些事會有多難。她曾經竭盡所能地把洗禮從身上洗掉。她曾經在冷風中穿過殘株凌亂的玉米田，它們看起來就像是聽見了最後審判的第一個字，不敢相信自己所聽見的，卻也不敢懷疑。關於事物的殘忍，她想過千百次，這樣一來，如果它再次露臉，就不至於使她吃驚。她但願能夠提醒他，雖然他自己也知道，並且夢見。這孩子想必也知道，因爲他就活在她那顆害怕而狂野的心之下。他也許根本不想要這個世界。她可以讓他看看她覺得美妙的東西，而她之所以覺得美妙，也許是因爲那意謂著你能夠活著而不讓世人發現。也許天堂就像那樣，有著一片又一片的田野，長著蕁麻和菊苣，誰都可以拿走，因爲沒有別人想要。那麼，十字架上的那個小偷如果上了天堂，就可以一直偷下去，直到心滿意足，沒有人會因此而有損失。她想像他的樣子就像小木屋裡那個少年，釘子穿透那雙骯髒的大手。她覺得她沉重的心會使那孩子難以負荷。她對他想著：那不會是你。我答應過你爸爸，你將會熟記所有的聖歌。

老人還在把那些燈泡挪來挪去，試圖弄整齊。「我祖父說這是異教習俗，在隆冬時把綠葉拿進屋裡，在屋裡生火。他說他在緬因州長大，那裡有些人根本不想碰這些東西。的確，沒有人眞的知道耶穌是在哪個季節誕生的。可是大家就是有些豐沛的情感得要不時發洩一下，不管是基督徒還是異教徒。我喜歡這個想法——鐵器時代的德魯伊[66]就只是因爲想要慶祝而慶祝，我們接續了他們所做的事。這件事有這種意義也就夠了。」在那光線中，就連他的頭髮都是玫瑰色的。「春天似乎是更適合慶祝誕辰的季節，但卻更適合慶祝復活。萬物都重新有了生命。而且耶穌的確是在逾越節前後死去。」他說個不停，因爲她完全沒說話。但只要她坐在那兒看著，偶爾吃一片餅乾，他就很開心了。他孤單了很久。

他說：「一個嬰兒誕生了，而天空中全是天使。大概是這樣吧。加爾文說我們每個人都有幾千個天使在守護。有一首古老的聖歌談到人類的身體：『奇哉，一具千絃豎琴竟能維持正確的音調如此之久。』[67]因爲人體是如此複雜。那些天使的工作很繁重。對加爾文來說，天使是上帝的實際關顧，而非獨立的生物。」他就這樣滔滔不絕地說下去。

嗯，這些都很好，她想。但我知道事情不止如此，你也知道。她只但願事情會過去。也許她會有個孩子，也許不會，而她就可以不再去想，如果到頭來事情又落到老鮑頓身上，他一身瘦骨，一腳已經踏進墳墓，還得艱難地爬上樓梯去哭泣和禱告，沾濕一個小小的額頭，對於這種事仍舊說不出一句合情合理的話。在那之後要繼續去談天使之類的話，對老人來說將會多麼困難。可是她隨即看見丈夫對她微笑，從他臉上她看得出這些念頭他全都有過，無比熟悉。這些念頭在等待著，而且就像一棟你知道自己屬於那兒的房子一樣熟悉，雖然你討厭到那裡去，並且懷疑一旦去了那裡，你就永遠不會離開。他說：「你和我……」然後聳了聳肩膀。

她必須同意。到處都是黑夜和白雪，在一輪明月之下。除了基列鎮的零星燈光之外，那白茫茫的一片全歸那風所有，冰凍的池塘、被侵襲的玉米田，還有小老百姓的簡陋小屋。風會把所有用來擋風的東西砰的關上或用力撬開，騷擾每一個能去騷擾的地方，厭倦了自己巨大的孤單。她曾經見過沒被風吹掉一半的風車嗎？像一株被吹得變形的乳草？也許朶兒在某個如此相似的地方，以至於記起她在很遠的地方，就像是在作夢，遠在無數名字不同卻仍舊相同的地方之外。還有那個男孩。還有艾姆斯太太和她的寶寶。而他們倆一起在這溫暖的燈光下，同樣的希望餵養著同樣的憂慮，一對已婚夫妻。

嬰兒出生時地上有雪。四月有時都還會下雪，所以三月裡有一、兩場暴風雪也不令人意外。儘管如此，他們還是受了驚嚇。有一天他們聽見小雨蛙在叫，同樣那兩個音，一高一低，重複了一次又一次。接著在半夜裡颳起暴風，隔天他們坐在廚房裡取暖，玩紙牌遊戲，聽著狂風怒號。沒人來探望他們，因爲積雪太深難以行走，而風勢也太強。人們有可能在這樣的暴風雪中迷途，就死在自家門外的路上，就跟徒步走過一片陌生的地區，完全沒人認得他們、沒人在等他們一樣。老人會假裝他沒有在禱告，但他的頭會垂到胸前，而她得等他自己想起該發牌了。那一疊紙牌會從他手中散落，彷彿他先前睡著了還是死了。然後他會說他該去門口清出一條通道，甚至也從椅子上站了起來，但是路面上積雪太深，這樣做沒有意義。就算他能走到路上，也無處可去。電話線不通，電力也中斷了，但他們有燒木柴的暖爐和一盞煤油燈，烤爐裡還溫著哪家太太做的肉捲。其實是很愜意的，要不是她挺著個大肚子，而他又這麼老了。

她說：「你該丟牌了。」

「對，我是該丟牌了。抱歉。」可是接著他會端詳她的臉，彷彿從未見過她，而這會兒她在他家廚房裡，他卻毫無概念她接下來會做什麼。

「我很好。我們兩個都很好。」每次她吸一口氣，在一口氣快要吸到底時，她就想：如果痛起來，如果出現了一種新的疼痛，我要告訴他嗎？知道我在痛，他能受得了嗎？尤其他幾乎什麼也不能做？然後她會小心翼翼地深深再次吸氣，希望他不會注意到。人似乎總是想去碰觸那個碰到了也許會痛的地方，而且還不止一次。嗯，她當然感覺到不同。每一天她的感覺都和前一天不同。有個人蜷縮在她的肋骨下方，動來動去，躁動不安，漸漸長大。如果你去想一想，這是件很奇怪的事。她曾經看過母豬和母羊懷孕生仔。有蹄的動物。那算得上是回事兒。這卻像是一個重物在同一個地方動來動去、磨來磨去太久了。如果沒有足夠的空間讓她呼吸，每次呼吸總有一個手肘擋路，那麼一點疼痛就不算什麼，尤其是因爲她會再次呼吸，又一次，去感覺那呼吸。老人看著她。

她說：「我猜輪到我了。」她的體側感覺到有點像是跑步時會感到的刺痛。如果她不再去想它，它就會消失，如果她能躺下來，它就會消失得更快。「贏了。我不認爲你的心思在這場紙牌遊戲上，牧師先生。」

「要是風能小一點就好了。我從來沒想到天氣會這麼糟。昨天我才看見番紅花沿著屋子冒了出來。」

她想：他也會替老鮑頓擔心，想知道他是否一個人在試著照顧鮑頓太太，在寒冷中一拐一拐地走來走去，關節凍僵了，直到連一根火柴也劃不著。他的子女，除了那一個以外，大概全都困在積雪中，在從他們住處通往基列鎮的每一條路上，試著到父親這兒來，而他也得要爲他們擔心。暴風雪一旦暫停，就會有男人和男孩帶著鏟子去挖出困住雪中的人，可是當風這樣吹著，他們就只好等待。

那不是疼痛，她想，只是孩子弓起了背。

老人說：「我對鮑頓家的屋頂不太放心。他失去了時間概念，弄不清究竟過了多少年。新雪想必堆了有三尺深，我沒把握那屋頂支撐得了這種重量。我實在不願去想像他在設法點燃一盞煤油燈。寒冷對他是這麼大的折磨。」

她打算找個時間問他禱告和擔心有什麼不同。他的表情無比緊張，無比疲憊，無比蒼白。他說：「我本來以爲一旦我們能撐到三月，大概就會沒事。」又說：「這是就天氣而言。」接著又說：「我們當然會沒事。我的意思並不是我們不會。」他又垂下了年邁的頭。

於是她思索著他的擔憂和董恩的有何不同。在那些日子裡，當董恩明白他照顧不了他們，而這些跟著他的人根本無權要求他什麼，只不過他們一向信賴他。那條狗逮到他正在偷幾隻母雞，而他偷那些雞也只不過是想拔了牠們的毛、取出內臟、再把牠們烤一烤，把雞腿遞給年少的孩子，彷彿那就只是尋常時候普普通通的一頓晚餐，沒什麼可驚奇的。他口袋裡的確也有三枚銀幣，而他一句話也不肯透露那錢是怎麼來的。他所有的東西都只是用來盡可能把局面撐下去。可是偷竊就是偷竊，朵兒說，尤其是如果被人逮到的話。

她又在替那些早就幫不了的人擔心了。你甚至不能祈禱某個人能得回他的自尊，當每一件可能奪走他自尊的事都發生了。她想：事事不順，處處不順，而董恩的自尊想必就像晨霧一樣，靜靜地日漸消失殆盡。以前從不悲傷、從不冷硬的人變得悲傷而冷硬。看著彼此的臉，他們的心往下沉。假如有一天她開始禱告，那會是為了那段時光、那些人，他們一定想不通自己是怎麼了，納悶他們究竟做了什麼，以至於就連一夜好眠這種安慰都不可得。她會祈禱要他們每個人鎮靜下來，尤其是最壞和最辛酸的那些人。董恩和亞瑟走開了，梅麗也一樣，一次也沒有回頭看，留下她這個孤兒在一座教堂的臺階上。若非心裡辛酸，這些事都不會發生。假如一盞煤油燈從鮑頓手中落下，把他的房子燒了，牧師會怎麼說？那時他看著她，眼中流露出的恐懼她前所未見，就連在那些衣衫襤褸的可憐異教徒眼中也沒看過，那些從不認為全能的上帝會對他們有絲毫興趣的人。

那並非陣痛，但他看見她為之沉吟，思索著，不管那是什麼。那就像是聆聽一個也許你只是自以為聽見了的聲音。她說：「他今天很好動。我猜他想去雪地上玩。」

他向她微笑。「我希望他能等個一、兩天。」

那也不是陣痛。她說：「也許我還是上樓去躺一下。」

他站起來。「好。樓上真的很冷，那些舊窗戶老是漏風。我可以在床上多鋪幾條毯子，可是它們也一樣是冷的。我早該想到把毯子拿下來放在爐邊的，不知道我的腦筋都到哪兒去了。我本來可以在廚房這兒擺張行軍床。這種天氣……我想都沒想到。你會以為我沒有這麼笨。」

他說的也許是如果孩子這時來報到，他就來得比他們預期的要早，或是比他預期的要早，也比她透露出她所預期的要早。不，他絕對不會這麼想。

她從椅子上站起來，感覺好些了。「嗯，我只是在想不妨去躺下。」

「好的。」他伸出手臂摟住她，帶她慢慢上樓到他房間。他脫下她的拖鞋，找來一雙他的襪子替她穿上，再扶她上床，把幾床毯子拉到她下巴蓋好。他的毯子，她想，因為那讓她想起那件灰色舊毛衣，那時她多麼喜愛那是他的。孤單、老鼠、還有呼嘯的風，而那件舊毛衣貼著她的臉頰，聞起來像他。曾有那麼一次，她把頭靠在他肩膀上，在他甚至連她的名字也不知道的時候。想起這些，她笑了。

「怎麼了？」

「沒事。只是的確覺得很舒服。儘管天冷。」

「我會把平底鍋放在爐子上熱一熱，可以趕走一些寒氣。以前有個長柄暖床器[68]，不知道放在哪裡了。那個東西非常有用，但我想它被擺到閣樓上了。」

「你可不准上閣樓去。」

「不，我不會的。平底鍋應該就夠用了。」

「我寧可你就鑽到被子底下來，等到我暖和起來。這是你能替我做的最好的事。」窗戶嘎吱作響，窗簾被冷風微微吹動，房間裡充滿下雪天午後的光亮。

於是他照做了。「好囉，我們就好像在一座冰山上漂流到海上。我們兩個就只能靠自己。」

「我們三個。」

「噢，親愛的。」

「牧師先生，我覺得你快要哭了。」

他笑了。「你不哭我就不哭。」

「很公平。」

他們靜默了一會兒。他說：「我猜你還好？」

「我想他一定是睡了。」

然後他說：「這一切都是禱告。你不會想到要說：就讓明天跟今天一樣，因為實際上通常是一樣的。」

「唔，我不介意明天會跟今天稍微有點不同。」

「這也是個禱告。」

「等一下。無論如何都得不一樣。這樣的日子再過一天會更糟。首先，會有更多擔憂。這令人疲憊。所以就算什麼也沒改變，還是會不一樣。雖然現在這樣很舒服。」

「沒錯。現在是很舒服。」

「老鮑頓又掙扎著再過一天。」

「唉！」

「我試著弄清楚這孩子打算幹麼。倒不是說我多在乎他決定要怎樣，只要他能等到路上的積雪剷除了。」

老人嘆了口氣。「這全都是禱告。」

「對你來說是的。我試著禱告過幾次，一點結果也沒有。」

「你確定一點結果也沒有嗎？」

「喔，你怎麼會知道會經有過任何結果？鮑頓家的屋頂不會塌下來，是因為它比你想的更結實。他根本不會想去點燃一盞煤油燈，因爲他知道如果這麼做可能會發生什麼事。他坐在他的莫里斯搖椅上，裹著那件野牛皮舊袍子，等著他的孩子們回來照顧我們大家。而且不管他有沒有禱告，他們都會來，必要的時候會穿著雪鞋來。」她爲什麼這樣對他說話？當她依偎著他，還穿著他的襪子。她說：「最好的事，就是我壓根沒想過要去禱告的。那些再過千百萬年也想不到的事。最壞的事則像是壞天氣，說來就來。你只能盡力而爲。」

他說：「家庭是個禱告。妻子是個禱告。婚姻是個禱告。」

「洗禮是個禱告。」

「不，洗禮我會稱之爲事實。」

「因爲你不能把它洗掉。」

他笑了。「不行。用整條西尼什納博特納河[69]的水也洗不掉。」

好吧。所以他知道她做了什麼，想洗掉她所受的洗禮。那天下午她也許滿身都是那條河的氣味，後來當她問他，他就弄清楚了那是怎麼回事。如今河水結凍，覆蓋了白雪，而她但願能看見它，當她這樣枕著枕頭，裹在被子裡。等到雪融化，她的身體又將完全屬於她，只要她想，就可以打赤腳走在那些滑溜溜的石頭上。她和梅麗曾經假裝她們在放牧小魚，把褲管捲到膝蓋上，但反正還是會弄濕。她又忘了自己即將有個孩子。一發現自己忘了，她感到害怕。她想必是驚醒過來。

「怎麼了？」他說。擔憂使他疲憊。有一次講道時，他講到耶穌的門徒睡在客西馬尼，因爲他們由於悲傷而疲憊。睡眠真是種慈悲，他說。即使在那種時候也是。

「我只是從來沒照顧過一個孩子。」

「我們會沒事的。」他依偎著她。在床單和被褥之間安頓下來，這種聲響一定屬於世間最美好的事。睡眠是種慈悲。你能感覺到它來臨，就像被捲進某種東西之中。閉著眼睛她能看見房間裡的光亮，也能在飄進來的空氣中聞到雪的氣味。睡意來時，你必須信賴它，否則它就會留你在那兒等待。

她正想著春天，河水將會多麼清澈而且冰冷刺骨，石頭和沙洲上還有積雪。還有夏天。也許她會帶著寶寶一起到河邊去。就算他還那麼小。就只是去採些覆盆子。她也許會把他留在路邊的草地上，只擱下一分鐘，去摘採莓果。然後她忘了及時回來，她離開了多久？而她得把他放在一桶河水裡，因爲你永遠不知道事情會怎樣。他會說：你爲什麼這麼做？看著她，彷彿他根本不認得她。

這使她醒過來。她的第一個念頭是：我得把刀從桌上拿走。她做了最糟的噩夢，當牧師的手臂小心地環住該是她腰間的地方，當牧師的呼吸在她耳畔。她心想：西尼什納博特納河的水無邊無際。它不是密西西比河，但是它沒有起點也沒有終點。妻子是個禱告。因爲我是他的妻子。我最好想一想。

有時候當他們一起在廚房裡，當他喝著咖啡，讀著報紙，他會把玩那把刀，把它拿在手裡。他或許也會這樣把玩一塊漂流木，把玩任何一件無害的東西，只是去感覺它有多麼光滑，感覺長年使用所賦予它的形狀。她從來不習慣看見那把刀在他手裡，但她從沒說過一句話，只除了一次，當他拉出了刀刃。她說：「也許你不該這麼做。」聽見這句話，她自己都感到驚訝。她說：「它利得要命。」心想那把刀可能就像一條蛇，天生就是要作惡，如果你去擺弄。以前她睡覺的時候會把它放在身邊，刀刃打開，插在地板上，如果有需要，她就能一把抓起。它的模樣如此猙獰，假如她曾用刀刺了某個人，那會是那把刀做的，因爲它就是那種刀。有些狗會咬人，所以你讓牠們離人群遠一點。你不能因爲牠們生來如此而除掉牠們。而偶爾你會慶幸有牠們在身邊狠狠地吠叫，那是一條好狗永遠做不到的。

如果她拿走那把刀，藏到看不見的地方。他會注意到嗎？會納悶那意謂著什麼嗎？他是否會問她把刀怎麼了？會去她衣櫃的抽屜裡找？去她枕頭下找？她有可能把它藏到哪裡而不至於讓他湊巧發現並且心想：奇怪，她爲什麼把刀藏在這裡？這件事她想過上百次。那把刀是她和世上任何其他人之間的差別。又醜又老的朵兒在火光中彎著腰，朝那一小塊磨刀石吐口水，磨利刀鋒，直到刀鋒邊緣像爪子一樣彎曲，準備好應付她在磨刀時心裡左思右想的任何可怕事情。萊拉注視著她，知道那件可怕的事說不定會找上朵兒，偷走了她、帶她離開她可能有過的家鄉、姓氏和親人的朵兒，萊拉希望那把刀在她的施咒下，確實危險且致命。

恐懼和安慰可以是同一件事。這一點想起來很奇怪。風總是吹著，捉弄著樹葉，擾亂了火光。還有潮濕泥土和青草壓傷的氣味，一種孤單、渴望的氣味，意謂著：你爲什麼不回來，你會回來的，你知道你會。然後還有那些星星，而梅麗或許醒著，躺在那兒思索著星星。

萊拉聞得出來床單先前在曬衣繩上結凍了，後來又被葛拉罕太太還是哪個有空的婦人熨燙過。但那股好聞的冷冽氣味仍在，使她想起暴風雨過後的空氣。新空氣，如果有這種東西的話，由雨水或雪花帶下來。她仍舊是牧師的新娘，那些婦人仍舊替她把枕套漿過，求神賜他幸福，爲此祈禱。他多年的孤單沉重地壓在她們心上。然後他娶了個妻子，孕育了一個孩子，就算孩子還沒出生，還有什麼是她們能做的呢？她們還能再多做些什麼呢？這使她想起舊日時光，她只是爲了看電影的幾小時而活著她的全部人生，每個觀眾都爲了那無法企及之處的美麗鬼魂而嘆息、哭泣、歡笑，那裡的人過著陌生人在乎的生活。她曾作過一個夢，夢見一個女人巨大的臉轉過來，那雙巨大的眼睛盯著她，而她嚇得半死，因爲坐在黑暗中，誰也沒跟其他人在一起，她知道對那個女人來說她是眞實的。那表情意謂著：我該認識你嗎？彷彿在說：你是誰，竟敢這樣盯著我看？如今她在被子底下，在這個男人身邊，佛利蒙郡的每個人都比她更熟悉他，記得他第一次結婚並且成爲父親的時候。偶爾他們也許都想知道，像他們倆這樣截然不同的人，是如何一起打發時間的，納悶他倆究竟有什麼話題可說。他們全想著他遭遇的任何悲傷會是多麼令人難過，而任何幸福又是多麼甜蜜，這個可憐的老傢伙。而這會兒他們倆在這裡，在漫長的午後睡睡醒醒，躺在帶有雪味的清新床單上，寶寶偶爾會動一下，老人在安詳的睡夢中年輕起來，而她盡可能靜止不動，別無所求。那些婦人旁觀著他們的生活，會說「噢」和「啊」，當窗簾掀動，讓更白的光線進入這蒼白的房間。朶兒也在那兒，注視著。那把該死的刀。

她說：「我們得處理一下那把該死的刀。」

他說：「我想是的。」從他的聲音聽得出來他醒來一會兒了，同樣靜止不動地躺著。「不過，放在手邊倒是很方便。削蘋果很好用。」

「你用我的刀去削蘋果？」要不是她的肚子太重，她會轉過頭去看著他。

「一、兩次。」

「我從沒說過你可以用它。」

「抱歉。我不認爲那有什麼壞處。我想你說過你以前用它來清理魚的內臟。」

「這不一樣。」爲什麼不一樣？因爲她就只有這把刀。而且她每次割開一條魚就想著她厭惡必須這樣使用它。厭惡必須用它幾乎使得這件事顯得可以接受。再說，挖出一條魚的內臟是種小小的謀殺，因此她這樣做的時候也同時回想著她的人生，而這當中有某種意義。那把刀具有力量。其他人有房屋、鄉里、姓氏和墓園，有教堂裡的長椅。而她就只有這把刀。還有憂慮、孤單、悔恨。那是她的嫁妝。別的女人帶來被褥和瓷器當嫁妝，有時還帶來一點錢。而她帶來粗糙的雙手和一張她簡直不敢去照鏡子的臉，因爲她的一生全寫在這張臉上。她還帶來了那把刀。

但思索她的人生是另一回事。躺在這兒，在這個安靜小鎮上這棟屋子的這個房間裡，她可以選擇自己過去的人生是什麼樣子。其他那些人在那兒，世界在那兒，早晨和黃昏。不管別人怎麼想，不管她是否只是因爲他們由著她這麼做才跟在他們後面。那甜蜜的無名之鄉。如果世界有個靈魂，那就是了。他們全都漫步穿過這個世界，從不知還有不一樣的世界，也從來別無所求。

唔，那也並非事實。

可是有一次她和梅麗越過一片原野，就在原野的另一邊有個小山谷，剛發芽的白楊樹讓晨光透過來，新長出來的蕨類和綠草在晨光裡閃閃發亮。再過幾天那就會是多蔭的幽谷，可是那一天就只有一點樹蔭的痕跡，日光燦爛，蒲公英的黃花在一片綠意中。那樣的景色不會像是你曾見過的任何東西。她和梅麗輕聲低語。那會是她們的山谷，她們會替它取個祕密名字。沒多久她們就聽見董恩在喊她們，只好把它扔下，這麼一來，感覺上就像背棄了一個承諾。

回憶總是讓人感到內疚，在沒有理由逗留之處逗留，彷彿你愛過的東西有權要求你，而你無論如何都感覺得到。除了離開沒有別的辦法，但儘管如此。那個麥克。曾有一段時間，假如他要她做任何事，她都會很高興。假如那天在街上他對她說了一句話。老人總是假裝擔心會有哪個傢伙出現在門口。當她告訴他誰也不會來找她，麥克就是那個誰。她能看見他臉上的微笑，看見他站在牧師家門口，眼中滿是狡猾，由於他正在做的勾當。他會雙手扠腰，打量四周，彷彿不太相信眞有人過著這種生活。嘴裡叼著香菸，自顧自笑著。沒有哪個正派的人會看著世上每一件東西都彷彿那上面標著價錢，而他知道那東西連半價也不值，因爲他看得出油漆遮掉了什麼，看得出腐蝕的地方。他會把香菸彈進樹叢裡，說：所以，現在你是艾姆斯太太囉。並且大笑。他會說：看見你眞好，蘿西。幾乎沒正眼看她，點燃另一根香菸，把目光從她身上移開，彷彿任何其他事物都更有趣，因爲什麼也不會改變。她大概會在他面前把門甩上，之後他若是離開，她將會比平常更加想到他。

而他也可能在臺階上坐下來，把菸抽完，老人若是剛好從教堂走路回來，他會跟老人說他在找點零工，如果剛好能搭便車離開鎮上，對方會很高興拿到一、兩塊錢來補貼油錢。牧師會點點頭，說他可以在這裡找點事做，而他會說謝謝，帶著微笑，一等老人進屋裡去拿皮夾，他就會溜走，因爲他說想要工作或想要錢是在說謊。他會跟老人說幾句話，只是要讓她擔心他可能會說些什麼。他會坐在那兒抽菸，背對著她，讓她牢牢記住他們倆不是陌生人，也永遠不會是陌生人。事情就是這樣。假如有一天她會見到蜜西的那個孩子，那就會是她曾希望能偷走的孩子。他從未見過她的臉也不要緊。如果她聽說他有了麻煩，她會說：那就到我這兒來吧。我曾經夢想我可以給你安慰。曾有一段日子我就是靠著這個夢想而活。

你。多麼奇怪的字眼。她想：我從沒見過你，而我在等你。那老人爲你祈禱，幾乎不敢相信他會有你能讓他爲之祈禱。我們倆整天都想著你。如果我在生你時死去，還是你在出生時死去，我仍然會想著：你是誰？而在芸芸眾生之中只會有一個答案，在所有曾經存在或將會存在的人當中。如果我們在天堂找到彼此，我們會說：喔，你在這裡！在天堂裡我們將是完美的，沒有遺憾，沒有怨恨，沒有什麼會讓你對我冷眼相看，用某一天你也許會看我的那種方式，等你長大到能真正看見我。等我告訴你那把刀是我唯一能留給你的東西。到時候我會堅強而自豪，彷彿你會怎麼想根本不重要。不然一個人還能怎麼做？而那會是唯一重要的事，因爲沒有別人能說「你」而表達出同樣的意思。不過，會有好幾年的時間，那孩子會只想坐在她腿上，會偏愛她勝過任何人。他會哭泣，而她會將他抱起，然後他會花一分鐘哭完，但也就僅止於此，因爲她用手臂摟住了他，給了他安慰。這也很奇怪。曾經她躺在那兒幾乎就要入睡，臉頰貼著老人的毛衣，整夜四周都是蟲鳴鳥叫，那份安慰是她指望了一整天的東西。

這樣想使她想要翻身仰躺，去感覺躺在那兒有多舒服，她的身體像是休憩在文火邊上，寶寶用手肘輕輕撞她，只是讓她知道他在那裡。她感覺得到她的身體在休憩，就像你看得出一隻睡在陽光裡的貓咪知道牠在睡覺。那份愉悅若是浪費掉太過可惜。她動了一下，老人從被子裡坐起來。「晚上了！」他說。「唔，我猜風勢小一點了。我們睡過了晚餐時間。你感覺怎麼樣？要我拿個三明治給你嗎？」他摸索著眼鏡。他向來需要一會兒時間回神過來。他會說：給我一分鐘，讓我回回神。每一件事都顯得奇怪，如果她去想一想。他去了哪裡？哪兒也沒去，實際上是躺在她身旁。他的頭髮全撥向一邊，比較長的那些頭髮，爲了稍微遮掩光禿的部分。他看起來像是剛從一場夢中醒來，或是正要進入一場夢中，讓他覺得自己必須做件重要的事，卻沒有時間想清楚那是什麼。

「你啊。」她說。

他笑了。「不然還有誰？」

她說：「在這世上沒有別人。」

在那之後又下了更多雪，老人稱之爲糖雪，因爲他祖父說，在緬因州，最後一場雪總是在楓樹流出汁液的時候落下，他們會用桶子去接，再煮成糖漿。如果他曾經造訪緬因州，那應該是在春天。他祖父說起用木柴生的火和空氣裡的甜霧，還有淋在新雪上的新鮮糖漿，那是他承認渴望的一件凡間樂事。「吃的時候配上一條醃黃瓜。我想是害怕過於享受。」他的快樂超出他想讓她看見的程度，鬆了一口氣，雖然他知道要確信他們的平安還嫌太早，也擔心他過於輕率地感到高興和放鬆。早餐後，他把一個小玻璃碗放在門廊的護欄上，去接一點落下的雪。等他看見雪停了，他拿著那個碗到玫瑰花叢去收集一些附著在那叢有刺灌木上的雪。他把碗拿進屋裡，擱在窗臺上，讓雪在陽光中融化。那很漂亮，在陽光下像是有小小的火焰漂浮在那水中央，在那冷冷的地方燒盡。她不必問也知道，那是爲了替孩子施洗。如果孩子掙扎著來到世上，那水會爲他準備好。如果那只能是他唯一受到的祝福，那會是個純淨而美好的祝福。老人這樣做是準備好盡他所能來應付可能發生的不幸。「不要成就我的意思，只要成就你的意思。」[70]在他的講道辭中，他總是提醒自己那個禱告。她會在夜裡醒來，發現他在黑暗中坐在床緣，雙手捧著頭。也許他從未眞的睡著。

然後是一天的劇痛和一夜的煎熬，在那之後嬰兒出生了，瘦巴巴、紅通通的，像隻剝了皮的兔子。鮑頓看見他時說了聲：「噢！」那是由於驚訝脫口而出的憐憫，然後他說：「我的孩子出生的時候都又大又壯，除了那一個。而他長大後就跟其他幾個一樣高一樣體面。我一向這麼想，你沒法從……你看不出來的。」鮑頓必須在場，因爲他總是在場，當他認爲他也許幫得上忙。他一把老骨頭，眼裡盈滿淚水。而老人也希望他在場，能在他決定該把那一小碗水端上樓時幫忙他。他們沒有這麼說，但她知道。泰迪一有空就趕來了，可能是擔心他父親會因憂傷而死。他就快成爲醫生了，他父親說他是來照顧一下另一個傢伙。她聽見電話在響，聽見輕輕的說話聲。是教會的人。鮑頓家的人全都會從各地回來。除了那一個。她好奇她究竟會不會見到那一個。他做了什麼？讓他們全都厭惡他？「欸，其實情形比較像是反過來。」老人曾說。她沒有跟他說她約莫了解如何有這種事。

護士替孩子洗了澡，綁好臍帶，葛拉罕太太和韋爾茲太太替萊拉洗澡，無須讓她下床就替她換了床單。看得出來這種事她們已經做過上百次，動作又快又輕。換上乾淨的睡衣躺著使她感覺平靜，所有的汗水都用薰衣草香水擦掉了。她怎麼能夠感覺如此平靜？她死了嗎？這片安靜，彷彿誰也不相信可能發生的最悲傷的事居然眞的發生了。她的老人坐在她身旁，手按在她手上，臉色蒼白如死。她想：這折損了他多少年歲？還會折損他多少年歲？這是萬事改變之前的那一刻，你就只能注視和聆聽。屋子裡安靜得就像屏住的呼吸。她說：「好了，不管怎麼樣你都該把嬰兒給我。」

他抬起目光來看著她，露出微笑。「對。好的，醫生在替他檢查。但是他會想要媽媽的。

他這一夜很辛苦。你也一樣，親愛的萊拉。」這麼多的歉意。

她說：「你在爲他祈禱。」

他笑了，擦擦眼睛。「打擾上天。這一點你可以確定。」

「鮑頓也一樣。」

「鮑頓也一樣。事實上是鮑頓家的每一個人。」

「除了那一個。」

他笑了。「我很肯定我們會得到他衷心的祝福。」他的臉色如此蒼白，如此疲憊。

「好吧，你可別停止祈禱。」

「我不相信我停止得了。頂多只能停個一、兩分鐘。」

「你不妨提提你自己，還有鮑頓。還有另外那一個。」

護士把嬰兒抱來，放在她身邊。這麼個小東西，有可能會在被子裡消失不見。但是他就在那兒，全身被包裹著，像個繭。護士說：「現在他開心了。」沒說要她餵他吃奶。泰迪盤著雙臂倚牆站著，就只是注視著，什麼也沒說，可是當老人抬起頭來瞥了他一眼，他點點頭，點得那麼輕，而他們全都知道那意謂著什麼。老人從椅子上站起來。「我去拿。我不知道。我覺得那似乎比自來水好一點。」他花了很多時間上下樓梯，那個小碗在他手中顫抖。她看不見碗中有任何光亮。

鮑頓說：「約翰，讓我替你拿著。」

老人從衣櫃上拿下他的《聖經》，打開來讀道：「『但你是叫我出母腹的；我在母懷裡，你就使我有倚靠的心。我自出母胎就被交在你手裡。從我母親生我，你就是我的上帝。求你不要遠離我！因爲急難臨近了，沒有人幫助我。』」[71]

一片寂靜。鮑頓說：「好。約翰，我有點驚訝你選了這一段。這段經文很好，只是出乎我意料之外。你別介意。」

「不，你說的沒錯。我猜這段詩篇最近常在我心上。」

「第一三九篇的那幾句：『我的肺腑是你所造的；我在母腹中，你已覆庇我。』[72]——非常好。『黑暗和光明，在你看都是一樣。』[73]」說著搖搖頭。「對不起。」他伸手去摸索手帕，把那個碗拿在比較虛弱的那隻手上，水灑了出來，有些灑在嬰兒身上，足以使他生起氣來，從嬰兒的表情和發出的聲音來判斷。

泰迪笑了。「這哭聲眞響。」他走到床的一側。「我想他先前是在裝傻。」

鮑頓說：「是啊，好吧，但我不認爲那算得上洗禮。我很抱歉。這碗裡還剩下一點水。」

萊拉說：「我們要先換掉他身上這條濕毯子。」泰迪解開裹著寶寶的毯子，把他遞給萊拉。這就是他了，一個光著身子的小人兒，還不是個基督徒，需要安慰，然後躺在她解開了鈕釦的赤裸身側，讓他能感覺她胸脯的柔軟。她看見他們把他從她身上切斷的那個傷口，那個深色的結，但是那不要緊。他用臉撞向她體側，噘起嘴巴，用搖晃的拳頭找到了她的乳房。她翻身側躺來幫忙他。

泰迪說：「嘿，看哪！他活潑得很呢。」

鮑頓是那麼氣他自己，就只想得到說：「這裡還有一點水。幾乎用不了多少。」接著又說：「又下雪了。我想這很好。如果你想要雪的話。我從沒見過這樣的春天。」

泰迪把那個碗從他顫抖的手中拿走，放在一邊，伸出手臂摟住他。「來，就讓你的頭靠在這裡休息一下吧。你累壞了。」而他的確把頭靠在泰迪胸口，抵在他毛衣上，駝背瘦小如他。她的老人注視著這一幕，她知道他在想：有個兒子就像這樣。每當他有這樣的心思，就有這樣的眼神。然後他掀起床單，看著他的兒子：他是那麼小，她一雙手就能捧住，但仍舊是活生生的，而他笑了。他的指尖在你肩膀的小小骨頭上。

另一種生活於是展開，幾乎就是她從前替自己想像的那一種，當她想著不妨把一個嬰兒塞進大衣底下，帶著離開。她絕不會浪費這段時光。不會永遠有個人想要你唱歌給他聽，或是輕咬他的耳朵，還是用一朵蒲公英拂過他的臉頰。你在裝傻搞笑時他會知道，並且笑個不停。當他還小得能抱著時，她簡直捨不得放下。她想：我知道接下來會發生什麼事。老鮑頓會把那個故事跟你說上一百次。他會說他表演了一個奇蹟，所以我們必須用他的名字來替你命名，因爲他其實是你的教父，對！如果這世上有誰曾經有過一個教子！所以你才會那麼喜歡雪！你是用雪水受洗的！而你會納悶一個這麼老、這麼老的人有什麼話可以對你說，那些話能意謂著什麼。他把臉低下來湊近你的臉，睜大他的眼睛，而你只是盯著他臉上鬆垮的肉，那些皺褶裡總是有鬍髭。這一切都很奇怪。人們從不眞正相信自己是從母親的子宮裡被取出來擱在她胸脯上的。我看得見你的眼睛在你的眼皮後面，看得見交織在你肚子皮膚上的血管，是那種從未打算讓人看見的藍色。這是那麼奇怪，以至於就跟六翼天使和枯骨一樣被寫在《聖經》裡。你出生的那一天只有稍稍掀動窗簾的微風，日光稀薄，使得一整天都像是黃昏。而且安靜到彷彿聲音完全離開了人間，只留下風在後面掃過。然後你出生了，大大的肚子，細瘦的腿，像隻濕漉漉的貓咪，一點也不像個小孩。這件事我永遠不會告訴你。過了一個月，你父親才有勇氣把你抱在腿上。而當你才兩週大，我們帶你到教堂去好好受洗，因爲在辦妥這件事之前，鮑頓一直在擔心。你父親說意圖比較重要，但意圖其實也不重要，因爲一個新生兒就跟雪一樣純潔。鮑頓說，如果他們在情況許可時沒有按照意圖去行事，那麼那份意圖是否認眞就大成疑問。

「羅勃，我希望我這一輩子再也不必那麼認眞。」

「我會說你的注意力被分散了。從你的意圖上移開了。加爾文說了什麼，我跟你一樣清楚！比你更清楚！別用他的話來煩我！」也許你會記得他們爲某件事情爭論時的口氣。

鮑頓認爲那全是他的錯，或者說因此而造成的任何損害都得怪他，而那也一樣糟。因此，在你兩週大時，我們在一個寒冷的星期天帶你去教堂，那是你第一次感覺到風吹在你臉上。我把你揣在大衣裡，而我看見你向外窺視。你在這兒，就貼著我的心臟，一條披肩裹住我們兩個。除了我們兩個，沒有人知道你是多麼圓胖漂亮，因爲沒有人知道才不過幾天之前你是個多麼惹人憐憫的小東西，除了鮑頓，他仍舊害怕看著你，一心只想趁我們有機會時讓你成爲基督徒。泰迪叫他別再這麼常來，讓每個人擔心，而大多數時候他聽從了。泰迪必須要回學校去，但他常打電話來，先是每天，然後是隔天，之後是每星期一次，然後我們全都忘了爲你擔心受怕。你長成了一個完全健康的嬰兒。也許你父親還能活得夠久，能看見你長成一個完全健康的男孩。也可能他不能。老年人很難留住。

萊拉知道接下來會發生什麼事。有一天，她和這孩子將會看著人們把約翰．艾姆斯放進墳墓，一邊是艾姆斯太太，另一邊是他父親約翰．艾姆斯和他母親，還有男孩約翰．艾姆斯和他的姊妹，一座艾姆斯家族的小花園，全都種在那裡等待復活。她知道這很可笑，但她老是想像他們會在某個六月天從那些玫瑰之間冒出來，沒有折斷一枝花莖，也沒有碰傷一片花瓣。大家忙著握手、拍背，而沒有注意到她種的花。除了艾姆斯太太，她也許會彎下腰摘一朵給她的寶寶看：這是一朵玫瑰，看它多麼清涼，聞起來多麼芬芳。拿著它遠離那嬰兒的手，因爲在他們離開的人間，玫瑰是有刺的。那一天也許會在一千年後來臨。而要不了多久，在他還沒長到半大不小之前，這男孩就會站在她身旁，而他會問他們的位置在哪兒，他的和她的，因爲那一塊塊墓地全都有人了。她會說：不要緊。我們就流浪一陣子。我們會在不知何處，而那沒有關係。我有朋友在那兒。

她將會信守她做過的每一個承諾，這男孩將學會〈聖哉三一歌〉和〈主愛教會歌〉。他吃飯前會禱告，早餐，午餐，還有晚餐，只要她說話還有分量。他們住在基列鎮上的歲歲年年日日月月，她都會回憶起那一天發生的事，在她心中對自己詳加敘述，於是到了某個時候，她可以說：從前當你還不會走路的時候，他帶你一起去釣魚。他手裡拿著釣竿和魚簍，把你抱在臂彎裡，然後在早晨的陽光裡上路，像個年輕人一樣邁開大步，跟你說話，笑著。一小時之後他回來了，把空魚簍放在桌上，說：「我們把釣竿撐在地上，看著蜻蜓。後來我們有點累了。」而他看著她的那副表情，快樂中帶著憂傷。他說的其實也許是：等他長得夠大，能夠了解，你就跟他說說我們一起去釣魚的那一天。於是她說：「你不妨把事情寫下來。」來自他的話語會更有意義。那一天是那種和煦明亮的日子，你知道再也不會見到更美好的一天。那天氣簡直是在炫耀自己。她也許會等到另一個同樣美好的日子來告訴這男孩，他父親如何等不及想有個兒子，因爲如果你只是說某一天天氣很好，沒有人會覺得那有什麼大不了。

她可以告訴他老人站在講道壇上的模樣，他的頭髮全白了，面孔嚴肅而溫柔。那麼多年來他看著長椅上那些面孔，不論看著哪一個，都不得不回想起他埋葬了一個母親、替一個孩子施洗、盡力安慰了一場生離或死別的那一天。有時候他在該安慰對方的時候譴責對方——他告訴她那大多是在他年輕的時候。但他從未忘記自己這麼做過，而他說凡是聽過那些故事的人也從沒忘記過。因此他說話時帶著他甚至不再自覺的溫柔，是你能夠領會的，如果你知道該如何領會，就像是從一條河的水潭和水流去領會河底。他曾經在說出「寡婦」這個字眼時沉吟，甚至還在他知道她的名字之前，那裡有那麼多寡婦，但如今這對他來說更難。在她約略跟他說了她來自何處之後，「孤兒」這個字眼令他難安，而在他有了孩子之後，這個字眼他幾乎說不出口。他的講道有如他心靈的模型，就像他臉上的線條。

他一向穿著講道時那件黑色舊大衣，就是一天傍晚他們一起走在路上時，他披在她肩上的那一件，而他就像個男孩一樣朝著籬笆柱子扔石頭，仍舊對她小心翼翼。可是在星期天早晨就要講道之前，他是個英俊的老人，他花了整個星期準備那篇講道辭，熟悉到幾乎無須看稿，而她知道那件大衣的感覺和重量，這幾乎比任何事更令她歡喜。她會在她應該要祈禱的時候想著這件事。而她在舊日生活的那許多年裡若是曾經祈禱過，或許就只是爲了這個，爲了這份溫柔。如今她若是祈禱，那其實是回憶起他披在她身上的那份安慰，那件大衣上仍然有他的餘溫。那於她是種震撼，一種在獲得滿足時才發現的需要，在那短短幾分鐘裡。在那些日子裡，她已經有了她能夠忍受的所有需要，而這會兒又添了一種。因此她對他說了些刻薄的話。從前她就是那樣，將來有一天也許她又會是那樣，如果她就只是勉強活著，而有個人似乎打算使她的生活更為艱辛，就只是藉由使她的生活有所不同。那時他們已經行過婚禮，但她尚未獻身給他，因此她有時仍然會想：他何必在乎？對他來說這算什麼？那是孤單。當你被燙傷，一碰到就會痛，是否出於好意也沒有差別。如今他用一個眼神就能安慰她。而若是少了他，她要怎麼辦。她要怎麼辦。

朶兒就是那樣冷硬。他們全都是。跟陌生人交談就是讓你自己可能受到突如其來的傷害。他們可能會說什麼？可能會想什麼？事後就留下你懷著這份感覺，像是憶起一場噩夢，而你什麼也不能做，除了更加厭惡下一個陌生人。那時她常想：我的吊襪帶裡有一把刀，而你不知道你就快逼著我決定去用它。朶兒跟她說：別用它去傷人，你不會想要處理那種事。只要把刀子亮給他們看一看，大多數時候就綽綽有餘了。可是有些時候，那把無情的刀對她是種安慰。就算她只是以為有人用錯誤的眼神看她，她就會告訴自己她有那把凶猛的舊刀子，而它已經幹過最糟的事。那是在她有個孩子需要照顧之前。為了孩子，你必須遠離麻煩。

其實她仍舊這樣想，當她任由思緒沉澱平息。她沒拿過不屬於她的一毛錢，也沒傷害過一個活著的人，沒有值得一提的。但有時候她的心就是那樣，祕密、辛酸、害怕。她偷了那牧師的孩子，想到這個她笑了起來。等他們母子自個兒離開，盡可能設法活下去，要他學習經文、做禱告會像個笑話。她的確偷走了那本《聖經》，而且她會把它留在身邊，還會指出嬰兒在血中掙扎的那一段給他看，而她會說：那是我，而有個人對我說「活下去」。我永遠不會知道那人是誰。然後你來了，紅得像血，赤裸如亞當，我把你放在胸前，你活了下來，他們從沒想到你能活下來。所以你是我的。基列鎮不能說你是它的，約翰．艾姆斯也不能，那個反正沒有你的位置的墓園也不能。

噢，假如那老人知道她有些什麼念頭！如今她能做出挺不錯的肉捲和像樣的馬鈴薯沙拉，而他說他反正從來就不怎麼喜歡吃派。她把家裡打點得相當漂亮，路人會駐足欣賞她的花園。那男孩就跟基列鎮上任何一個嬰兒一樣乾淨、漂亮。個子小了一點，但這種情況會改變。而那老人看起來的確像是彷彿已經忘了去期待的每一種幸福都同時降臨在他身上，暫時如此。

她不能把自己的全副重量都倚靠在這些事上，她知道在這之後她將得繼續活下去。等他們離開此地之後，她甚至不會想再看見這棟屋子，也不會想再看見基列鎮，至少要等到那男孩長大到不再認爲他們屬於此地。因此她想著舊日的生活。她一向並不討厭那種生活，直到朵兒滿身是血地來找她，而她去了聖路易。然而要養大一個孩子，那會是種辛苦的方式。她會告訴他，他是個牧師的兒子，那麼他也許會怪她，因爲他父親能給他的，她沒法給，老人舉止中那份安詳溫柔，那種預期別人會敬重他的態度。這是她肯定沒法教他的。

儘管如此，還有這段時光，在寶寶開始亂動時醒來，在每一日的晨光裡炒蛋、在吐司上塗奶油，窗臺上有天竺葵，老人腿上抱著還坐不穩的嬰兒，用手臂撐著他，把報上的滑稽漫畫讀給他聽。因此一天早上，站在水槽前洗碗時她說：「我猜我有點不對勁，老頭。我沒法愛你像應該愛你一樣多。我感覺不到我擁有的快樂。」

「我知道，我不認爲這有什麼好擔心的。我並不擔心，眞的。」

「我有那麼多的過去。」

「我知道。」

「跟這種生活完全不同。」

「我知道。」

「有時候我想念那種生活。」

他點點頭。「我們其實差不多。我也有我想念的東西。」

她說：「哪一天我也許得回去過那種生活。能帶著孩子去過的那一部分。」

「是的，我考慮過這件事。我知道你會盡力而爲，把事情做到最好。我將會留下你獨自生活，這一點我們倆一直都知道。我沒法告訴你我對這件事的遺憾有多深。」

「你跟我說過，很多次了。但是就目前來說情況很好。等困難的時候來臨，我再開始擔心不遲。這不是眞正的問題。」問題是，她想，如果有一天她打開前門，而在原本是花園、籬笆和院子大門的地方是那份舊日生活，是雜亂的草地、牧草地，還有玉米田和果園，她也許會抱著孩子走出去，走進那份生活，走進那片嗡嗡聲、那種氣味和那股濕氣，那氣息就像她自己的呼吸，她自己的汗水。走回那份孤單之中令人生畏，就像走進冷水中，等待著感到麻木，那是身體在盡力處理，讓你不必感覺到你知道的事。在夢中那總是在早晨，而陽光已經有點太熱。她很高興見到那個男孩煥然一新，紅似火，不爲這個世界流一滴眼淚，跟這個世界沒有任何關係，只有他肚子上那個結。他在她身側，在她胸前，一個人類小孩。麻木感開始，但從未深入骨子裡。他永遠會是最初那個孤兒，不管他們有多愛他。否則他就不是她的孩子。她說：「你想念的是什麼？」

他聳聳肩。「差不多是每一件事。你。這個老傢伙。」他拍拍嬰兒的腿。「黃昏。早晨。」

「你不像你以爲的那麼老，牧師先生。」

他說：「說到底，這就只是算術。鮑頓替他四、五個孩子主持了婚禮。到目前爲止替十來個孫子施洗過。而我頂多能教會這個小子綁鞋帶。人的壽命就是七十歲左右。事情就是這樣。我感覺像是站在山上的摩西，面對著他永遠不會有的生活。然後我想著自己的確擁有的生活。這使我想起我將不會有的生活，所有的美好生活。」他聳聳肩。「我猜我很難知足。」

「我來再煮點咖啡。我說過嗎？說我愛你？我老覺得這話聽起來有點蠢。可是照你說話的方式，有一天我也許會後悔沒有早點說。」

「我想一分鐘前你才說過。說你沒法像你愛我一樣愛我。大致是這樣。我認爲那很有意思。在那麼多年裡，你就像你的悲傷一樣悲傷嗎？就像你的孤單一樣孤單嗎？我不是。」

「我也不是。否則我會因此而死。」

「我有教會，當然，還有飽頓。我有我的祈禱文和我的書。『我的結局將要變成不幸的絕望，除非依托著萬能的祈禱的力量，它能把慈悲的神明的中心刺激，赦免了可憐的下民的一切過失。』[74]相當不錯的人生，眞的。很好的人生。可是在這一切的背後，在這一切之上、之下是如此寂靜。有時候我會對自己大聲朗讀，只爲了聽見人聲。」

「現在你也會這麼做。」

「是嗎？嗯，現在那只是個習慣。」

「而我想著朶兒。」然後她說：「我留著那把刀。我會把它放在看不見的地方，但是我留著它。」

「好的。」

「我這麼做不怎麼像基督徒。這麼一把凶狠的舊刀子。我不願意去想有一天他可能會想要它，但他可能會。」

老人點點頭。

她這麼說等於是稱呼自己爲基督徒，因爲那一天當牧師在教堂替他們的嬰兒施洗之後再把他放進她臂彎，他也用水碰了她的額頭，三次。他轉身背向衆人，喃喃地對她說：「我其實不知道我在做什麼，我應該要先問過你的。但我希望你知道我們會忍受不了，如果你……我們得把你留在我們身邊。願上帝保佑。」剛下的新雪讓照進窗戶的光線涼爽而純淨，站著的她感到有點暈眩，她才生產完沒有多久。葛拉罕太太帶她到書房去，和她一起等待禮拜儀式結束。

她在牧師的椅子上坐下，把嬰兒抱在懷裡，想著：我說過我應該沒事嗎？心想她若是說過，她不確定自己是否是眞心的，而她若是沒說過，她後悔自己沒有說。他們走在黃昏裡時老人披在她肩上的舊大衣，就跟朵兒把她抱起來的時候是同樣美好的回憶。那不是她知道要去盼望的東西，但仍舊是她一直渴望著的東西。過多的快樂隨之而來，而快樂於她是陌生的東西。他說：我們得把你留在我們身邊。在他所謂的永恆中，人人都是快樂的，他又怎麼會感到少了她？失去了她？這一點她得要想一想。有一天她會問問他。這想必永遠是眞的，總會有走散落後的人，不管他們在這一生中做了什麼，少了他們就會有某個人承受不了。鮑頓的那個兒子。

此外還有那些無人會想念的人，他們沒做什麼特別的壞事，只是竭盡所能地活著而後死去。假如萊拉沒有流浪到基列鎭，她就會是這種人。然後她想：我受不了沒有朵兒，或梅麗，或是董恩和瑪雪兒。甚至是亞瑟父子——倒不是說當她還是個孩子時，他們對她有多重要，而是因爲要做到公平。他們當中誰有了任何好東西，其他人就該有份，就連德克也一樣。如果萬事的中心是善良，這一條規矩就該被尊重，因爲對他們來說，這就跟世上任何事物一樣重要。

她想，也許單是藉由擔心，鮑頓就會把中國掃進永恆之中，一個會使他吃驚得忘了感到詫異的永恆。上帝是善良的，老人說。那會是證明。

一個處於極樂中的靈魂能感覺到一副重擔從他心上卸下來嗎？她忍不住要想像——噢，你來了！你的疲憊和醜陋美麗如光亮！那個少年，爲了自身而哭泣，他又大又髒的雙手做出了他不敢相信的事，而他將會在那裡，剛從絞架下來，對包圍他的善意感到震驚，那是他萬萬沒料到的事。他有「父親」的概念，正因爲這樣，他此生的父親從未對他說過一句溫柔的話才令他如此絕望。而那個齷齪的老父親也會在那兒，因爲那少年受不了天堂裡沒有他。他會說：瞧，你畢竟很幸運能有我這個兒子！看看我替你做了什麼！而且這不是比任何東西都更好嗎！比錢更好！他會爲天堂感到自豪，彷彿那全是他自己的主意。

所以，人生看起來是什麼樣子不可能太重要。老人總是說，我們應該去探究我們有可能理解的事物，而永恆不在其中。嗯，這個世界也不在其中。大多數時候她認爲自己不去嘗試理解的時候反而比較能夠理解。事情依自己的方式發生。去問「爲什麼？」是愚蠢的。在一首歌曲中，一個音符跟著另一個音符，只因爲是這首歌而非另一首歌。有一次，她和梅麗試圖數完所有會唱的歌。怎麼可能有那麼多呢？因爲每一首歌就只是它自己。是永恆讓她這樣想。在永恆中，人們的生活可以是他們過去生活的總和，不只是他們曾做過最壞的事，也不只是最好的事。因此她決定她應該要相信，或者說她已經相信了。否則她要如何想像再見到朵兒？她從未認爲她死了，事情就是這麼簡單。如果隨便哪個惡棍都能被拉進天堂，只爲了讓他母親快樂，那麼懲罰剛好是孤兒的惡棍就不公平，或是根本不受母親喜愛的惡棍，而且比起那些有人關心的人，他們對自己所做的壞事或許有更好的藉口。如果爲了人們努力活下去而去懲罰他們，這不可能是公平的，那些人在他們自己看來是好人，而他們得鼓起所有的勇氣才能當個好人。董恩把緞帶繫在瑪雪兒的腳踝上。如果那既非好事也非壞事，至少是件她很高興見過的事。梅麗唱著歌來安撫一個借來的嬰兒。

這就是她在想的事。牧師先生忍受不了沒有她，這同艾姆斯太太和她的寶寶並不衝突。永恆中有各種空間，比這個世界上更多。她甚至能夠從永生的角度來想像邪惡的老麥克，他打量著那裡，想知道這是個什麼陷阱，在開著什麼玩笑，隱約知道是她把他帶到了那裡。還有他的孩子。她忍受不了沒有他們。是永恆讓她這樣想而不感到一絲羞恥。

這是想不完的。感謝上帝，老人會這樣說。

可是嬰兒開始躁動，葛拉罕太太把他抱過去，在臂彎裡搖一搖，讓他吸吮她的手指——眞是個好孩子，眞是個好孩子——萊拉聽見了最後一首聖歌和祝禱。然後牧師走進來，模樣有點擔心，當他自以爲也許不夠體貼時總是這樣，而她意識到她是多麼疲倦。但她知道她還會再去想她先前所想的事。也會去想「上帝所賜、出人意外的平安」[75]，那是他對會衆所做的祝福，當他們在基列鎮上四下散去，這個他們一手造出、脆弱而蕪亂的小鎮。

因此，當她跟他說她打算留著那把刀，而他點點頭，她能夠向自己解釋她爲什麼打算留著。罪咎是拋不掉的，無法以正派的方式去否認。所有糾結的辛酸、絕望和恐懼都應該受到憐憫。不，應該說慈悲必須籠罩其上。朶兒在火光中彎著腰磨利她的勇氣，夢想著報復，因爲她知道某個地方有個人在夢想著報復她。她用可怕的念頭來鈍化自己的恐懼。

事情就是這樣。萊拉生下一個孩子，把孩子帶進一個世界，在這個世界裡可能會揚起一陣風，把他從臂彎裡帶走，彷彿她的手臂沒有絲毫力氣抵擋。憐憫我們，是的，但我們是勇敢的，她想，而且狂野，我們體內的生命力多過我們所能承受，那火封在我們體內。那份寧靜也可能只是驚愕。

嗯，眼前窗臺上有天竺葵，廚房桌旁有個老人在對他的寶寶念著哪首他熟記了一輩子的童謠，仍舊在想他是否得以把她一起帶進永生，是否有可能確定這一點。幾乎任由自己想像在天堂裡爲她感到悲傷，因爲不爲她悲傷將意謂著他終究還是死了。

有一天她會把她知道的事告訴他。

注釋

1 係指一九二九年十月美國華爾街股市崩盤，史稱「黑色星期二」，引發了爲期十年的經濟大蕭條。

2 一九三〇年代，美國中西部平原發生了長達十年的大乾旱，史稱「沙塵暴」（Dust Bowl）。

3 語出〈箴言〉第三十章第十八節。（編按：全書聖經譯本採用新標點和合本上帝版）

4 〈箴言〉第三十章第十九節。

5 原文爲 a man with a maiden，而 maiden 本爲少女之意。

6 根據西方的迷信，女性在沒有月亮的晚上不會懷孕。

7 艾菊作爲藥材具有催經的功能，民間婦女認爲喝艾菊茶可中止懷孕。

8 艾姆斯牧師跟他幼年夭折的哥哥同名，都叫約翰。

9 〈馬太福音〉第五章第十六節。

10 此爲美國詩人 William Cullen Bryant（1794-1878）〈The Death of the Flowers〉一詩中的詩句，萊拉誤以爲出自《聖經》。

11 〈以西結書〉第十六章第四節、第五節。

12 〈以西結書〉第十六章第六節。

13 〈以西結書〉第十六章第四節至第七節。

14 〈創世紀〉第一章第一節。

15 西方人把馬蹄鐵視爲幸運符，認爲釘在門上可以避邪。

16 擲刀遊戲（mumblety-peg）是十九世紀下半至二十世紀上半美國兒童喜歡玩的一種遊戲。玩法係將一把折疊小刀刀尖朝下垂直下擲，使其插入土地，由插入點距離投擲者的腳最近者獲勝。

17 〈創世紀〉第一章第三節至第六節。

18 萊拉以爲自己應該跟朵兒（Doll）姓，老師誤聽爲「道爾」（Dahl）。

19 〈以西結書〉第十六章第五節。

20 〈創世紀〉第一章第六節。

21 Hoagy Carmichael（1899-1981）：美國演藝界知名人物，創作了許多經典流行歌曲，如〈星塵〉（"Stardust"）。

22 〈創世紀〉第一章。

23 〈以西結書〉第一章第四節以下「見四活物」。
24 萊拉名爲 Lila Dahl，牧師名爲 John Ames，Dahl 和 John 兩個字當中的 h 都不發音。
25 〈以西結書〉第一章第七節。
26 〈以西結書〉第一章第八節至第十節。
27 此語出自〈希伯來書〉第十二章第一節，原文爲「我們既有這許多的見證人，如同雲彩圍著我們」。
28 〈馬可福音〉第一章第九節至第十一節。
29 〈路加福音〉第三章第十六節。
30 〈以西結書〉第一章第十三、十四節。
31 〈以西結書〉第一章第二十二、二十四節。
32 〈以西結書〉第一章第二十五節。
33 〈詩篇〉第十九篇第一、第二節。
34 〈詩篇〉第十九篇第三節。
35 威廉・賓（William Penn, 1644-1718）：出生於倫敦的宗教改革者，美國賓州係由他發現並命名。

36 〈以西結書〉第五章第十四、十五節。

37 〈詩篇〉第十九篇第三節。

38 朶兒原文爲Doll，與洋娃娃是同一個字。

39 〈以西結書〉第十六章第六節。

40 美國詩人朗費羅（Henry Wadsworth Longfellow, 1807-1882）著名詩作〈保羅里維爾騎馬來〉中的一句。這首詩收錄在美國學校教科書裡，所以萊拉可能在學校裡讀過。

41 美國詩人愛默生（Ralph Waldo Emerson, 1803-1882）著名詩作〈康科德之歌〉的第一句。這首詩也收錄於教科書裡，是美國學生熟悉的作品。

42 此係詩人奧登（W. H. Auden, 1907-1973）的詩句，原詩題爲〈If I Could Tell You〉。

43 同前注。

44 加爾文（John Calvin, 1509-64）爲瑞士宗教改革運動神學家，傑出的聖經注釋者。

45 〈詩篇〉第十九篇第三節。

46 〈以西結書〉第十六章第九節。

47 《碧血金沙》（*The Treasure of the Sierra Madre*）：一九四八年由約翰・休斯頓執導的電影，改編自同名小說，講述兩名淘金者的故事。

48 DeSoto：美國車業巨擘克萊斯勒於一九二八年創立之廠牌暨車款名稱，以首位率領歐洲探險隊跨越密西西比河、深入今日美國南方領土的西班牙探險家埃爾南多．德．索托（Hernando de Soto）爲名，一九六〇年停產。

49 〈農村電氣化法〉（Rural Electrification Act）：一九三六年制定，係羅斯福總統新政的一部分，提供聯邦貸款在美國偏遠農村架設供電系統。

50 Barney Oldfield（1878-1946）：美國知名賽車手，首位突破六十英里時速的駕駛。

51 〈約伯記〉的英文爲 Book of Job，Job 這個名字與英文中的「工作」（job）拼法相同，但發音不同。萊拉原本誤以爲這一篇講的是工作。

52 〈約伯記〉第一章第一、二節。

53 〈約伯記〉第一章第十九節。

54 〈以西結書〉第一章第十四節。

55 credenza 係指一種放餐具的長方形矮櫃，原爲義大利文，十九世紀下半在美國是個帶有異國風情的時髦用語，但並非人人識得。中文若是意譯爲「餐具櫃」，一聽即知其用途，故採半音譯的方式譯爲「克雷丹莎矮櫃」。

56 蘿西（Rosie）這個名字來自 Rose，玫瑰之意，與粉紅色相稱。

57 四〇年代老歌〈Moonlight Becomes You〉的歌詞，原文爲 You're all dressed up to go dreaming。

58 指的是米高梅電影公司（MGM）片頭那頭怒吼的雄獅。

59 《格雷的畫像》（*The Picture of Dorian Gray*）：改編自愛爾蘭作家王爾德的同名小說。

60 Fred Astaire（1899-1987）：能歌善舞的美國知名演員，曾主演多部經典歌舞片。

61 《雙重保險》（*Double Indemnity*）：一九四四年由比利・懷德執導的經典之作。

62 《逃亡》（*To Have and Have Not*）：一九四四年由亨佛萊・鮑嘉與洛琳・白考兒主演的戰爭愛情片。

63 語出〈箴言〉第五章第十八節，「要喜悅你幼年所娶的妻」。

64 〈以西結書〉第一章第四節。

65 〈路加福音〉第二章第十一節。

66 Druid：鐵器時代居住在如今英國、愛爾蘭等地的塞爾特人之中，受過教育的階層，包括詩人、法官、醫生、祭司等等。

67 此語出自「英文聖詩之父」Isaac Watts（1674-1748）的作品。

68 長柄暖床器的形狀像個有蓋子的長柄煎鍋，裝了燒熱的煤炭後放在床上，可溫暖被褥。

69 尼什納博特納河（Nishnabotna）爲密蘇里河支流，流經愛荷華州時又分爲東西兩條。

70 〈路加福音〉第二十二章第四十二節。

71 〈詩篇〉第二十二篇第九至十二節。

72 〈詩篇〉第一百三十九篇第十三節。

73 〈詩篇〉第一百三十九篇第十二節。

74 莎士比亞劇作《暴風雨》第五幕結尾詩句。

75 語出〈腓立比書〉第四章第七節。

木馬文學161

萊拉：基列系列第三部

Lila

作　　者　瑪莉蓮・羅賓遜 Marilynne Robinson
譯　　者　姬健梅
社　　長　陳蕙慧
總 編 輯　陳瀅如
責任編輯　陳瀅如
行銷業務　陳雅雯、趙鴻祐、余一霞、林芳如

讀書共和國集團社長　郭重興
發 行 人　曾大福
出　　版　木馬文化事業股份有限公司
發　　行　遠足文化事業股份有限公司
地　　址　231023新北市新店區民權路108之4號8樓
電　　話　02-2218-1417
傳　　眞　02-8667-1065
客服信箱　service@bookrep.com.tw
客服專線　0800-221-029
郵撥帳號　19588272木馬文化事業股份有限公司
法律顧問　華陽國際專利商標事務所　蘇文生律師
封面設計　朱疋
內頁排版　Sunline Design
印　　刷　前進彩藝有限公司

初版一刷　2023年1月
定　　價　NT$400

ISBN　978-626-314-310-4（紙本）
978-626-314-354-8（EPUB）978-626-314-353-1（PDF）

國家圖書館出版品預行編目（CIP）資料

萊拉：基列系列第三部/瑪莉蓮.羅賓遜(Marilynne Robinson)作;姬健梅譯. -- 初版. -- 新北市:木馬文化事業股份有限公司出版:遠足文化事業股份有限公司發行, 2023.01
面; 公分. -- (木馬文學; 161)
譯自: Lila
ISBN 978-626-314-310-4(平裝)
874.57　　111016028